SONATA EM
AUSCHWITZ

LUIZE VALENTE

SONATA EM AUSCHWITZ

4ª edição

EDITORA RECORD
RIO DE JANEIRO • SÃO PAULO
2019

CIP-BRASIL. CATALOGAÇÃO NA PUBLICAÇÃO
SINDICATO NACIONAL DOS EDITORES DE LIVROS, RJ

V249s
4ª ed.

Valente, Luize
    Sonata em Auschwitz / Luize Valente. – 4ª ed. – Rio de Janeiro: Record, 2019.

    ISBN: 978-85-01-11133-3

    1. Romance brasileiro. I. Título.

17-42282

CDD: 869.93
CDU: 821.134.3(81)-3

Design dos mapas e vinhetas: Mayara Lista

Texto revisado segundo o novo Acordo Ortográfico da Língua Portuguesa.

Direitos exclusivos desta edição reservados pela
EDITORA RECORD LTDA.
Rua Argentina, 171 – Rio de Janeiro, RJ – 20921-380 – Tel.: (21) 2585-2000.

Impresso no Brasil

ISBN 978-85-01-11133-3

Seja um leitor preferencial Record.
Cadastre-se em www.record.com.br e receba informações
sobre nossos lançamentos e nossas promoções.

Atendimento e venda direta ao leitor:
sac@record.com.br

EDITORA AFILIADA

Para Cali.

Para Maria Yefremov.

Pensem bem se isto é um homem
que trabalha no meio do barro,
que não conhece paz,
que luta por um pedaço de pão,
que morre por um sim ou por um não.
Pensem bem se isto é uma mulher,
sem cabelos e sem nome,
sem mais força para lembrar,
vazios os olhos, frio o ventre,
como um sapo no inverno.
Pensem que isto aconteceu.

PRIMO LEVI

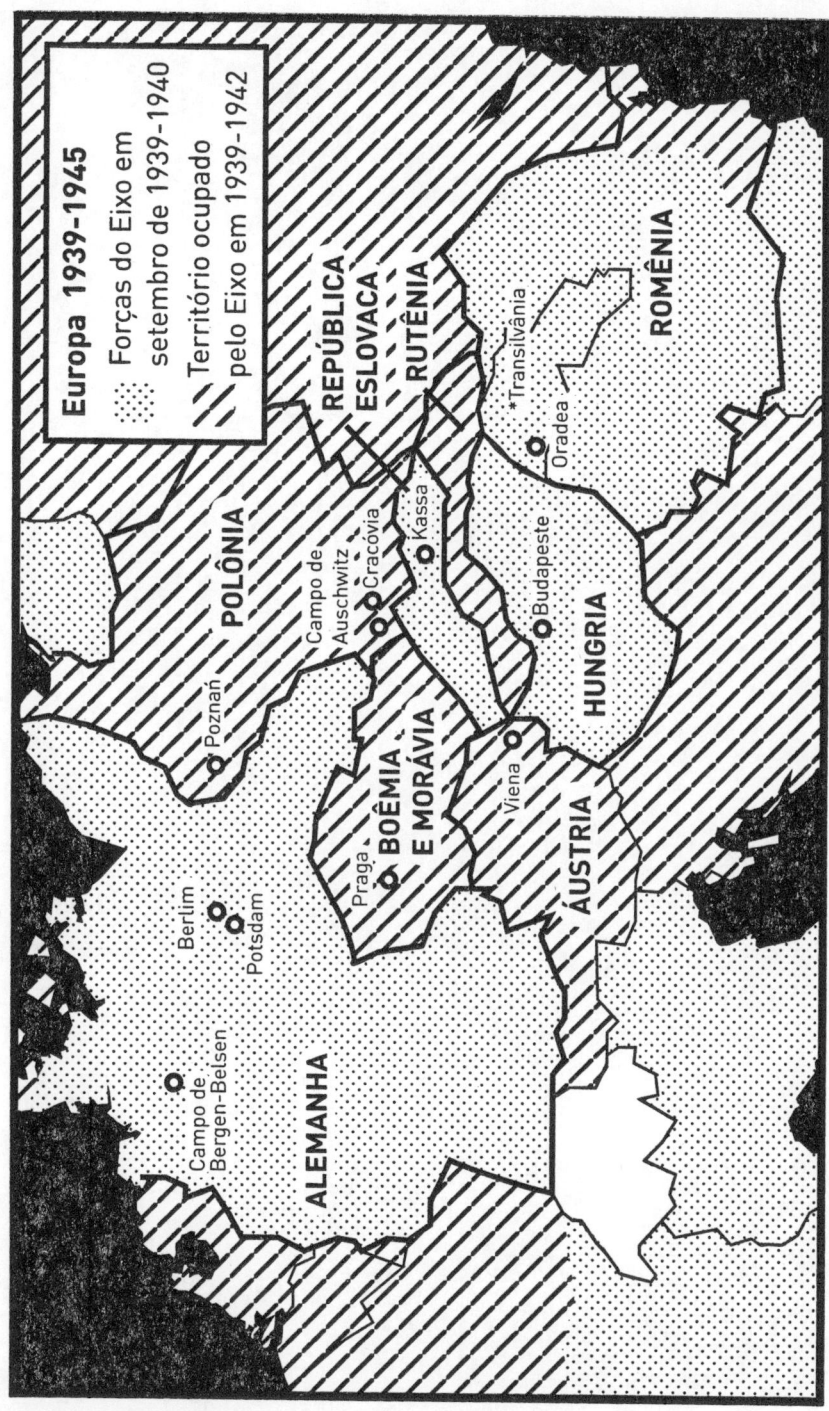

* Parte da Transilvânia sob domínio da Hungria a partir de 1940.

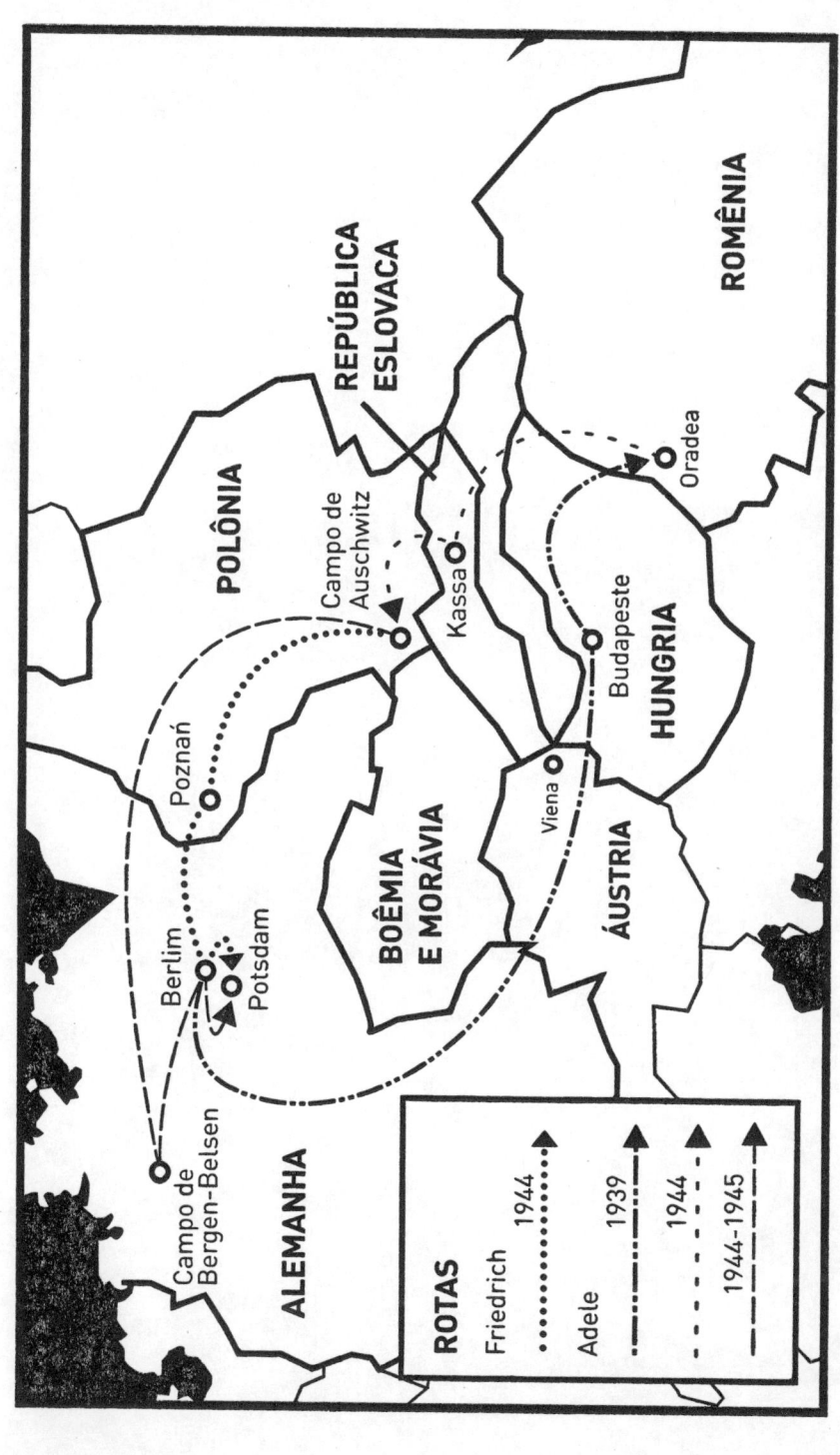

ROMÊNIA

REPÚBLICA
ESLOVACA

POLÔNIA

Oradea

Campo de
Auschwitz

Kassa

Budapeste

HUNGRIA

Poznań

Viena

BOÊMIA
E MORÁVIA

ÁUSTRIA

Berlim

Potsdam

Campo de
Bergen-Belsen

ALEMANHA

ROTAS

Friedrich
1944

Adele
1939

1944

1944-1945

I

O começo da linha

Polônia anexada, 2 de outubro de 1944

Os faróis baixos iluminavam a estrada sombria, deserta. Friedrich desviava de um buraco e outro sem reduzir a velocidade, que, ainda assim, era bem menor do que aquela a que estava acostumado. Pilotar era o que melhor sabia fazer, fosse no ar ou em terra. Em poucos quilômetros, chegaria a Słubice, na antiga fronteira da Polônia com a Alemanha. Já havia percorrido mais de dois terços do trajeto, a parte mais difícil.

Ao fundo, distinguia a cabine do posto de comando. Havia passado por patrulhas em Katowice e nos arredores de Poznań. Não precisara desligar o motor em nenhuma delas. Apenas desacelerar, baixar o vidro, esboçar um sorriso seguro, fazer a saudação e tocar, de leve, o quepe. O Mercedes azul-marinho com bancos de couro vermelho, as patentes no uniforme e a cruz de ferro pouco acima do peito eram sinais mais do que suficientes para se saber que se tratava de um oficial importante, apesar da pouca idade. Talvez por isso não estranhassem que ele próprio dirigisse o veículo. Ou talvez aqueles soldados estivessem, simplesmente, cansados.

Friedrich tinha pensado em seguir para Berlim de trem a partir de Varsóvia, mas a cidade se transformara, havia dois meses, num campo de batalha entre alemães e combatentes da Resistência. Ele fora informado, por um agente da polícia secreta, de que a rendição dos rebeldes era

15

questão de horas. Varsóvia estava um caos, com corpos espalhados por todos os lados. O levante só não fora bem-sucedido porque os russos, acampados às margens do rio Vístula, não avançaram para auxiliar os combatentes. Os alemães foram salvos por uma manobra egoísta de Stalin. Disso Friedrich tinha certeza.

Com as atenções voltadas para o leste da Polônia, o trajeto para Berlim via Poznań lhe parecera o mais seguro. Até o momento, a escolha vinha se confirmando como certa. A cada patrulha, erguia o braço direito, elevava o tom de voz no *"Heil Hitler!"* e acelerava para continuar a viagem. Passara assim por todos os postos. Evitava estradas secundárias por temer uma emboscada dos *partisans* escondidos pelas florestas. O que Friedrich levava no carro era muito precioso e tinha de ser entregue, sem nenhum risco, num endereço em Berlim que já estava gravado em sua mente. As últimas quarenta e oito horas haviam sido as mais intensas de sua vida, e pareciam valer por toda ela. Não importava que russos, britânicos e americanos apertassem o cerco à Alemanha. Muito menos a lesão na vista, provocada por um estilhaço de bomba. Chegar a Berlim se tornara a *sua* guerra. E ele venceria de qualquer maneira.

— Logo, logo você vai encontrar sua mamãe — falou, enquanto voltava a cabeça para a parte de trás do carro.

A frase impregnada de doçura não combinava com o momento. No chão, atrás do banco do carona, uma cesta de vime — daquelas usadas em piqueniques — improvisava um berço. Um bebê minúsculo e rosado, com os dedinhos fortemente cerrados, próximos às bochechas, dormia. Lembrou-se do filho, que estava com quase dois anos, e que ele mal conhecia. Lembrou-se do que vira nos últimos dias. Em que Alemanha seu filho viveria? Antes fosse apenas o ônus de uma guerra perdida — já haviam perdido uma. Agora, haveria uma vergonha maior, a de ser alemão. Ele fazia parte *daquilo*, fora cúmplice. Aquela criança viveria, nem que ele tivesse de lhe dar a própria vida.

O posto de comando perto da antiga fronteira ganhava, a cada segundo, maior contorno. Friedrich tamborilava o volante com os dedos indicadores. Estava quase lá. Não havia, até o momento, pensado nas consequências de seu ato. Sentir a vida pulsar em suas mãos o fizera esquecer, por instantes, o que vira nos últimos dias. Se existia inferno, era aquele lugar. Engoliu em seco e virou novamente a cabeça em direção à criança. Foi quando ela apertou os olhinhos e torceu os lábios numa careta. Era o prenúncio do choro. O posto se aproximava, faltava pouco mais de um quilômetro. Com certeza os soldados já haviam percebido os faróis do carro. Não poderia recuar. Nem no ar, nos instantes mais tensos que antecediam os bombardeios, se sentira assim, sem saber como agir.

Encostar o carro provocaria suspeitas. Até então, a viagem tinha sido tranquila. O bebê dormira embalado pelo trepidar do veículo. Diminuiu a velocidade, o mais que pôde. Já vislumbrava dois ou três vultos na escuridão.

— Por favor, agora não... Por favor, não chore! — Virou levemente a cabeça. — Estamos tão perto! — Falava baixinho, como se implorasse. — Você está com fome? Aguenta mais um pouquinho... — Os apelos eram em vão, mas Friedrich insistia: — Só precisamos passar por esta patrulha... Você já aguentou tanto...

Como fazer um recém-nascido entender? Friedrich começava a se desesperar. Imaginava-se reduzindo a velocidade, baixando o vidro, os gritos do bebê ecoando no vazio da noite e ensurdecendo os guardas, que o pressionariam por explicações. Tinha dúvidas se conseguiria manter a calma. "*Heil Hitler!* Sou o capitão Friedrich Schmidt, estou a caminho de Berlim. É meu bebê, está com fome, anseia pela mãe, temos pressa!" E já imaginava a reação dos guardas. "Saia do carro! Documentos! Vamos ligar para a central. Há um tipo suspeito aqui." Seria o fim para ele. Mas não era em si que pensava. Ele já estava acabado. Jamais voltaria a pilotar um avião. Cada condecoração que, um dia, fora motivo de orgulho era, agora, a prova das mortes que ele provocara em nome da vaidade e da loucura. Ser superior, predestinado! Fora o que ouvira ao longo dos seus vinte e quatro anos de vida. Jamais saíra da redoma. A família, o partido, o *cockpit* dos caças. Depois dos últimos dias, não

17

saberia olhar-se ao espelho e ver-se um homem. E, no entanto, surgira aquela criança no seu caminho. Aquele bebê — somente ele, um ser tão pequenino — ocupava sua mente, seu coração, cada milímetro da sua pele, e o fazia transbordar de algo que não sabia definir. Friedrich, pela primeira vez, sentia amor. Amor genuíno pela vida, na sua expressão mais pura e divina. Aquela criança seria a redenção, mas jamais apagaria o terror que lhe tomava o sono assim que fechava os olhos. Tinha pesadelos todas as noites, desde que chegara àquele centro de horrores. Ali, naquele carro, sentia-se novamente Friedrich, com quinze anos, ansiando pela vida que se apresentava à frente.

E foi de repente, como que na urgência de um milagre, que elas surgiram. Uma após a outra. As notas musicais dançavam à sua frente, se colocando, harmoniosamente, lado a lado. Friedrich cantarolou suavemente. E também suavemente os lábios do bebê, em vez de caírem no choro, foram relaxando até se acomodarem num singelo sorriso, acompanhado de uma leve respiração. Friedrich continuou entoando baixinho a melodia até parar o carro ao sinal da sentinela. Baixou o vidro. Mostrou o documento. O soldado bateu continência e ele seguiu. Não saberia precisar quanto tempo se passou, se foram minutos ou meia hora. Encostou o carro e trouxe o cesto para o banco da frente. Com muita delicadeza envolveu a criança nos braços. Sentiu a vida pulsar, forte, em suas mãos. Foi Friedrich quem chorou. O bebê abriu os olhos, para fechá-los em seguida e se aninhar no peito dele. E ele cantarolou, uma vez mais, a música que acabara de nascer, para não esquecer.

— *Für Haya*. É para você.

II
Frida

1

Berlim, abril de 1999

Uma data especial para os alemães. Depois de décadas, Berlim volta a ser oficialmente a capital da Alemanha reunificada. É um dia especial para mim. Vou conhecer a avó de meu pai: minha bisavó Frida. A minha chegada coincide com a reinauguração do prédio do Reichstag, a sede do Parlamento alemão.

Não é minha primeira viagem a Berlim, mas é como se fosse. Logo após a queda do Muro, seguimos — eu e outros alunos da Faculdade de Direito de Lisboa — numa excursão informal organizada pelo professor de Penal, um aficionado pelo sistema jurídico alemão, influência maior do sistema português. Ele costumava me chamar de Hafner, "a alemãzinha". Naquele tempo, eu não tinha nem vinte anos, aquilo não me incomodava nem alterava em nada a minha existência. Nunca comentei com meu pai, nem em tom de brincadeira, simplesmente porque não se fala sobre o passado alemão dele em nossa casa.

Meu pai se considera um português pleno, ama o país mais do que se tivesse nascido nele. Chegou a Portugal por volta dos cinco anos, foi alfabetizado em português. Diz não se lembrar de nada de alemão e nunca se interessou em estudar. Conheceu minha mãe na faculdade, no começo dos anos sessenta. Logo se apaixonaram. Formaram-se em Direito, tornaram-se militantes, lutaram lado a lado contra o regime de

21

Salazar, foram perseguidos e seguiram para o exílio em Moçambique, onde eu e meu irmão nascemos. Ele, em 1968. Eu, em 1970. Deram-me o nome de Amália em homenagem à minha avó materna. Não eram fãs de fado. Eu agradeço a ironia, pois, ao contrário deles, adoro o lamento das guitarras que, coincidentemente, aprendi a ouvir com minha avó Amália. Foi também com ela que comecei a tocar piano, paixão que me acompanha até hoje. Chegamos a Portugal no Natal de 1974, meses depois da Revolução dos Cravos. Meu pai se naturalizou. Queria exercer o direito democrático do voto.

Com Gretl e Helmut, meus avós paternos, não temos a menor ligação, nunca tivemos. Nós fomos morar em Lisboa, eles viviam numa cidade pequena no Algarve. Lembro-me vagamente da primeira e única vez que os vi, depois que chegamos de Maputo. Lembro-me de uma discussão, um punho socando a mesa, eu e meu irmão construindo uma estrada com um baralho velho sobre o tapete da sala. Em seguida, minha mãe se aproximando, nos levantando pelos braços e sussurrando apressada: "Digam adeus ao vovô e à vovó, estamos indo para casa." Fosse em qualquer outro lugar ou momento, teríamos feito a cara que antecede ao choro, mas, ali, naquele instante, percebemos que algo muito sério acontecera. Levantamos e partimos. Nunca mais encontramos os avós Gretl e Helmut. Jamais se comentou sobre este dia.

Como já disse, em minha casa não se fala sobre o passado, sobre a Alemanha, muito menos sobre Holocausto. Não que seja um tabu. Simplesmente não é assunto. Na escola, não havia judeus. São pouquíssimos em Portugal. Quando a Segunda Guerra entrou na grade de estudos, eu preferia tocar piano, ouvir música e organizar protestos estudantis, para orgulho de meu pai, que, ao contrário de outros, incentivava meus ideais anarquistas.

Venho ao encontro de Frida sem que ele saiba. Frida completará cem anos em alguns dias, um século vivido no século XX. Falamos ao telefone, pela manhã, e ela marcou de me encontrar num endereço elegante de Berlim: o bar do Hotel Kempinski, na avenida Kurfürstendamm — ou simplesmente Kudamm —, a rua mais badalada do lado oeste da cidade.

Chego duas horas antes. Tempo mais do que suficiente para caminhar na larga avenida com suas lojas de grife, restaurantes, cafés. Aguardo o anoitecer. Nosso encontro está marcado para as sete e meia. Lembro, mais uma vez, da primeira viagem a Berlim, com a turma da faculdade. Naquela mesma avenida — Kudamm — eu estava em julho de 1990. Em pleno verão, a viagem foi, mais do que tudo, diversão. Berlim era o coração da música eletrônica, a batida *techno* pulsava nos clubes noturnos. Os dois lados da cidade se uniam depois de tantas décadas divididos pelo Muro, e muito além dele. Mas a mim nada disso interessava. Muito menos o que acontecera antes da separação. Eu queria ir para as festas que transformavam os galpões e fábricas abandonadas em altares do *rave*. Naquela mesma avenida eu estava há nove anos, dançando com centenas de pessoas ao som de DJs que pilotavam *pickups* em carros abertos. A cidade era uma festa. Eu era jovem e o passado não importava.

Voltei dessa viagem achando Portugal retrógrado. Eu queria morar na Alemanha, dar um tempo no Direito e estudar música. O *techno* alemão tinha referências eruditas de compositores contemporâneos como Stockhausen. Era diferente, ousado. Eu tinha uma formação de piano clássico. Voltei decidida a pegar minha cidadania alemã. A viagem a Berlim — foram meros quatro dias — já havia sido motivo de discussão em casa. Meu pai fora contra. Não que tivesse de me dar permissão, eu era maior de idade. Precisava do patrocínio dele. Minha mãe intercedeu e ele acabou liberando o dinheiro. Na época, não me deu nenhum motivo concreto. Dizia apenas que achava um desperdício, um jogar dinheiro fora. Quatro dias em Berlim? Na certa, iríamos nos emburacar em bares, varar a madrugada, ir como zumbis às visitas guiadas pelo professor. Voltaríamos trazendo na bagagem apenas sono atrasado. Poderíamos fazer tudo isso em Lisboa e sairia mais barato, ele frisou, depois de preencher o cheque e sair batendo a porta do escritório.

Ele estava certo. Foi exatamente o que fizemos. Com a diferença de que, por alguma razão que hoje começo a entender, voltei com a irresistível vontade de viver em Berlim. Mas isto não dividi com ele. Guardei meus planos para mim. Comecei a estudar alemão com tanto afinco que, em um ano, já dominava a língua. Não parei mais. Ao mesmo tempo, foi crescendo meu interesse pelas causas ligadas aos direitos humanos e aos fluxos migratórios que começavam a surgir com a abertura do Leste Europeu. E, assim, o sonho de largar tudo e me dedicar à música *techno* me pareceu a maior bobagem de todos os tempos. Eu gostava mesmo era das dedilhadas clássicas. E também devo admitir: eu amava meu país e, como meus pais, iria lutar por um governo mais justo e igualitário.

Quase uma década se passou. Eu me formei, fui morar sozinha, fiz mestrado e doutorado em Direito Internacional, criei uma ONG voltada para refugiados de zonas em conflito na África. Estou sempre viajando, mas nunca mais voltei a Berlim. Estive duas ou três vezes na Alemanha, sempre em conferências em outras cidades. O piano, continuo tocando quase todos os dias. Música ainda é uma grande paixão. A vida seguiria assim, mergulhada no trabalho que amo, entre um namoro e outro, voando para cá e para lá, não fosse ter chegado sem avisar, na casa de meus pais, numa tarde de março, há pouco mais de um mês.

Tenho a chave da casa embora não more lá há anos. É uma segurança para eles, que também viajam muito, e para mim, quando preciso do ninho. Naquela tarde, especificamente, fui à procura de um livro, já nem me lembro qual, para emprestar a um amigo. Passava das quatro horas, certamente não haveria ninguém. Meus pais moram em Campo de Santana, o escritório deles fica a algumas quadras, na Avenida da Liberdade. Têm o hábito de almoçar em casa. Cícera vai lá três vezes por semana — quando ainda morávamos lá, eu e meu irmão, eram cinco vezes. Aspira milimetricamente os cômodos, espana os móveis e passa a flanela seca nos livros. Bartô morreu há três anos, mas é como se os pelos dele continuassem pelos cantos. Aquela tarde de março não era dia de Cícera.

Entrei no apartamento afobada, estava com pressa. Respirar o silêncio me acalmou. "Hello, alguém em casa?" A resposta foi mais silêncio. Fui direto para o quarto que continua meu. É um apartamento grande, com três quartos e um escritório anexo à sala. Os quartos são isolados da área comum por um corredor que começa num pequeno hall onde há uma extensão de telefone. Olhar o aparelho me fez lembrar de uma ligação que precisava fazer ao ginecologista. Precisava adiar a consulta dali a dois dias. Não adiei. Quando levantei o bocal, escutei a voz de meu pai. Com certeza estava no escritório, com as portas fechadas. Por isso não me ouvira entrar. A reação imediata seria baixar o fone. Não o fiz. Meus dedos congelaram e suspendi a respiração. Meu pai falava em alemão fluente e perfeito com uma mulher. Era minha avó Gretl. Meu pai só se referia a ela pelo nome, não a chamava de mãe.

O diálogo entre ele e Gretl era seco, em tom moderado. As pausas de ambos me levaram a tapar o bocal algumas vezes para que não percebessem uma terceira respiração. Eu entendia perfeitamente o alemão, mas o teor da conversa era confuso. O que estava acontecendo? Quem eram aquelas pessoas de que eu nunca ouvira falar? "Ingeborg morreu, viúva de um industrial, não tiveram filhos, Frida está sozinha." Gretl soltava as informações, em doses homeopáticas, sem nenhuma emoção, para um interlocutor igualmente apático. "Ingeborg é que manteve Frida por todos estes anos." Ela continuava. "Agora só resta você" — mais uma intervenção sem resposta, até que ela subitamente deu corpo à voz, como se tivesse perdido a paciência. "Hermann, Frida completa cem anos em breve e quer vê-lo." Direto, com a mesma entonação controlada com que falava com os clientes — bem diferente dos rompantes que tinha comigo e meu irmão —, meu pai respondeu: "Sinto muito, Gretl, não tenho nada a ver com essa gente. Não pertenço a essa corja." Gretl rebateu, alterada. "Corja? Eu não admito que você fale assim. Frida quer vê-lo! Você jamais vai entender? Nós não somos culpados de nada! Seu avô, seu pai, eram oficiais! Cumpriam ordens! Lutaram para construir um país melhor para ingratos como você." Mais um silêncio e nova resposta de meu pai. "Eu não vou entrar nessa discussão. Diga a verdade à Frida. Diga que não temos mais contato, que eu reneguei a família, fale o que quiser." Gretl tentou mais uma vez. "Eu só voltei a te procurar, meu filho, porque Frida me contatou depois de décadas. Ela tem tido pesadelos com Friedrich. Frida não quer morrer sem falar com você sobre ele." Gretl continuou, com um tom ferino. "Você, que se intitula um defensor de causas humanitárias, seja humano com uma pessoa que em breve morrerá! Você acha que foi fácil pegar o telefone e te ligar? Meu único filho não fala comigo há mais de vinte anos! Me culpa por um passado que não escolhi!" À última frase se seguiu um silêncio de segundos que pareceu uma eternidade. Meu pai deu um suspiro e respondeu, mais uma vez, sem nenhum sinal de alteração. "Gretl, a resposta é não, não vou procurá-la, não vou discutir com você, minha família são minha mulher e meus filhos."

Antes que ele desligasse, Gretl fez uma última tentativa. "Faça o que achar que deve fazer. Você sempre foi assim. Só ouve a si próprio. De qualquer forma, você vai anotar o número dela. Frida ainda mora em Berlim. Você vai anotar o número. Vou dizer à sua avó exatamente o que você me disse. Mas fique com o contato dela, quem sabe muda de ideia." E começou a ditar os números do telefone, repetindo-os em seguida, bem devagar, para certificar-se de que meu pai anotara. Para mim, foi automático. Peguei uma caneta na gaveta do móvel e escrevi no dorso da mão. Os dois se despediram com frieza, sem promessas de novo contato nem recomendações à família. Esperei que o fone fosse colocado no gancho e imediatamente baixei o meu.

Meu primeiro impulso foi o de invadir o escritório e metralhar meu pai com perguntas: "Quem é você, afinal? Por que omitir o passado alemão? Por que nunca nos contou de Frida? Quem são Ingeborg e Friedrich?" Mas não o fiz. Peguei a bolsa e saí sem fazer barulho.

Agora, pouco mais de um mês depois daquela tarde, estou em Berlim. Encontrarei Frida em poucos minutos. Meu pai nunca soube que estive no apartamento naquela tarde. Muito menos que liguei para sua avó e marquei o encontro. Caminho com passos apressados em direção ao Hotel Kempinski. Quanto mais perto chego, mais medo sinto. Vou ao encontro do passado. E o passado não se pode mudar.

2

O Hotel Kempinski era um marco para a cidade de Berlim. Também era um marco para Frida. Ficava na esquina da avenida Kurfürstendamm com a Fasanenstrasse, a poucos metros da antiga casa dela. Ainda costumava se referir ao local como "seu prédio", embora não morasse mais lá. Fora um dos poucos que resistira em meio ao escombro que se tornou a Kudamm depois dos bombardeios da Segunda Guerra. Seu atual endereço também era próximo, só que bem mais modesto. Ficava a duzentos metros da portaria do hotel, grudado à linha do trem. Frida não se importava. Queria estar perto do "Kempi", local que frequentava desde antes da guerra e da devastação da cidade. Continuava assídua frequentadora, almoçando lá uma ou duas vezes por semana. Fazia lembrar o tempo em que o mundo era a quadra em que vivia.

Frida estava sentada numa mesa de canto, no Bar Bristol, quando Amália entrou. Foi fácil identificar a bisneta. Era uma versão feminina, morena, de Friedrich. Os mesmos traços do filho, e dela também. Levantou-se apoiando os dois braços na mesa. Cumprimentaram-se com um aperto de mão. Frida teve vontade de abraçá-la.

— Você é a filha de Hermann. — A voz saiu embargada. — Desculpe, a última vez que vi seu pai, ele tinha cinco anos. — Fez uma pausa. — Talvez já seja avô também... Você tem filhos?

Amália respondeu com um balanço negativo de cabeça ao mesmo tempo que se dirigia para a cadeira em frente. Frida tocou levemente no braço dela e apontou a cadeira a seu lado.

— Sente-se perto de mim. O tempo é implacável com a audição e a visão.

Ela se sentou. Deu um leve sorriso. Fez um elogio sobre a aparência de Frida. De certa forma, haviam quebrado o gelo.

— Seu telefonema foi uma surpresa para mim, principalmente depois que Gretl disse que Hermann não iria me procurar. Como está seu pai?

Amália abriu a mochila e tirou uma fotografia recente da família. Frida tirou a lupa que costumava trazer na bolsa e seguiu com o olhar o dedo de Amália, que percorria a fotografia.

— Este é Hermann. — Ela apontou para o homem alto e grisalho no lado esquerdo da foto. — A seu lado, está Helena, minha mãe. Esta sou eu e este é Miguel, meu irmão. Miguel tem um filho de dois anos, chama-se Pedro.

Calou-se em seguida. O alemão de Amália era perfeito. Pediram duas taças de vinho tinto e algo para comer. Conversaram coisas triviais. "Seu alemão é esplêndido!", Frida fez questão de frisar. Amália falou do interesse pela língua, da visita anterior a Berlim, logo após a queda do Muro, do trabalho como advogada, da paixão pela música, da vida em Portugal. Mal encostaram na bebida e na comida. Frida contou-lhe a história do "Kempi". Antes da guerra, ali funcionava o maior restaurante de Berlim, com quatrocentos lugares. A reconstrução, no começo dos anos cinquenta, o transformou no primeiro hotel de luxo no lado ocidental da cidade já dividida, mas ainda sem Muro. "Foi o sinal de que Berlim poderia renascer das cinzas", ela destacou.

Frida citou os bombardeios como se fossem algo que pertencesse apenas à História. Nada contou da aflição, do horror, da sensação curta de alívio do corpo inteiro e intacto depois de cada ataque. Não falou do zumbido que entupia os ouvidos, da surdez momentânea, dos gritos sem som, dos rostos encardidos de poeira, dos olhos agonizantes. Muito menos dos estupros quando os russos tomaram Berlim. Limitou-se às estatísticas.

— Foram mais de trezentos bombardeios. Nos primeiros anos, os alvos eram militares. Depois, passaram a ser civis. Berlim se rendeu no começo de maio, poucos dias antes da capitulação final, no dia oito.

Fez um breve silêncio. Aquele dia estaria para sempre associado a seu marido e ao que ele fizera. Mas isso ela deixaria para depois.

— A devastação estava por todo lado — continuou. — Quase metade da população tinha deixado Berlim ao longo daqueles seis anos. A cidade foi dividida em quatro seções, administradas em conjunto por americanos, ingleses, franceses e soviéticos. Mas não funcionou... No começo dos anos sessenta, o Muro foi construído, tornando, literalmente, concreta a divisão dos lados capitalista e socialista.

Não havia diálogo. Era um monólogo. Só Frida falava. Fria e superficial. Informações sem importância. Aliás, era nisso que havia se tornado: um depositário de informações para preencher conversas que não resistiam ao silêncio ou à franqueza. Amália não estava ali para saber o que os livros contavam.

— Mas você não veio aqui para ter uma aula de História. — A voz adquiriu firmeza, não era mais a simpática senhora de conversa trivial. — E nem foi para isso que tentei contatar Hermann, depois de tantos anos.

Amália apertou os lábios e deu um longo suspiro. Havia tanto de Friedrich nela que Frida teve de se segurar para não abraçá-la e enchê--la de beijos. Como sentia saudades do filho. Em vez disso, segurou as mãos de Amália e convidou-a para ir a sua casa. Fez questão de pagar a conta. Levantaram-se e atravessaram o bar que dava no lobby do hotel. Frida acenou para os funcionários com a cabeça e seguiram para a rua. O braço direito apoiado na bengala. O esquerdo, apoiado em Amália.

Cruzo a porta do bar do Hotel Kempinski às sete e trinta e cinco da noite. Cinco minutos depois da hora marcada. O bar mal abriu. O local ainda está vazio, exceto pela mesa encostada à parede, no lado oposto à porta.

Lá está ela. Em poucos dias, completará cem anos. "Um século", ela me disse ao telefone. A imagem me impacta por alguns segundos. Gravo-a na mente. Ela ainda não me viu. Por isso, consigo observá-la sem que se sinta notada. O cabelo prateado, certamente dourado no passado, está preso num coque com alguns fios soltos, que tenho a certeza de terem sido milimetricamente pensados. A postura é elegante, apesar da coluna já um pouco curva pela idade. Está vestida com tons pastéis, que combinam com a primavera. Uma *écharpe* branca envolvendo o longo pescoço, o que lhe dá um ar altivo.

Meu pai tem algo de Frida. Devo ter também. Embora ele seja loiro e eu morena, somos parecidos fisicamente. Ao ver-me, levanta-se. Impossível acreditar que fará cem anos. Eu lhe daria uns oitenta e poucos. Pede que me sente ao seu lado. Digo-lhe que não aparenta a idade que tem. Ela responde que o segredo é tomar um limão espremido em meio copo de água morna, todos os dias, em jejum, e caminhar pelo menos quarenta minutos, seja inverno ou verão.

Noto o aparelho de surdez preso ao ouvido. A pele bem branca, com manchas escuras da idade, tem mais rugas de expressão do que do tempo. Parece macia. Dá vontade de tocar. A voz ainda forte sai um pouco baixa talvez porque ela a controle. Pessoas com problemas de audição tendem a falar mais alto. Frida entabula uma conversa com assuntos gerais onde eu só me manifesto quando ela pergunta algo. Presto pouca atenção pois me interessa olhá-la. Frida é minha bisavó. Tem quase cem anos, e eu viveria talvez até os cem sem saber da existência dela, não fosse ter interceptado aquele telefonema. Eu não acredito em coincidências. Frida é guardiã da minha história, mas fala sem parar da História. Vê-se que é velha conhecida do "Kempi" — como se refere ao hotel — pelo jeito atencioso como todos a tratam. Não me interessa o que ela fala, apenas o prazer de ouvi-la.

A comida à nossa frente permanece praticamente intacta. O vinho também. Em alguns momentos do relato, percebo sofrimento em seus olhos apesar do tom impessoal do discurso. Quando começaremos realmente a nos conhecer... me pergunto. Quem são Ingeborg e Friedrich? Frida parece ler meus pensamentos. "Você não veio aqui para ter uma aula de História... nem foi por isso que tentei contatar Hermann, depois de tantos anos", ela solta de repente. Em seguida, me convida para ir ao seu apartamento, que fica perto.

Pedimos a conta. Faço menção de pagar, mas ela se adianta. Ajudo-a a levantar-se. É magra, veste calças compridas e uma sapatilha sem salto. É só um pouco mais baixa do que eu. Intuo que deveria ter mais de um metro e setenta quando jovem. Saímos do hotel com passos curtos, mas precisos. Ela se apoia em meu braço e a bengala faz o serviço do outro lado.

Diz que, antes de seguirmos para a casa dela, quer me mostrar algo Vamos até a esquina para atravessar. "Conhece Paris? A Kudamm é a Champs-Élysées dos berlinenses", ela destaca com um sorriso contido enquanto me lança um sem-fim de informações sobre a larga avenida com mais de três quilômetros e meio de extensão, e que fora, nos anos vinte, o coração da vida noturna de Berlim. Fala da charmosa vizinhança de Charlottenburg, do zoológico totalmente urbano e, por fim, da Gedächtniskirche, a igreja nunca restaurada. As ruínas, ao fundo da rua, são a lembrança permanente da destruição causada pela guerra. "Como se precisássemos das ruínas para lembrar", a frase sai num sussurro. Ficamos olhando, em silêncio, a torre danificada. Eu quero tanto saber o que se passa na cabeça dela. Frida presenciou os bombardeios. E eles devem estar cada vez mais presentes, já que minha avó Gretl citou pesadelos noturnos. Quem são exatamente estas pessoas que meu pai cortou de sua vida?

Por medo ou alienação, nunca pensei conscientemente no peso de um passado nazista. Depois de ouvir Gretl dizer que meu avô foi um oficial, que cumpria ordens, não mergulhei na questão. Mas agora, junto de Frida, o "oficial" toma proporções diferentes. Ando lado a lado com minha bisavó, uma pessoa que viveu, sentiu na pele, a guerra. Aqui começa o meu pesadelo.

Subitamente lembro dos primeiros anos do liceu, em Lisboa. Havia um ou outro filho de exilados, como eu, mas, na maioria, os colegas tinham pais que haviam procurado manter-se distantes da política durante a ditadura de Salazar. E havia a Matilde, minha melhor amiga. Morava dois prédios depois do nosso. Era divertida e muito falante, minha companheira de aventuras, íamos juntas para as aulas, voltávamos juntas, estudávamos juntas, brincávamos juntas. Na nossa casa ou na dela.

Até que, um dia — estávamos por volta dos treze anos —, decidimos fazer um pacto de amizade daqueles que só fazemos quando crianças. Tínhamos de contar um segredo que guardaríamos para sempre. O meu nem me lembro qual foi. O dela eu lembro bem. Matilde era filha única, morava com a avó e o pai. A mãe morrera quando ela tinha dois anos. Diferente do meu pai, o dela era um sujeito baixinho e brincalhão que nos levava para tomar sorvete no Santini, em Cascais, nas tardes de domingo. Ele nos deixava ver televisão, comer e dormir na hora em que quiséssemos. Eu adorava o pai da Matilde. Não estabelecia regras, bem diferente do que acontecia lá em casa. Eu amava meus pais, mas sentia, muitas vezes, que a rigidez e a militância os impediam de se soltar conosco.

O fato é que Matilde me contou seu segredo, que nem ela sabia direito o que significava. Algo que ela ouvira sem querer e o pai a fizera jurar que jamais contaria a ninguém. E ela quebrava a jura com sua melhor amiga: eu. Era a maior prova de confiança que podia dar. Matilde era filha de um ex-agente da Pide, a temida polícia política portuguesa. Eu sabia o significado. O pai de Matilde havia sido um torturador. Foi minha conclusão imediata. A palavra Pide era sinônimo de tortura. "Pides torturadores" — ouvi isso a vida inteira. Ainda em Moçambique, eu era bem pequena, minha mãe tinha sonhos horríveis e acordava aos berros. Os Pides torturaram meus pais. Por causa dos Pides foram obrigados a fugir de Portugal para o exílio na África. "Esses desgraçados vivem livremente por aí, covardes anônimos, como se não tivessem feito nada! O que passam para os filhos?! Criam pequenos carrascos?!" Meu pai esbravejava quando, vez por outra, um ex-agente era reconhecido e, de efetivo, nada acontecia. Não contei sobre o pai de Matilde. Tornou-se meu segredo também. Eu resolveria do meu jeito. Passei a ignorá-la. Deixei de sentar ao lado dela na escola, não íamos mais juntas nem voltávamos. Também parei de frequentar a casa dela e arranjei uma nova melhor amiga, Inês. Insistia em mostrar a maior cumplicidade quando Matilde se aproximava. Ela mendigava minha amizade, não entendia o porquê do afastamento, justamente depois de um pacto de amizade eterna. Eu dizia que ela estava com mania de perseguição, que as pessoas podiam ter mais de um amigo e a deixava falando sozinha. As crianças sabem ser cruéis. Aos poucos, Matilde foi se afastando. Eu sentia sua falta, era ela a minha melhor amiga. No ano seguinte, não estava mais lá. Mudou de escola. Nos reencontramos uma única vez, anos mais tarde, numa viela em Alfama, numa noite de Santo Antônio. Cada uma com seu namorado. Em meio à multidão que nos comprimia, à música que soava estridente das caixas penduradas nas janelas, nos abraçamos, trocamos telefones, prometemos nos ligar. Jamais cumprimos a promessa. Nossos olhares não se encontraram. Eu não conseguia encará-la, embora sentisse os olhos dela em mim. Eu senti vergonha. Por que afinal me afastei de Matilde? O motivo foi o pai dela ter sido da Pide? O que ela tinha a ver com isso? Neste momento, lembro-me dela. Estou prestes a conhecer meu passado com a mesma pergunta: o que, afinal, eu tenho a ver com ele?

Andamos alguns metros até parar na frente de um edifício cor de areia, de quatro andares mais o térreo, com janelas longas de um tom verde-musgo. Está bem conservado e dá para perceber que passou por reformas, mas mantém a fachada clássica.

"Morei aqui por mais de vinte anos. Mudamos quando Friedrich e Ingeborg ainda eram pequenos", ela me conta, apontando para as janelas do terceiro andar. "Seu pai nasceu aqui. Meu filho e Gretl vieram morar conosco logo depois que ela engravidou de Hermann. Era um apartamento enorme... ainda é." A voz de Frida vai diminuindo lentamente.

Eu não ouço mais nada. Gretl é casada com Helmut. Apesar de tê-los visto uma única vez, sei que Gretl e Helmut são os pais de meu pai. De repente, aos quase trinta anos, percebo que meu passado foi construído em cima de suposições e mentiras. Meu pai não falava sobre sua vida antes de Portugal. Não tínhamos contato com ninguém de sua família. Minha cabeça gira.

Frida pergunta se estou bem ao notar a palidez no meu rosto. "Deve estar cansada da viagem...Talvez prefira voltar amanhã."

Não respondo. Como posso estar bem? Até há pouco mais de um mês, não tinha ideia da sua existência! Meu pai trancou o passado e jogou a chave fora. Eu vim procurá-la porque escutei, por acaso, a conversa dele com Gretl, que mal conheço! Tenho quase trinta anos e só vi meus avós uma única vez! Achava que ela fosse mãe de Helmut, ou de Gretl, já não sei mais o que pensar... Quando dou por mim, estou deitada no sofá da sala de Frida.

3

Foi um desconhecido que colocou Amália no táxi. O motorista fez uma volta no quarteirão e logo chegou ao destino. Ela recobrara os sentidos, mas a tontura a impedia de manter os olhos abertos. O zelador — um tcheco de bochechas rosadas e braços musculosos — pegou-a no colo e subiu dois lances de escadas até o primeiro andar. Frida seguiu no elevador onde mal cabiam duas pessoas. O rapaz colocou Amália no sofá e as deixou sós.

Frida acomodou uma almofada sob a cabeça da bisneta e fez sinal para que ela não falasse, descansasse apenas. Assim, ganhava tempo para simplesmente olhá-la. Ali estava uma parte dela, sua bisneta. Seu sangue, sangue de Friedrich, o filho amado. O sangue puro, nobre, de uma raça superior. Não fora para isso que havia criado os filhos? Para que erguessem o império de mil anos onde se imortalizariam através de seus descendentes? "Em nossa megalomania exterminamos a nós mesmos", pensou, enquanto fazia menção de tocar os cabelos de Amália sem, porém, tocá-los.

Os olhos fitavam Amália, que ia acordando, aos poucos, tomando consciência de onde estava. Tudo muito novo para ela. Já Frida estava no mundo há quase cem anos. Era urgente que Amália resgatasse a vida de Friedrich. Devia isso ao filho e a ela própria.

— Você teve um desmaio, eu a trouxe para minha casa — disse, estendendo um copo com água. — Tome, vai lhe fazer bem. Tem um pouco de açúcar.

Amália parecia não escutar. Sentia a boca seca. Bebeu de uma virada. Em seguida, devolveu o copo que Frida tornou a encher. Ela o virou novamente.

— Obrigada — respondeu num sussurro. — Não queria dar trabalho.

Em seguida, Amália se levantou e observou o apartamento. Foi até o piano, que ocupava boa parte da sala, e pegou o único porta-retratos sobre o instrumento.

— É Friedrich? — ela perguntou, sem levantar o olhar.

Frida se aproximou e ficou ao lado dela. Os braços se tocaram levemente para logo se afastarem. Não existia intimidade, apenas o desconforto de estranhos que se viam diante de uma situação que requeria intimidade.

— Sim. É Friedrich. Tinha quinze anos na época. — Passou os dedos pelo vidro, o papel ainda bem conservado apesar do tempo.

A bisavó pegou, então, um outro porta-retratos, menor, que descansava no aparador sob a janela.

— Esta é Ingeborg, minha filha, dois anos mais nova que Friedrich. Morreu há quase três meses, era viúva, não teve filhos — disse, sem se aprofundar.

Não havia muito a dizer sobre Ingeborg. Nada de que se orgulhasse. "Às vezes, somos apenas o meio para dar luz a seres com os quais não temos a menor afinidade", pensou, mas não falou. De Hans, não havia fotografias. Foram todas queimadas ou rasgadas.

— Meu pai jamais falou nada sobre a família! — Amália exclamou, interrompendo os pensamentos de Frida.

Os olhos estavam fixos na suástica que marcava o braço esquerdo do uniforme da Juventude Hitlerista que Friedrich usava. Naquele instante, Frida percebeu que não tinha nenhuma foto do filho sem a camisa parda, impecavelmente passada, e o cabelo alinhado.

— Sei que tudo isto deve soar absurdo para você — Frida continuou, com a voz pausada. — Eu entendo Hermann. Se pudesse, eu apagaria o passado.

Amália não estava interessada naquele discurso. Soava vazio e patético.

— Sim, se pudessem, todos apagariam o passado. — O tom dela era levemente sarcástico. — As coisas poderiam ter sido tão diferentes...

Frida atravessou a fala, interrompendo Amália antes que ela terminasse.

— Não, Amália. Não são as coisas que poderiam ter sido diferentes, são as pessoas... As pessoas é que poderiam ter sido diferentes! — Exaltou-se, o coração palpitando forte.

Amália encarou a bisavó sem desviar o olhar. Era a primeira vez que a enxergava além de uma senhora alienada que passara por duas guerras mundiais, deflagradas por seu país, e sobrevivera graças à resignação. Nem a idade nem a palpitação a comoveram a ponto de desviar seu foco. Naquele momento, a raiva não era para Frida, era para Hermann.

— Meu pai é filho de um nazista... Meu pai, que é um defensor das minorias, que lutou contra a ditadura de Salazar, que foi preso e torturado... Meu pai é filho de um nazista... e, mais do que isso, um covarde! De que adianta nos ter criado com todo aquele blá-blá-blá sobre "a verdade acima de tudo", a integridade de caráter, a honestidade... se ele mentiu a vida inteira?! — A pergunta era mais para ela própria do que para Frida. — De que adianta? Se ele não teve sequer a coragem de enfrentar sua própria história?

Nada que Frida falasse mudaria ou amenizaria o passado. Muitas vezes, ela própria sentira vontade de quebrar tudo, de gritar o quanto queria ter agido diferente. Se para o mundo exterior podia tentar redimir-se usando a mesma desculpa de milhões de alemães — "cumpríamos ordens", "nunca denunciei ninguém", "acolhi um judeu que mal conhecia" —, por dentro sabia que não podia culpar a guerra pelas suas atitudes, não podia colocar nos ombros do Reich a responsabilidade pelo que fizera. Ela havia mandado Friedrich embora com um bebê recém--nascido. Ela, unicamente ela. Seu egoísmo, sua alienação, o não querer envolver-se. Hans, pelo menos, fora coerente consigo mesmo. Meteu uma bala na cabeça depois do suicídio de Hitler e da capitulação. Para ele, não existia mundo sem o *Führer*. "Jamais nos renderemos", repetia insistentemente, sóbrio ou bêbado. "Jamais nos renderemos" — estava lá, no bilhete escrito pouco antes do tiro — "Jamais derrotarão nossos corações e mentes. Vou ao encontro do *Führer* e do império de mil anos. Viva a Alemanha. *Heil Hitler!*" Nem uma palavra para a família. Podia imaginá-lo, até hoje, fazendo a saudação com o braço direito ao mesmo tempo que apertava o gatilho com a outra mão. Mas não foi para contar isso que havia procurado Hermann. Tampouco traria esse assunto à tona agora.

— Amália, a última coisa que quero é destruir a família de Hermann, meu único neto! Ele teve seus motivos para enterrar o passado. Hermann tinha apenas cinco anos quando partiu... Soube por Gretl que ele também rompeu com ela pela mesma razão que causa a você essa revolta! — Fez uma pausa e encarou Amália. — Eu não iria procurá-lo agora se não fosse para tentar, de certa forma, apaziguar os fantasmas que o rondam.

Enquanto falava, dirigiu-se ao piano e apontou a banqueta para que Amália se sentasse. Abriu a tampa e posicionou algumas folhas de papel que estavam sobre a cauda.

— Nada que eu disser neste momento vai mudar o que você sente — falou, com a voz alterada, enquanto apontava as folhas. — Vamos, toque, por favor! Toque.

Amália seguiu, sem resistência, para o piano. Sentou-se. Passou os olhos, atentamente, pelas notas desenhadas com tinta azul sobre as linhas pretas. As folhas estavam bem conservadas, apenas amareladas pelo tempo. Havia algumas rasuras, sinal de que não houvera tempo, ou mesmo vontade, de passar a limpo. Apertou os dedos e os abriu em seguida, separando-os. Depois, esfregou as mãos na coxa e dedilhou o ar num misto de aquecimento e ritual para, em seguida, baixá-las com leveza sobre as teclas levemente empoeiradas.

Frida fechou os olhos. Os sons invadiram sua alma. Era como se ouvisse o filho tocando. Quando os abriu, viu que um fio de lágrima escorria pelo rosto de Amália. Aproximou-se e pegou a partitura.

— *Für Haya* — disse, apontando para o título. — Para Haya. E olhe aqui... — Apontou uma anotação no verso da última folha — "Friedrich Schmidt, outubro de 1944".

38

Frida jamais havia mostrado a ninguém aquelas folhas. Muito menos falado sobre Friedrich e a fatídica noite em que o vira pela última vez.

— Foi composta por seu avô, Friedrich Schmidt, em outubro de 1944... mas só chegou às minhas mãos cerca de quinze anos depois... É lindo, não é? — Disse, com a voz embargada.

Amália permanecia calada, imóvel. Como se o tempo tivesse congelado e ela quisesse segurar, ao máximo, a sensação que os acordes lhe haviam despertado.

— Foi Friedrich quem compôs? É tão... — Amália procurava as palavras. — É tão simples... e tão bela! Não sei o que dizer!

Frida segurava as folhas junto ao peito. Aproximou-se de Amália.

— Você entende por que pedi para que você tocasse antes de falar qualquer coisa sobre meu filho? — Perguntou, enquanto colocava a partitura de volta sobre a cauda. — Eu preciso falar sobre Friedrich, por isso procurei Hermann. Eu não quero morrer levando isso comigo! Não posso negar que Friedrich serviu ao Reich, que pertenceu ao partido! Mas isso não fazia dele um monstro... Foi mais corajoso do que muitos de nós! — E apertou as mãos de Amália entre as suas.

Amália soltou as mãos e a abraçou. Começavam a confiar uma na outra. Frida finalmente ia colocar para fora aquele segredo que vivia com ela há mais de cinquenta anos.

— Friedrich sempre foi um menino sensível, incapaz de fazer mal a uma formiga — lembrou com saudosismo do filho para logo mudar de expressão. — Bem diferente de Ingeborg. Era minha filha mas, tenho de admitir, parecia muito mais com Hans do que comigo. Já Friedrich era como eu... quieto, observador, amava o belo. Ele era alto, forte e o melhor em tudo que fazia... Nadava, corria, era bom em matemática, em ciências. Lá pelos quinze anos, apaixonou-se pelo piano. Tínhamos um professor em casa para Ingeborg... Minha filha era uma tragédia, já Friedrich... — Fez um breve silêncio melancólico ao lembrar das tardes com o professor Schulz. — Talvez tivesse sido melhor que não fosse tão bom em tudo... Friedrich já pertencia à Juventude Hitlerista, como a maioria dos meninos na Alemanha... Aos quinze anos, descobriu a

39

música, decidiu que era seu caminho, mas meu marido nunca teria permitido! "Arte é coisa para mulheres e efeminados", ele costumava dizer. Depois que o professor Schulz foi embora, passei eu a pagar, às escondidas, as aulas de piano para ele. — Fez mais uma pausa, era triste lembrar de como viviam numa redoma. — Mesmo assim, não foi por muito tempo... Logo Hans o mandou para a Reichsschule, em Feldafing, nos arredores de Munique. Era a escola da elite nazista. Um caminho sem volta. Naquele instante, eu soube que tinha perdido meu menino para o partido.

Há momentos em que a realidade parece existir em uma dimensão paralela. Observamos de fora, vemos o quadro todo. Ela está ao nosso lado, sem ponto de interseção. Não conseguimos interagir.

O século XX chega ao fim. A Segunda Guerra é um capítulo vergonhoso, não só para a Alemanha como para toda a Europa, que se calou até que fosse tarde demais. Eu e tantos outros da minha geração estamos fartos de saber isso, e, se o assunto vem à tona, é para ressaltar que governantes europeus não aprenderam nada com a destruição do continente. A queda do comunismo reacendeu velhas disputas nos países do Leste e atingiu em cheio os Bálcãs. A África, a Ásia e o Oriente Médio viveram, nos últimos cinquenta anos, dezenas de guerras civis: Timor, Libéria, Sri Lanka e tantos outros países. Muitos ainda estão em guerra.

Eu, que trabalho com refugiados, sei bem do que estou falando. Não tenho tempo para debater a Segunda Guerra quando atrocidades acontecem, agora, em países pobres sob domínio de ditadores e corruptos. Corro contra o relógio para conseguir vistos, tirar famílias de Angola, do Burundi, da Argélia, do Congo.

No entanto, neste exato instante, nazistas deixam de ser genéricos. Frida esteve na presença de Hitler. Hitler adorava chocolate. Frida tinha, inclusive, indicado a Eva Braun o endereço de uma doceira berlinense que fazia uma torta *Sacher* de primeira. "Você já experimentou?", ela pergunta. Eu respondo que sim embora nunca tenha experimentado — quero que Frida siga a conversa, mas ela mantém seu ritmo. "Não deixava nada a dever à do Hotel Sacher, de Viena, onde a receita foi criada." Ela não me conta esses detalhes à toa. Quer apenas me mostrar o mundo em que vivia naquela época. "Hans Schmidt, meu marido, era gordo, baixinho e medíocre", salienta Frida, "mas chegou a *Obergruppenführer* — uma das mais altas patentes da SS no Reich — por causa de uma qualidade única e tão necessária: devoção cega ao *Führer*."

Frida não demonstra nenhuma emoção ao falar do homem com quem foi casada por vinte e cinco anos. Hans era meu bisavô. Frequentou a famosa Toca do Lobo, onde Hitler escapou do atentado, em 1944. Frequentou o bunker construído embaixo da Chancelaria do Reich, em Berlim. Frequentou Berghof, a casa de veraneio, na Baviera. Frida o acompanhara em algumas ocasiões, embora, na maioria das vezes, preferisse ficar em casa com os filhos.

Casou-se com Hans Schmidt no ano em que terminou a Grande Guerra — era assim que ela ainda se referia à Primeira Guerra Mundial — para ajudar o pai, Johannes, um industrial falido. Friedrich nascera logo em seguida e Ingeborg dois anos depois. Hans era filho de um comerciante que enriquecera rapidamente com contrabando e outras atividades ilegais. Com o casamento, Schmidt quitou as dívidas do sogro, que continuou morando na mansão em Potsdam, onde Frida nascera. "Meu pai já era viúvo na época", ela completa.

Com a Alemanha afundando em miséria e desemprego, Hitler foi ganhando força. Hans era cerca de cinco anos mais velho que o líder nazista. Haviam se conhecido nas trincheiras. Lutaram lado a lado, em 1914, na invasão da Bélgica, embora Hans tivesse chegado a sargento. "Amigos na alegria, irmãos na tristeza", Hans costumava se referir assim aos companheiros de batalha.

Um homem sem atrativos, que satisfazia todos os desejos dela, bom pai para as crianças. É o que concluo do que Frida me conta dos pri-

41

meiros anos de casada. Não há nem um sopro de passionalidade no tom de voz dela. É como se falasse de um vizinho ou parente distante. No final dos anos vinte, a situação começou a mudar. A crise no mercado financeiro americano atingiu em cheio a economia mundial e a vida na Alemanha piorou ainda mais. Hans não tinha o faro comercial nem a astúcia de larápio do pai. Contraiu dívidas que o obrigaram a se desfazer de boa parte do patrimônio herdado. Depois de ler *Mein Kampf*, decidiu filiar-se ao Partido Nacional-Socialista, fundado pelo autor daquela "obra-prima", seu amigo de luta — ele costumava se vangloriar —, "o cabo Hitler". Estava convencido de que os judeus eram responsáveis por seu fracasso no comércio. Contraíra dívidas em bancos judeus e achava-se injustiçado por ter de pagá-las.

Hitler reconheceu Hans numa reunião do partido, em Berlim. Foi um caminho sem volta. Dois anos depois, Hitler foi eleito chanceler e, em seguida, criou a Gestapo. Hans foi um dos primeiros oficiais da polícia política do Reich. Logo se tornou aliado de Göring e, em seguida, de Himmler.

"Embora os dois não fossem exatamente os melhores amigos", ela frisa, carregando na ironia. Hans estava sempre bem com todos. Tinha dedicação cega ao *Führer*. "Meu pai, e foi para salvá-lo da bancarrota que me casei", Frida faz questão de destacar, "meu pai deixou de nos procurar e pediu que não o procurássemos. Previa um futuro sombrio para a Alemanha. Sugeriu que eu abandonasse Hans e levasse as crianças para viver com ele. Mas o que eu podia fazer?" Os olhos dela procuram aprovação nos meus. Diz que Hans a teria perseguido até o inferno se ela desaparecesse com os filhos. "Além do mais, como iria me sustentar e às crianças?" Sinto que tenta justificar o casamento por interesse. Eu não estou aqui para julgá-la. A cada momento, só aumenta a minha curiosidade. Quero saber quem foi meu avô e o que aconteceu com ele.

E Friedrich? Tento levá-la ao ponto que me interessa. Por que o perdeu para o partido?

Frida é quem dá o tom e o ritmo da conversa. Em vez de uma resposta direta, faz sinal para que a siga em direção à cozinha. Enche de água uma pequena chaleira e pergunta se a acompanho no chá. Digo que sim. "Pode ser preto?" Digo sim novamente. Enquanto esperamos a água ferver, volta a falar do marido. Relata-me que não há fotografias de Hans na casa.

"Destruí todas quando voltei a Berlim, no Natal de 1945." Frida havia deixado a cidade pouco antes da rendição. A derrota era iminente. Os russos se aproximavam e, com eles, o pânico. "Eram verdadeiros bárbaros. Havia boatos de que os soldados estupravam todas as mulheres que viam pela frente, fossem jovens ou velhas", balança levemente a cabeça enquanto despeja a água fervendo diretamente sobre o chá preto. "Logo soubemos que não eram só boatos..." Faz uma pausa e observa a água escorrendo da chaleira. "Como eu adoro chá preto!", exclama.

Respondo com um breve "eu também" para que continue a história, mas Frida tem mesmo um ritmo todo próprio de contá-la. Toca em pontos pesados — fico sem saber se ela ou alguém muito próximo foi vítima de algum estupro —, fala sobre os figurões do Reich com uma intimidade de vizinhos e, de repente, muda para um assunto absolutamente banal.

"Pois aí vai uma dica: sirva a água logo depois de tirá-la do fogo. Já quando o chá for verde ou de ervas, espere trinta segundos para despejar a água. Evita que as folhas cozinhem além do ponto, deixando um gosto amargo."

Eu concordo com a cabeça. Aquela conversa é que deixa um gosto amargo. Frida tem a capacidade de manter a diplomacia em situações críticas. Posso imaginá-la conduzindo um jantar de cerimônia em pleno bombardeio.

"Hans tinha me mandado para Stuttgart no começo de 1945, e de lá segui para a Suíça, onde encontrei Ingeborg e meu genro." Ela fala enquanto me passa a xícara e sentamos, frente a frente, na mesa da cozinha. Ingeborg e o marido haviam deixado a Alemanha por volta de 1943. Ele pertencia a uma família próspera e dirigia os negócios. Era quase vinte anos mais velho que Ingeborg e usava um andador. "Tinha as pernas atrofiadas, sequela da paralisia na infância. Foi o que o salvou da guerra, não servia para a frente de batalha..." Interrompe o relato para sorver o líquido escuro com goles curtos. Aproveito para perguntar o que aconteceu com Hans.

"Hans? Hans se suicidou no dia em que a Alemanha capitulou. Deu um tiro na cabeça." Sou tomada por uma sensação de desconforto. Para Frida, família mesmo, parece ser apenas ela e Friedrich. Conta que Hans se refugiou no apartamento que tinham em Potsdam, e lá se matou. "Uma cidade tão linda, foi onde nasci", completa, reticente.

Bebo o chá — ou melhor, viro o líquido, já morno — segurando a xícara entre as mãos. Ao devolvê-la à mesa, escorrega dos meus dedos e espatifa-se no chão. "Desculpe, Frida! Vou limpar esta bagunça!" E já abaixo para catar os cacos. Ela se levanta e segura meu braço esquerdo. Parece perceber minha tensão. "Amália, tudo isto é muito recente para você. Sinto lhe colocar diante de uma história que possa trazer mais dores do que alegrias... mas não posso, e não quero, levar isso comigo", tenta, de alguma forma, me acalmar. "Então fale de Friedrich!" Eu rebato. "Me conte o que há de tão fundamental que a fez procurar meu pai depois de tanto tempo!"

4

Desde que Amália acordara depois do desmaio, Frida estava ganhando tempo. Ela havia procurado Hermann por um motivo muito específico, que não era trazer à tona o passado da família. O neto não viera. "Dizem que o destino escreve certo por linhas tortas", ela pensou. Amália — Frida tinha certeza — iria realizar a missão. Diferente de Frida, não estava consumida pelo remorso. Diferente de Hermann, não estava consumida pela revolta.

— Pois bem, Amália — ela disse, pausadamente. — Eu procurei seu pai porque tenho fortes suspeitas sobre a morte de Friedrich — titubeou. — Acredito que meu filho pode estar vivo... ou, pelo menos, que não morreu como nos contaram.

Pronto. Havia falado. Finalmente. Depois de décadas.

— Mas como? — Amália a encarou incrédula. — Vivo como? O que aconteceu afinal?

— Friedrich desapareceu em outubro de 1944. Foi dado como morto no mês seguinte. O automóvel dele foi encontrado num lago, perto de uma floresta, na Polônia. Documentos que identificavam meu filho estavam no porta-luvas. O corpo jamais apareceu. As buscas não se prolongaram. — Frida engoliu a emoção numa breve pausa. — A polícia encerrou o caso um mês depois... Para eles, Friedrich tinha sido capturado pela Resistência e brutalmente assassinado. O corpo estaria enterrado numa vala qualquer... A vida tinha de seguir. Assim era a guerra. — Ela se calou.

Frida nunca sentira tanto o peso da idade. Não tinha forças para levantar-se da cadeira. Os cotovelos apoiados na mesa da cozinha seguravam o rosto. Amália permanecia muda, à sua frente, sem pestanejar.

— Meu filho era um prodígio. Aos vinte e três anos, já era piloto com várias condecorações. Chegou a receber a Cruz de Cavaleiro com diamantes. Não era fácil ser capitão da Luftwaffe tão jovem! — Baixou os olhos, lembrando da alegria com que Friedrich mostrara a medalha. — Göring o adorava! — Ela se calou novamente.

"Quanta ironia", Frida não se esquivou de lembrar, mas nada disse a Amália. Friedrich havia dado o nome de Hermann ao filho em homenagem a Göring.

— E o casamento com Gretl? Eles se amavam? Meu pai chegou a ter algum convívio com Friedrich? — Amália se atropelava nas perguntas.

Ela queria saber sobre coisas que soavam banais a Frida, tão sem importância que descansavam empoeiradas em alguma gaveta da memória. Como fazer Amália entender que, em tempos de guerra, amor vem abaixo da sobrevivência? Que amigos e irmãos se tornam inimigos quando só há lugar para um? Que mulheres entregam maridos e vice-versa? Que pais traem os filhos?

O melhor era se ater aos fatos. O doce menino prodígio que conquistaria o mundo viveria apenas em Frida. Resumiu a vida dele e a repassou a Amália.

Aos dezoito anos, Friedrich ingressou na escola de formação de pilotos, depois de se formar com excelência no colégio de elite do Reich. Com o começo da guerra, no ano seguinte, foi mandado para o *front*. Friedrich logo se destacou na Luftwaffe. As invasões da Holanda e da Bélgica foram um sucesso, e a conquista de Paris, a revanche da Grande Guerra. Friedrich voltou para casa como herói antes de uma nova missão. Gretl era filha única de um grande amigo de Hans, alto funcionário do governo, destacado para Viena. "Uma alemã de linhagem pura", o pai se vangloriava. Os dois foram apresentados já sabendo do destino que os esperava. Ele retornou ao *front*. Casaram-se em 1941, depois de uma licença autorizada pelo próprio Göring. Friedrich foi mandado para combater na Rússia. Desta vez, a guerra não correu tão bem quanto se esperava. Hermann nasceu em 1942. Friedrich estava longe. Quando o viu pela primeira vez, o menino tinha mais de três meses. Gretl morava com os Schmidt no apartamento da Kudamm. No final de 1943, começaram os bombardeios maciços contra Berlim. Ouvia-se falar das mortes e da destruição. Mas quando ela bate ao lado, é diferente. Em 22 de novembro, dia do aniversário de um ano de Hermann, Charlottenburg e arredores foram alvo dos ataques. Nem o zoológico foi poupado. O apartamento escapou por pouco, mas a vizinhança estava em destroços. Na semana seguinte, Gretl partiu com Hermann para a casa de parentes num vilarejo no norte. Ingeborg já havia fugido com o marido para a Suíça. Frida permaneceu em Berlim. Por mais que não amasse Hans, ele era seu marido. De março de 1944 até o começo de 1945, viveram em relativa paz. Os ataques aéreos contra a capital alemã se tornaram esporádicos. A França ocupada é que estava na mira dos aviões aliados. Passaram a se dividir entre Berlim e o apartamento em Potsdam. Depois da guerra acabada, Frida soube que não só o apartamento mas o prédio inteiro havia sido confiscado de uma família judia e dividido entre Hans e outros oficiais.

Mesmo com Berlim fora do alvo, a guerra não ia nada bem para os alemães, ainda mais depois da derrota em Stalingrado. Mas falar sobre fracasso e rendição era considerado traição. Os russos avançavam pelo leste. O exército alemão destruía as próprias cidades para conter o avanço dos vermelhos. Pontes e redes elétricas eram bombardeadas. Pelo oeste, o ataque também se acirrou. Americanos, canadenses e britânicos desembarcaram na Normandia. No começo de julho de 1944, o avião pilotado por Friedrich foi atingido. Ele conseguiu aterrissar em solo amigo. Sofreu queimaduras nos braços e teve ferimentos na cabeça. Foi mandado para Berlim. Era forte e se recuperou bem, mas ficou com uma sequela que o afastou de vez da aviação: perdera parte da visão do olho direito. Dirigir ele até podia, mas pilotar não mais.

— Voar era a paixão de Friedrich. No ar, talvez a guerra soasse mais impessoal — Frida falou sem muita convicção. — Embora os bombardeios, muitas vezes, atingissem alvos civis... mas eram ordens e elas tinham de ser cumpridas. A fidelidade à pátria vinha em primeiro lugar...

Frida calou-se, reticente. Por mais que tentasse, jamais conseguiria fazer Amália entender. Ela mesma se perguntara muitas vezes, anos depois do fim da guerra, que sentimento era aquele que os colocou aos pés de um insano? Seus questionamentos morreriam com ela. Os olhos de Amália ansiavam por outras respostas.

— E o que Friedrich fez então? — Amália perguntou.

— Friedrich não podia voltar ao *front*. Caiu em depressão. Jogava as condecorações contra a parede e berrava que preferia ter morrido no acidente. Hoje, olhando para trás, percebo o quanto a guerra já estava perdida há muito... mas não nos permitíamos pensar nisso. Os que ficaram em Berlim iam a festas, concertos e se banhavam nos lagos como se fosse um verão qualquer. Hans confiava plenamente em Hitler. "O *Führer* vai encontrar uma maneira, é um estrategista. Os russos vão cair", ele repetia com tanta ênfase que eu acabava acreditando. — Parou por um instante, o cansaço era visível na voz e no rosto.

— Você quer descansar um pouco? Quer água?— Amália perguntou enquanto se levantava e seguia até a jarra.

— Um pouco d'água, por favor — Frida pigarreou, sabendo que não podia mais adiar o inadiável. — Eu tenho a eternidade para descansar. Agora, preciso continuar enquanto a memória não me falha.

Ao mesmo tempo que era uma bênção completar um século de vida com a mente sã, para Frida era também um tormento. Muitas vezes, ela quis que tudo tivesse se apagado. Teria sido mais fácil viver, ela pensava. Continuou a história, que permanecia fresca em sua mente.

— Naquela altura da guerra, os campos de trabalho estavam lotados e se espalhavam pela Alemanha e pelos países ocupados, principalmente na Polônia. Em meio a tantas derrotas, o todo-poderoso Göring caiu no ostracismo. — Balançou a cabeça com um sorriso sarcástico. — Foi colocado à margem da cúpula nazista. Outro megalomaníaco, viciado em morfina. Já Hans, a essa altura, tinha se lançado para o lado de

Himmler. Passou a trabalhar com Eichmann, no setor de transportes para o Leste... — Mudou o tom. — Eu só fui saber o que isto significava mais tarde.

Um silêncio, cheio de constrangimento, tomou a sala.

Campos de trabalho e setor de transportes para o Leste. Um arrepio percorre minha espinha. A ânsia trava a garganta. Himmler, Göring, Eichmann, *Obergruppenführer*, Luftwaffe. Nomes e patentes que saem com naturalidade pela boca de Frida. Meu pai não se encaixa neste quebra-cabeça. Eu também não. Não é preciso ser profundo conhecedor para traduzir os termos de Frida. Campos de trabalho são um eufemismo para campos de extermínio. O setor de transportes para o Leste é a chancela dos trens da morte. A sonata me invade a mente. Preciso saber o que aconteceu com Friedrich.

"Friedrich não voltaria a voar... mas era um exemplo de força e coragem." O nome de Friedrich é sempre citado por Frida com adoração — é como se ele tivesse sido congelado e permanecesse o seu eterno menino. Aos vinte e quatro anos, inspirava respeito e "era incorruptível", ela frisa. Friedrich foi mandado para a Polônia no final de setembro. Ele iria acompanhar o funcionamento de um "importante campo de trabalho". O local era distante e desconhecido. Só depois — quando já havia desaparecido — é que Frida veio a saber que ele fora mandado numa missão secreta para investigar soldados e oficiais suspeitos de corrupção. Himmler desconfiava que os SS estavam assaltando o patrimônio do Reich. Incorruptível, penso, imaginando como meu pai reagiria a tudo isso. Frida conta que chegou a discutir com Hans se não era perigoso Friedrich seguir para aquele fim de mundo, com os russos se aproximando. Ele garantiu que seria melhor assim do que enfrentá-los no *front*, nos combates por terra. "De certa forma, eu não estava errada, era o fim do mundo... Friedrich foi enviado..." É incrível a precisão com que lembra dos fatos mas rodeia o que precisa realmente falar. Por que não é direta? Enquanto me pergunto, escuto a resposta. "Foi enviado para Auschwitz."

Auschwitz. Um martelo atinge minha cabeça. Pouco de concreto sei sobre o *campo*. O nome basta. Li, certa vez, algo que me marcou: "Se existiu Auschwitz, é sinal de que Deus não existe." Só havia duas formas de se ter estado lá. Como prisioneiro ou como algoz. Uma dor percorre meu peito, uma dor de vergonha. Auschwitz existiu. E não apenas no passado, existe no presente que chega de supetão.

"Auschwitz? O campo de concentração?" É só o que consigo dizer. "Sim, Auschwitz", ela não me encara. "Mas é preciso que você entenda uma coisa... Não sabíamos o que se passava na época", completa como se precisasse se justificar. "Friedrich estava transtornado quando me procurou... Me pediu ajuda!" Frida, sinto muito, mas não dá para entender, é o que respondo para mim. A questão dela não é filosófica nem abrangente. Não expia aquela vergonha que pesa aos alemães como povo. Frida vive num mundo próprio. Sua culpa é individual. "Eu não o ajudei, eu abandonei meu filho!"

Ela baixa a cabeça e assim permanece, com os antebraços apoiados na mesa. Levanto-me e vou até ela. É como se tivesse subitamente encolhido — parece tão pequena, indefesa. Sento-me ao seu lado, no banco de madeira. Pego as mãos de minha bisavó e seguro-as entre as minhas. São macias e quentes. Está tudo bem, tento acalmá-la. Eu não estou aqui para julgá-la. Quero sentir raiva mas não consigo. Só preciso saber o que aconteceu.

"Eu jamais contei a ninguém o que vou te contar agora." Ela parece ler meus pensamentos. "É o que me faz acreditar que Friedrich esteja vivo... ou que, pelo menos, não morreu numa emboscada."

5

Potsdam, 2 de outubro de 1944

Friedrich estacionou o carro próximo à Igreja de São Pedro e São Paulo. O dia logo amanheceria. O cansaço tomava o corpo e as pálpebras pesavam. Nas últimas quarenta e oito horas, havia apenas cochilado por alguns minutos, espaçados no tempo. Sentia fome mas sem a vontade de comer. Fazia uma semana que havia deixado Berlim rumo àquele inferno. Retornara para um endereço desconhecido, que se transformara num monte de escombros. Agora, ali, na cidade onde passara parte da infância, finalmente conseguiria cumprir sua missão, pelo menos parte dela. Era o que lhe dava um pouco de conforto.

O bebê gemia no cesto. Sentiu uma vontade imensa de fechar os olhos mas sabia que, se o fizesse, iriam abrir-se para um dia já claro. Não podia arriscar. Ele fora treinado para suportar horas sem sono, manter o alerta para o inimigo.

A mãe com certeza dormia profundamente àquela hora. Se a sorte continuasse ao seu lado, o pai estaria em Berlim, enfurnado numa sala sombria, no número 8 da rua Prinz Albrecht, ou jogado num canto qualquer depois de uma noitada de bebedeira. O álcool era o refúgio para não lidar com a guerra já perdida.

Friedrich saltou do carro e acendeu um cigarro dando uma longa baforada. Duas tragadas foram suficientes para espantar o sono. Esperou que a escuridão da noite começasse a ceder à sutil claridade que antecede o amanhecer. Abriu novamente a porta e pegou o cesto de vime, acomodado no chão atrás do banco do carona. Lembrou-se de Hermann. O filho faria três anos em breve e eles mal se conheciam. "Dê um abraço no papai." "O papai é um herói muito ocupado." "Veja quantas medalhas." Friedrich era uma entidade fardada que o filho aprendera a venerar. O próprio Friedrich fora criado assim. Sempre adorara o pai, mas amor? Não sabia o que era.

Já a menininha que cabia quase inteira em suas mãos despertava sentimentos e sensações que ele jamais conseguiria exprimir com palavras. De novo a música flutuava à sua frente. Assobiou baixinho. Queria sentar ao piano e tocar até que o dia amanhecesse e trouxesse um outro mundo, onde pudesse esquecer a vergonha.

A melodia assobiada e o ruído das botas no calçamento de pedras eram os únicos sons a rasgar o silêncio da madrugada gélida. O prédio da mãe ficava a alguns metros dali, na rua Brandenburger, uma das principais do centro antigo. Friedrich estivera apenas uma vez naquele apartamento, mas os momentos felizes da infância, em Potsdam, ele jamais esquecera.

Frida nascera nessa cidade, numa linda casa à beira do lago Heiliger See. A avó ele não conhecera, mas tinha tantas lembranças do avô. Johannes o ensinara a montar, a nadar, a remar. "Avante, pequeno *viking*, costas retas, força no abdômen", era como se Friedrich pudesse ouvir a voz grave e forte do avô sussurrada em seu ouvido, "não há dúvidas de que você é um Beck" — referência ao sobrenome que ele herdara da mãe. Em seguida, apontava o dedo para o céu e depois para si próprio, "os deuses te fizeram à imagem e semelhança dos Beck... porque os Schmidt...", era a vez de apontar para Hans e a pequena Ingeborg, que se digladiavam com salsichas fincadas em espetos, "... crescem para os lados!", e explodia numa gargalhada. Friedrich dobrava-se de rir. Não que fosse tão engraçado o fato de seu pai ser um glutão sedentário e a irmã uma obesa infantil. O prazer vinha da cumplicidade.

Era também nas longas tardes de verão que ele ouvia as histórias da aristocracia que dominara Potsdam. "Você carrega a grandeza no nome!" Friedrich como Friedrich II, o Grande. Rei que fizera da Prússia uma potência. Um amante da música e das artes, que fora forçado a seguir o destino determinado pelos homens: guerrear e vencer, sempre. Nasceram no mesmo dia, 24 de janeiro, carregavam o mesmo nome e, guardadas as proporções, a mesma sina. Friedrich trocara o som do piano pelo rajar das metralhadoras.

Andou menos de duzentos metros até chegar à frente do prédio de três pavimentos mais o térreo. O apartamento dos pais ficava no primeiro andar. As luzes estavam apagadas, mas tinha certeza de que a mãe estava lá. Depois dos bombardeios do final de 1943, Frida passava mais tempo ali do que em Berlim. O apartamento na capital estava intacto, mas o prédio fora parcialmente atingido nos ataques aéreos.

Começava a amanhecer. Uma bicicleta passou rente à calçada. Um senhor pedalava titubeante, tentando equilibrar um cesto com pães preso à garupa. Desajeitado, deslocou a mão direita do guidom e fez a saudação. Friedrich retribuiu com o mesmo gesto. O velho seguiu sem olhar para trás.

Friedrich levantou a tampa do cesto. A criança dormia profundamente. Estava enrolada numa manta colorida e havia apenas mais uma muda de fralda limpa, que precisaria ser trocada em breve. Ele improvisara fraldas a partir de um lençol, cortado em tiras. Nunca trocara uma do próprio filho — o contato com o pequeno Hermann fora sempre formal. Uma criança assustada, que começava a balbuciar os primeiros sons, obrigada a chamar um estranho, que vira poucas vezes, de pai. Com Haya era diferente. A menina tinha dois dias de vida — e não mais do que um quilo e meio, ele supunha — e já havia uma profunda sintonia entre eles. Identificava o choro da fome, o choro da fralda suja. Tão complexo e tão simples. Molhava a ponta do dedo, coberta por um lenço, no leite em pó dissolvido em água e dava de mamar. "Haya, nome estranho", pensava, "mas tão bonito." O bebê sugava avidamente. Depois, a encostava no ombro e dava tapinhas nas costas, de leve, até ouvir um arroto curto, de alívio. A troca da fralda também fora instinto. A primeira fora complicada, depois encontrou

53

uma forma que não deixava vazar a urina nem o cocô. Dois dias apenas e aquela criança já havia mudado sua vida.

Atravessou a rua e tocou a campainha do apartamento à entrada do prédio. Nenhuma resposta. Apertou mais duas vezes, na segunda com insistência. Afastou o corpo e observou as luzes da sala se acenderem. Em seguida, viu um vulto aproximar-se e abrir a janela. Era a mãe. Frida debruçou-se e olhou para baixo. Friedrich acenou. Ela se afastou rapidamente e, em poucos segundos, ele a viu no topo das escadas. Um roupão vinho escuro cobria a camisola. O chinelo combinava com o roupão e tinha um salto, pequeno, mas um salto. Mesmo que arrancada da cama, de repente, Frida mantinha a elegância. Ela desceu a escada com passos curtos e rápidos.

— Meu filho! O que você faz aqui? — Ela falou ao mesmo tempo que lhe tomou o rosto nas mãos. — O que houve? Você está tão abatido!

— Meu pai? Está aí com você? — Ele perguntou agitado.

Frida balançou a cabeça numa negativa. Friedrich encarou a mãe e subitamente sentiu que, agora, poderia relaxar. Ele estava em casa e protegido.

— O que houve, meu filho? — A voz saiu carregada de tensão.

Foi então que Friedrich abriu a tampa do cesto e Frida viu o bebê.

— Mãe, preciso de ajuda.

6

Berlim, abril de 1999

Ouvir aquela história contada com tantos detalhes por alguém que se aproxima dos cem anos me causa emoção e ansiedade ao mesmo tempo. Frida tem uma memória invejável e... irritante. O jeito peculiar com que se detém aos pormenores só adia o que realmente quer, e precisa, dizer. Tentar apressá-la só leva a mais contornos e desvios do que realmente interessa. "Friedrich surgiu com uma recém-nascida? Assim, de repente?" Pergunto, atônita. "Quem era a criança? Era filha dele?" Ela me olha como se dissesse "não vamos atropelar a história". E me responde agitada. "Friedrich estava transtornado! A barba por fazer, os olhos vidrados de quem não dormia há dias, estava há quarenta e oito horas praticamente virado, não falava coisa com coisa."

Reproduz, em seguida, as palavras de meu avô como se ele estivesse ali, à nossa frente. "Mãe, eu preciso que você cuide deste bebê por uns dias! Meu pai não pode saber! É questão de vida ou morte!"

Eu estava cada vez mais confusa com aquela história. Em vez de esclarecer, Frida parecia complicá-la cada vez mais. Será que Friedrich era o pai da menina e fugiu com ela e a mãe, abandonando Gretl e meu pai?

"Friedrich sempre foi de poucas palavras, desde menino, muito contido." Ela me conta. "O bebê chorava forte... Ele balançava a criança

no colo, *tenho de alimentá-la, trocar a fralda*, emendava as frases...
Meu filho cuidando de um bebê, o que significava aquilo tudo?!" Frida
lembra, ainda com certa perplexidade, cada pormenor daquela noite.
Ela pegou a menina e chegou a se assustar. Era muito pequena, tinha
poucos dias de vida, o coto do cordão umbilical, pendurado, ainda não
havia escurecido.

A fralda fora feita de um pedaço de lençol e amarrada com um
barbante na cintura do bebê. "Descanse um pouco, meu filho, essa
menininha linda precisa de um banho", Frida disse ao filho enquanto
arrumava as almofadas no encosto do sofá. Em seguida, esquentou a
água e encheu uma bacia onde banhou, com todo cuidado, o minúsculo
bebê. Seria sua neta? Depois, pegou um conta-gotas, ferveu o vidro e,
em seguida, o encheu com leite morno, que pingou espaçadamente na
boca da criança. Pôs um travesseiro pequeno com fronha cheirosa no
cesto — funcionaria como colchão — substituindo a manta dobrada
que cheirava a urina. Limpou o coto com um pouco de álcool e arranjou
um pano de prato como fralda. Prendeu-o com alfinetes da caixinha
de costura. De uma mala no alto do armário retirou um camisolão de
criança que fora usado por Friedrich, e depois por Ingeborg, em seus
batizados. "Gretl preferiu um novo para Hermann", frisa com uma
ponta de despeito. "Aquele camisolão mofaria no armário, não havia por
que guardá-lo." Frida é precisa quanto aos detalhes. Fala dos bordados
coloridos, do linho branco e do ajuste necessário para que a bebê não
escorregasse dentro da roupa. "Ela era tão minúscula", reforça.

Eu apenas escuto, aguardando pacientemente o momento em que
ela irá tocar no assunto que verdadeiramente interessa.

Frida conta que pressionou Friedrich para saber se a menina era
filha dele. A reação foi de completo repúdio. Ele a chamou de louca,
"eu tenho uma família, um filho pequeno — a voz estava alterada —,
eu preciso que me ajude!". Ela reproduz as palavras de Friedrich para
si mesma, não para mim. Frida, por favor, diga logo o que tem a dizer!
São meus olhos que berram. A língua está travada. O que quer que
ela precise me contar é difícil demais para ela. Os segundos custam

a passar. Eu sou mera espectadora e toda ouvidos. Até que ela finalmente fala. "Eu abandonei meu filho... Deixei que ele partisse, sozinho, com um bebê... Era uma criança judia."

E eu imediatamente associo... Friedrich esteve em Auschwitz... É como montar um quebra-cabeça sem um desenho guia. Completo um pedacinho de céu mas não tenho a menor ideia de como ele vai se encaixar no resto do quadro.

7

Potsdam, 2 de outubro de 1944

Frida seguiu até o fim do corredor e encostou a porta do quarto onde o bebê descansava. Teria uma conversa séria com o filho e temia as reações dele.

— Você está louco, meu filho! Uma criança judia? Como vou explicar isso para o seu pai? De onde esse bebê surgiu? — Ela gesticulava, andando de um lado para o outro da sala.

— Eu achei que você fosse diferente — Friedrich respondeu, com desprezo. — Eu procurei você, mãe, porque achei que você fosse diferente do meu pai! — Parou e bateu forte no tampo da mesa de jantar. — Nós somos coniventes!

Frida aproximou-se para abraçá-lo, mas ele afastou as mãos dela.

— Não me toque, por favor. — E deixou-se largar no sofá como um galo que entrega os pontos no ringue. — Eu estou cansado... Essa guerra está perdida há muito e parece que todos perderam a razão! Você não sabe, não tem ideia do que acontece nos *campos* — o tom era de ironia —, campos "de reabilitação", campos "de trabalho"... Somos todos cúmplices. Nós não temos como escapar!

— Meu filho, você tem de se acalmar... Você jamais deveria ter ido para o leste! Eu avisei, eu implorei para que seu pai desse um jeito! Você sofreu um acidente muito grave, não se recuperou totalmente! — Frida se referia à queda do avião durante a batalha na Normandia. — Hans me garantiu que vamos vencer os russos, Hitler tem uma estratégia! — A fala foi atravessada pelo filho:

— Cale a boca, por favor! Cale a boca! Hitler é um insano, um louco que manda crianças e velhos para a frente de batalha! E os *campos*? Os *campos* — ele berrava — cheiram a morte! Você não sabe o que é o inferno! Morremos por nada. — Bateu novamente na mesa e subiu o tom de voz. — Isto não tem nada a ver com ferimentos de guerra, as feridas são mais profundas, e jamais se curarão. — Baixou a cabeça para levantá-la lentamente e encarar Frida. — Se você não pode me ajudar, não me atrapalhe. Eu vou embora, não diga a ninguém que estive aqui. Nunca, a ninguém, muito menos a meu pai ou a Gretl. Esqueça que me viu e ao bebê.

— Meu filho, eu... — Frida procurava as palavras corretas. — Eu... queria ajudar, mas seu pai vai chegar em breve, vai fazer perguntas... E você? Você vai para onde? Por favor, pense na sua família... Você tem uma mulher, um filho... O que será do seu filho? — Frida falava para uma parede.

Friedrich já não escutava mais nada. O que quer que Frida falasse não tinha importância diante do que prometera a si mesmo. Iria salvar aquele bebê a qualquer custo. Seguiu pelo corredor em direção ao quarto e voltou segundos depois com o cesto na mão. Havia recuperado a racionalidade e a frieza que costumavam dominá-lo em situações adversas.

— Eu agradeço de qualquer forma por ter me recebido — o tom era formal — e por ter dado banho e alimentado o bebê. Agora, esqueça, por favor, que estive aqui. É o melhor que pode fazer por mim.

Friedrich levantou a mão esquerda num aceno curto, como se se despedisse de alguém com quem não tinha intimidade. Frida correu até ele e o segurou pelo braço.

— Não vá, meu filho, por favor! Coma alguma coisa antes... — Ela estava perdida. — Você vai para onde com esta criança? É um recém--nascido, precisa de cuidados, esse bebê não vai aguentar!

Friedrich puxou o braço com rispidez. Frida tentou mais uma vez dissuadi-lo. Em vão.

— Este bebê é diferente de nós, vai aguentar. — Ele encarou a mãe pouco antes de abrir a porta.

Friedrich seguiu escada abaixo sem olhar para trás. Frida correu até a janela a tempo de vê-lo caminhar, com passo firme, rua acima. Havia pouco movimento ainda. O dia mal amanhecera. Ela grudou o rosto na janela até ver Friedrich virar a esquina e desaparecer, para sempre.

8

Berlim, abril de 1999

Frida foi muito além da lembrança ao reviver o último encontro com Friedrich. Ela se emocionou e Amália também. O avô, finalmente, começava a ganhar forma, uma forma humana. Mas havia lacunas importantes a preencher. Se aquele fora o último encontro com Friedrich, como Frida descobrira a partitura?

— Amália, queria muito que seu pai estivesse aqui para ouvir também... Tem outra coisa que preciso lhe mostrar — disse, apontando para o aparador sob a janela. — Você pode, por favor, abrir a gaveta e pegar o envelope pardo?

Amália atendeu prontamente o pedido. O envelope era endereçado a seu pai. Não estava lacrado. Frida abriu a borda e tirou de lá uma fotografia, impressa como um postal.

— Além da partitura, era isso que eu queria mostrar ao seu pai — disse, passando a fotografia.

A imagem, meio amarelada, era o retrato de uma mulher com uma menininha no colo. No verso, escrito em alemão:

Ao querido vovô Johannes, uma lembrança da Haya.

Por aqui corre tudo bem, estamos nos adaptando apesar do calor que nos faz pingar à sombra. Haya está cada dia mais linda e já começa a falar o português. Sempre lhe seremos gratos.

Com carinho, Adele.
Rio de Janeiro, 15 de março de 1947

Amália leu em voz alta, duas vezes. Não podia crer no que via, e lia. Passaram-se alguns segundos até que falasse.

— Haya é o bebê que Friedrich pediu que você escondesse... e para quem ele compôs a sonata! — Exclamou. — A mãe a encontrou? — Parou subitamente, como se tentasse encaixar, mentalmente, mais uma peça.

Frida pediu que Amália lhe passasse o postal. Foi sua vez de repetir o pequeno texto. Não precisou pegar a lupa... Ela o sabia de cor.

— Você se lembra que eu lhe falei de meu pai e do rompimento com ele quando meus filhos ainda eram crianças? — A pergunta saiu quase como um murmúrio.

Frida repetiu, uma vez mais, a primeira frase: "Ao meu querido *vovô* Johannes, com muito carinho, da Haya." Não foi preciso dizer mais nada. Era ali que Frida queria chegar. Era a isso que ela se agarrara para acreditar que Friedrich pudesse ser o pai — se não biológico, pelo menos adotivo — da criança e que talvez não tivesse morrido numa emboscada. De repente, Amália ganhava um passado e, mais do que isso, a obrigação de desvendá-lo.

— Johannes era seu pai! O que aconteceu, Frida? Você foi atrás desta mulher no Rio de Janeiro? — Metralhava perguntas sem dar espaço para as respostas.

Ela esperou pacientemente Amália desacelerar. Sim, Johannes era seu pai, com quem ela rompera antes de a guerra começar. Até morrer, ele morara na casa do lago, onde ela nascera e passara os melhores anos de sua vida. Depois do desaparecimento de Friedrich, por mais de uma vez Frida fora até lá. Era involuntário. A casa ficava a cerca de um quilômetro e meio do apartamento. Quando dava por si, já havia cruzado o portão de Nauener, um dos três que davam acesso ao centro histórico de Potsdam, virado à esquerda e seguido numa reta em direção ao Heiliger See.

A casa de dois andares era parcialmente tapada por uma cerca viva de pinheiros. Tinha entrada pela Mangerstrasse. Havia um portão de grade de ferro, trancado com um cadeado, que dava acesso a uma garagem improvisada sob um alpendre. Em vez de um carro, havia um pequeno barco de madeira, com a tinta descascada, onde dois remos descansavam com as pás para fora. Ao fundo, avistava-se o lago.

Frida fazia menção de tocar o sino de ferro, que fazia as vezes de campainha, mas a vergonha a impedia. Algumas vezes, viu um vulto aproximar-se da janela do segundo andar e logo desaparecer. O vulto era decerto o pai e, pela atitude, continuava sem querer vê-la.

No começo de 1945, ela deixou Potsdam. Fez uma última visita à casa do lago, sem resposta. Depois do suicídio de Hans, nunca mais voltou à cidade. Em 1960, soube da morte do pai por um telefonema de um companheiro dele do Partido Comunista. Enviou para o endereço de Frida, em Berlim, uma caixa que fora encontrada no sótão da casa. Entre fotos dela e do irmão pequenos, do pai e da mãe ainda jovens, cartões e alguns documentos, Frida se deparou com um pequeno pacote com o nome de Friedrich anotado na frente. Dentro, estavam a partitura e a fotografia num envelope rasgado com um número de caixa postal no endereço do remetente.

— Aquela descoberta foi um baque! Quinze anos depois de meu filho ter sido dado como morto... — Frida baixou a cabeça e calou-se por alguns segundos. — Tantas questões sem resposta... e sem meu pai para esclarecer! Não havia sentido!

— Frida — Amália olhou mais uma vez a foto da mulher com a criança —, você acredita que Friedrich fugiu com esta mulher e a criança para o Brasil? E que forjou a própria morte? E que seu pai sabia de tudo isso?

Frida permaneceu imóvel, sem esboçar nem um sim nem um não.

— Se você realmente acreditava nisso, por que nunca foi atrás deles?! — Amália perguntou com certa impaciência.

Foi quando Frida rebateu. A voz tinha um tom de amargura.

— Eu tentei! Eu mandei cartas para a caixa postal! Eu escrevi para Adele!

A resposta não convenceu Amália. Não parecia lógico que Frida não tivesse insistido, pegado um avião rumo ao Rio de Janeiro. Feito qualquer coisa além da inércia de esperar sentada por um sinal de vida do filho que ela dizia amar tanto.

— E por que não tentou encontrá-los? Um detetive, sei lá, descobriria o dono dessa caixa postal, você tinha por onde começar! — Parou no meio da frase.

Frida fez um sinal para que ela sentasse ao seu lado. Amália resignou-se. A bisavó completaria um século nos próximos dias. Lúcida, sem câncer, diabetes, reumatismos, problemas cardíacos ou qualquer das doenças que assombram ainda nos trinta. Sofria apenas o desgaste natural dos órgãos, principalmente olhos e ouvidos. O aparelho de surdez mais incomodava do que ajudava. Descansava no braço do sofá. Aquele encontro se estendia por horas e a urgência de contar toda uma vida as fizera tão próximas que Amália sentia um aperto no peito. Aproximou os lábios do ouvido de Frida.

— Está tudo bem. O que você quer que eu faça?

Frida segurou as mãos da bisneta entre as dela e fitou o infinito.

— Você quer saber por que não fui até lá, por que não fui realmente atrás da verdade? — Em seguida, a encarou. — Por vergonha, Amália... Por covardia. Eu abandonei Friedrich com um bebê... Não importava se fosse minha neta ou não... Era um recém-nascido! Uma vida que ele estava salvando... Era isso que Friedrich esperava de mim.

Mais uma vez, o silêncio invadiu a sala. Frida não queria morrer levando aquela dúvida que as décadas transformaram em segredo. No fundo, existia nela uma esperança de que o filho estivesse vivo. Talvez tenha sido este sentimento, esta sensação, o que a mantivera viva por todos aqueles anos. Talvez agarrar-se a uma ilusão lhe desse mais conforto do que enfrentar, de fato, a possibilidade da desilusão. Ela continuou.

— Mandei uma primeira carta, escrita em alemão. Não dei detalhes, apenas dizia que procurava Adele. Precisava apenas saber se teria resposta, se aquela caixa postal ainda existia! Não tive. Semanas depois, mandei uma nova correspondência, também sem resposta. — Frida fez uma pausa. — Não desisti... Mandei uma terceira e uma quarta, sempre com os mesmos dizeres. Esta última voltou com uma notificação de que o destinatário era desconhecido. Mesmo assim, continuei mandando as cartas! — Era visível a agonia na voz dela.

Amália exercia a paciência para acompanhar o raciocínio de Frida e sua forma pouco prática de encarar a realidade. As tantas voltas que ela dava para chegar ao cerne de uma questão eram, de certa forma, a maneira como agia na vida.

— Pois bem... — A voz seguiu firme, sem rompantes. — Eu não queria acreditar que o único contato com aquele passado que me atormentava tivesse desaparecido. Por quase um ano as cartas foram e voltaram. Ficou claro para mim que havia alguém muito atencioso que as recebia e, cuidadosamente, as mandava de volta. Então, resolvi escrever o nome de Friedrich ao invés de "Adele" no envelope. Desta vez, a carta não voltou, nem as que mandei em seguida... até receber uma notificação oficial do correio brasileiro de que aquela caixa postal tinha sido desativada. — Calou-se.

Para Amália, a explicação não esclarecera nada. O que havia impedido Frida de realmente ter procurado Adele? Ela tinha apenas uma resposta. A bisavó não tivera coragem — de certa forma, a mesma falta de coragem que a impedira de procurar Hermann. Se Amália não estivesse ali, aquela história — que era sua própria história — se perderia. Frida sabia o endereço do neto e estava a poucas horas de voo de Lisboa. Nunca o procurara. Que dirá cruzar o Atlântico. Não havia mais nada a falar.

Como fizera em vários momentos do encontro das duas, em que a situação caminhava para um enfrentamento, Frida mudou de assunto.

Perguntou se Amália estava com fome e, como era tarde, insistiu para que dormisse no apartamento.

— Você se importa? — apontou para o sofá da sala. — É bem confortável, eu mesma caio no sono nele muitas vezes!

Amália apenas esboçou um sorriso e disse que fazia o mesmo em sua casa. Enquanto pegava o travesseiro, os lençóis e um edredom de pena de ganso, pediu que Amália tocasse a sonata mais uma vez. Amália sentou-se ao piano e dedilhou a música. Frida escutou, em pé. Depois, foram até a cozinha, comeram frutas com queijo, conversaram mais um pouco, apenas amenidades. Frida mostrou onde ficava o banheiro, deu-lhe um beijo na testa e, como fazia todas as noites, pegou um quadradinho de chocolate amargo no armário da sala e se retirou.

9

Frida se retirou mesmo, da vida. Morreu dias depois. Tivemos mais algumas conversas, mas nenhuma como a daquele primeiro encontro. Eu continuei no apartamento. Fomos novamente ao "Kempi". E também ao zoológico. Ficamos longos minutos em frente ao antigo prédio dos Schmidt, na Kudamm. Passamos uma tarde em Potsdam.

Contou-me tudo que havia para contar e morreu. Se foi no mesmo dia em que nasceu. Encontrei o corpo já rígido, dentro de uma camisola de seda, com mangas compridas. Os braços cruzados sobre o peito e o semblante tranquilo. Como se a morte estivesse anunciada há muito, cuidou de todos os detalhes. Deixou o funeral arranjado, tudo pago, do caixão — que ela escolheu pessoalmente, me disse o rapaz da funerária — à sepultura.

No envelope bem à vista, em cima da cômoda de madeira escura do quarto, um bilhete: "A quem me encontrar." Dentro do envelope, a indicação do vestuário e maquiagem, todos os recibos quitados referentes ao enterro — nada de flores nem inscrição na lápide — e dinheiro vivo para eventuais pagamentos do aluguel do apartamento e contas a vencer. Não deixava bens materiais, nem joias. Era seu desejo que os poucos móveis e roupas fossem doados a uma instituição de caridade. O piano de cauda, único bem valioso — um Steinway —, Frida deixara para seu único herdeiro, meu pai. Arranjei um depósito para guardá-lo. Não contei a ninguém sobre a morte dela. Sem parentes, sem amigos. Foi um funeral solitário. Apenas eu, o coveiro e o caixão. Voltei a Lisboa uma semana depois. Em breve, eu partiria em busca dos fantasmas que, a passos firmes, atravessavam a ponte da vida dela para a minha.

10

Frida morreu há três meses. Estou a caminho do Rio de Janeiro. Sobrevoo o Atlântico. Trago na bagagem poucas roupas e muitos questionamentos. Quem são Haya e Adele? Por que meu avô Friedrich compôs uma sonata para Haya e desapareceu em seguida?

Olho a partitura, passo os dedos pelas notas. As folhas amarelaram com o tempo, mas as notas permanecem claras e vivas. Saltam da pauta. Posso tocá-las no ar. Lembro-me de Frida. As palavras no verso da última folha, escritas em alemão: *Für Haya*. Para Haya. *Friedrich Schmidt, outubro de 1944.*

"A letra é de meu filho Friedrich", chego a ouvir a voz dela, "não há a menor dúvida." Pego a fotografia da mulher com a menininha no colo: Adele e Haya. Como estarão hoje?

Frida foi direta, sem floreios. Jogou-me o passado que voltou a atormentá-la em pesadelos noturnos. Não partiria com ele. Repasso rapidamente tudo que ela me contou como se fosse parte do enredo de um livro. Friedrich era o filho amado de um casamento de conveniência com Hans, alto oficial do Reich que se suicidou no fim da guerra. Friedrich era o verdadeiro pai de meu pai. Minha avó Gretl casou-se com Helmut Hafner quando meu pai tinha cinco anos. Meu sobrenome seria Schmidt, não fosse Helmut tê-lo perfilhado. Gretl e Helmut se mudaram para Portugal para começar nova vida longe da Alemanha e de um passado do qual fugiram como tantos outros alemães. Johannes era o pai de Frida. Friedrich — que adorava música clássica e tocava

71

piano — foi piloto da Luftwaffe, lutou pelo Reich e, desaparecido, foi dado como morto. Antes disso, procurou a mãe pedindo ajuda para salvar uma recém-nascida judia. Sim, Frida foi direta, sem floreios. Jogou-me o passado e as lacunas por preencher. E se foi.

Agora os pesadelos são meus. Para Frida, Haya e Adele tinham as respostas sobre o desaparecimento de Friedrich. Ela nunca teve coragem de procurá-las. Escreveu-lhes cartas sem respostas. Era menos doloroso viver com uma suspeita do que com uma verdade. Eu também não acredito que Friedrich morreu numa emboscada. Mas para mim o pesadelo é outro. Sinto, ao mesmo tempo, admiração e vergonha. Admiro o desconhecido, que era meu avô, por ter composto algo tão belo e tocante. Por ter salvo um bebê do destino trágico que certamente o esperava. Mas aí surge a mancha borrando o belo quadro. Meu avô era nazista. E esteve em Auschwitz.

III

Adele

11

Rio de Janeiro, julho de 1999

Amália sempre tivera fascínio pelo Rio de Janeiro. Imaginava-se refastelada na areia, entre um mergulho e uma caipirinha, deixando o tempo passar ao largo. Tantas vezes programara a viagem. Faria as trilhas da Floresta da Tijuca, vararia a noite nas rodas de samba do subúrbio. Veria um jogo do Vasco — seu time carioca, por razões óbvias — no Maracanã. Amália, torcedora do Belenenses, adorava futebol. Não se assustava com as manchetes da violência. O Rio era a cidade maravilhosa. No táxi, a caminho do bairro do Jardim Botânico, o Rio deixava de ser a promessa de férias paradisíacas. Amália não prestava atenção à paisagem. O táxi saiu do túnel, o motorista apontou para o morro do Corcovado, mas ela sequer virou o pescoço. A mesma angústia de três meses atrás, às vésperas de conhecer Frida, apertava-lhe o peito.

O primeiro grande desafio foi superado sem o mínimo esforço. Não precisou de detetive particular nem de mirabolantes investigações para localizar Adele e Haya. Bastou um telefonema. Um ex-namorado da adolescência, agora jornalista, era correspondente no Rio. Duarte. Um namoro rápido que logo se transformou em amizade quando Amália descobriu que fora trocada por um músico brasileiro que vivia em Lisboa. Anos depois, o casal se mudou para o Rio. Esboçou um sorriso. Talvez Duarte tivesse entrado na vida dela para isso, para ajudá-la a buscar seu passado. Um único telefonema. Amália não podia acreditar em tamanha coincidência. "Duarte, preciso da tua ajuda para uma missão meio impossível... Não me tomes por louca... Quero que me arranjes um detetive particular, qualquer pessoa, estou disposta a pagar o que for!", foi assim que ela começou a ligação. Duarte respondeu com um tímido "continua". Era um pedido inusitado. "Então, preciso saber o paradeiro de duas mulheres, mãe e filha... Tenho apenas um número de caixa postal de meio século atrás e os nomes, sem sobrenome: Adele e Haya. Saíram da Alemanha no fim dos anos quarenta. Emigraram para o Rio. É só o que posso adiantar. Achas muita loucura?" Duarte emudeceu completamente para, em seguida, soltar uma gargalhada. "Amália, meu amor, o que seria da tua vida sem mim?" Foi a vez dela ficar muda. "Não pode haver outras no Rio de Janeiro... Haya e Adele, o sobrenome é Solomon... são as donas da *A Deli*. A *delicatessen* que mais amo no mundo! A melhor da cidade! O nome não é o máximo?", revelou, ainda rindo da coincidência. A leveza falante de Duarte contrastava com a perplexidade muda de Amália. "Amiga, continuas aí? Alô...", completou, brincando. "Desculpa, Duarte, mas... eu não sei o que dizer." Amália foi tomada por uma insegurança cercada de medo. Agora não havia o que protelar. "Amália, tás bem? O que se passa?" A resposta veio com um pedido. "Eu preciso que me arranjes, urgentemente, o contato delas, mas sem tocar no meu nome!", e emendou com uma pergunta. "Aquele convite para ir ao Rio ainda está de pé?"

Pouco mais de dois meses depois do telefonema, Amália seguia para a casa de Duarte, no Jardim Botânico. Se tudo desse certo, procuraria Haya e Adele naquele mesmo dia.

12

Duarte me espera com um maravilhoso café da manhã. Ele não faz a mais vaga ideia dos motivos que me trazem ao Rio, e eu — por mais que confie nele — não tenho vontade de falar. Nem eu mesma sei o que procuro. "Como me fazes falta em Lisboa", sussurro no ouvido dele. Os amigos não precisam de explicações. Não me pergunta nada, me mostra a água quente e a água fria, me entrega uma cópia da chave da casa. "Tenho de sair agora pois o trânsito nesta cidade é terrível... Tás em casa, ok?" Antes de sair, me passa um post-it. "Aí está o endereço da *deli*. Boa sorte!" Aponta o telefone na mesinha de canto da sala, me dá um beijo na bochecha e sai.

Eu já sei o número de cor. Duarte me passou logo após nossa primeira conversa. Decidi que não entraria em contato estando no outro lado do Atlântico. Agora estou aqui, a poucos quilômetros de distância da chave que me abrirá portas que eu nem sabia existir. Não posso adiar mais.

Pego o telefone e teclo o número. "Bom dia, eu poderia falar com Haya Solomon ou Adele Solomon?" Um frio percorre minha espinha. "Pois não, sou eu, Haya Solomon."

O primeiro fantasma ganha voz. Eu digo apenas que sou portuguesa e vim ao Rio unicamente para conhecê-la e à mãe dela. "Acredite, temos um passado que nos une." Ela pergunta se é algo ligado à gastronomia, digo que é mais do que isso. "Amália, não é? Desculpe, eu não entendo o que você quer dizer, mas estou curiosa. Venha tomar um café comigo."

Duas horas e uma longa ducha depois, estou em outro táxi rumo ao bairro do Leblon. O carro para em frente à loja, numa rua arborizada com calçada de pedras portuguesas. Do lado de fora, quatro mesas sob o toldo que protege a fachada do sol. Pintado com letras amarelas, no vidro, o nome *A Deli*. Parece uma daquelas *pâtisseries* de Paris e tantas capitais europeias. As tortas expostas na vitrine são atentados à gula. Numa moldura, a indicação das estrelas do local — a melhor *deli* do Rio num sem-fim de anos — e uma foto. Me aproximo. Antes de vê-las pessoalmente, as vejo ali: Adele e Haya. Lado a lado, com aventais impecáveis com o nome da *delicatessen* bordado. Tento achar algum traço de Friedrich, de meu pai e, portanto, meu, em Haya. Ela é alta, magra e tem o rosto largo. É morena, de olhos castanhos. Eu também sou.

Os minutos que permaneço encarando a foto passam como horas. Não me mexo, absorta em pensamentos que levam para outras esferas.

"Você deve ser Amália." A voz soa às minhas costas. "Eu sou Haya."

A apresentação cai como uma bomba. De uma hora para a outra, estou frente a frente com Haya. Seria irmã do meu pai? É uma mulher nos seus cinquenta e poucos anos — para ser exata, quase cinquenta e cinco, sei pela data da sonata. Tudo nela se move com leveza. As mãos, os pés, os lábios. Me convida para entrar e tomar um café. Sigo atrás dela. Nos sentamos numa mesa de canto, um pouco afastada das outras. "Aqui temos mais privacidade." A voz tem um tom grave, meio rouco. "Afinal, o que a traz aqui?"

13

Haya e Amália sentaram-se numa mesa colada à parede, no canto oposto ao balcão, onde doces e tortas com coberturas de chantilly, recheios de damasco, frutas vermelhas, chocolate e marzipã davam água na boca e colorido à vitrine. Logo à frente, a tal torta *Sacher*, mas Amália não tinha apetite nem interesse em provar. Havia também embutidos, queijos e antepastos para levar.

— Você quer comer alguma coisa? — Haya apontou para as guloseimas enquanto chamava uma das meninas com o nome *A Deli* estampado no uniforme.

O cheiro de chocolate quente — o inverno no Rio de Janeiro podia ser frio — era convidativo, mas ela optou por um café com leite. Haya pediu um "carioca". Um silêncio constrangedor crescia entre elas. Haya fizera as formalidades hospitaleiras de dona do estabelecimento, mas começava a deixar transparecer uma certa impaciência. A perna esquerda balançava mecanicamente, com batidas leves do pé no chão.

— Você deve estar se perguntando quem sou eu... Não tem a menor ideia mesmo? — Amália procurava a melhor maneira de se apresentar.

— Desculpe, eu realmente não tenho! — Haya soltou um sorriso sem graça. — Confesso que seu telefonema me deixou muito curiosa. Imagino que deve ser algo ligado aos meus pais... — E calou-se.

— O nome Johannes Beck lhe diz alguma coisa? — Amália foi direta, numa tentativa de saber até onde Haya a estava testando.

Haya balançou negativamente a cabeça. Parecia um jogo de gato e rato. Duas pessoas que mal se conheciam explorando o território alheio em busca de confiança. Amália abriu a mochila e passou a Haya o postal com a fotografia impressa.

— Sou eu com minha mãe! — Reagiu, surpresa. — De onde surgiu esta fotografia? Quem é você afinal?! — As perguntas tinham um "quê" de indignação, de quem se sente invadido.

Haya virou o postal e passou os olhos pelo texto rabiscado em alemão.

— Desculpe, eu não falo alemão ou o que quer que seja esta língua! — Elevou o tom da voz demonstrando impaciência. — Você pode, por favor, me falar do que se trata?

A armadura cedera. A Amália parecia que, a cada momento, ao invés de clarear, o horizonte se tornava mais nebuloso. Haya realmente não tinha ideia do que ela fazia ali. Amália leu o pequeno texto, no verso do postal, traduzindo para o português. Sim, Haya já ouvira falar de um senhor alemão que havia acolhido os pais dela ao fim da guerra. E só.

— Eles são sobreviventes, Amália. — Era estranho se abrir com alguém que mal conhecia. — Na minha casa, não falamos sobre este tempo. Meus pais sofreram muito, vieram para o Brasil logo depois da guerra, enterraram o passado, foi a forma de seguirem em frente... Quando eu era mais jovem, eu quis saber... É a minha história também... Mas cada um tem uma forma de lidar com suas dores. — Uma tristeza conformada enfraqueceu-lhe a voz. — Eu vou lhe contar algo muito pessoal. — Encarou Amália. — A primeira vez que me chamou a atenção o número tatuado no braço da minha mãe eu tinha por volta dos seis anos... Ela me disse que aquele número era para o caso de ela perder o braço, assim poderia encontrá-lo! A explicação, mesmo ainda criança, não me pareceu razoável, já que ela poderia perder as pernas, o outro braço, a cabeça... e eles não tinham número... E sabe o que ela respondeu? — Haya passou o dedo sob os olhos úmidos e reproduziu as palavras da mãe. — "Minha querida, você tem toda a razão, os seres humanos fazem coisas tão estúpidas e tentam dar explicações mais estúpidas ainda. Quando você crescer, vai entender o que te digo." Eu cresci, Amália. Entendi, mas continuei sem explicação. Minha mãe tinha um número tatuado porque era judia. Ela é uma sobrevivente de Auschwitz... E eu também, eu nasci no *campo*.

A afirmação assim, de supetão, me revira o estômago. O café da manhã sobe à boca. Haya sabe que nasceu em Auschwitz. Sinto que Frida nunca tenha vindo atrás das respostas pelas quais esperou praticamente imóvel a vida inteira. Ela nota minha palidez. "Você está bem?" Respondo que tive um mal-estar súbito, há uns meses até desmaiei. Lembro do primeiro encontro com Frida e de como acordei no sofá dela. Pergunto se podemos sair um pouco para arejar. Ainda não vi a praia.

Deixamos a *deli* a caminho das areias do Leblon. Haya propõe um passeio no calçadão. "Sou um milagre, é o que diz minha mãe", ela se refere a Adele num tom carinhoso. Por isso recebeu o nome de Haya, que vem do hebraico *Hay*, que quer dizer vida. Também era o nome de uma amiga de Adele. "Não tenho detalhes sobre o meu nascimento. Os milagres pertencem a um plano além do real, era como ela punha um ponto final aos meus questionamentos... até que parei de perguntar." O fato é que Haya não sabe praticamente nada do passado de sua família e do seu próprio.

"Minha mãe até hoje diz que a vida dela começou no Brasil, que aqui fomos acolhidos e tanto faz se somos judeus!" O pouco que ela me conta sobre Adele me faz lembrar Frida e seu jeito de driblar a própria história.

Haya sabe apenas que nasceu no *campo* e que, com quase um ano de idade, Adele a reencontrou na cidade de Potsdam, na Alemanha, aos cuidados de um senhor — "que foi um anjo da guarda", a mãe não fala sobre este período —, e graças a ele puderam vir para o Rio de Janeiro recomeçar. Não entra em detalhes sobre seu passado. Esse senhor era Johannes. "Eu tinha pouco mais de dois anos quando deixamos a Alemanha."

E Friedrich? Quando tocarei no nome dele? As perguntas embaralham meu cérebro: "Sua mãe nunca falou como você chegou a Potsdam? E ela? Já estava grávida quando foi mandada para o *campo*? E o parto? E seu pai, quem é seu pai?" Ao invés de fazê-las, escuto calada, impaciente, enquanto destroço em pequenos pedaços o lenço de papel que trago no bolso.

Haya segura minhas mãos e pede que me acalme. "Você está agoniada e ainda não me contou o que veio procurar. Não tenho respostas, Amália. Meus pais optaram por não passar a história deles adiante, e eu" — ela faz uma pausa — "por amá-los incondicionalmente, sem perguntas."

Enquanto a escuto, penso neste tal amor incondicional, sem perguntas. Desde a tarde em Lisboa — quando interceptei o telefonema —, me esquivo de meu pai. Não consigo encará-lo. Ele não soube da minha ida a Berlim, muito menos do encontro com sua avó.

Os três meses entre a morte de Frida e este fim de tarde na praia do Leblon foram de dissimulação e desculpas. Culpei o excesso de trabalho pela ausência de visitas. A ida ao Brasil era um convite de Duarte junto à necessidade absoluta de férias. Meus pais não questionaram. É assim que eles são. "Quem paga as próprias contas sabe bem onde coloca o nariz", é a máxima deles.

Sinto um conforto no coração ao imaginar que Haya possa ser irmã do meu pai. Até agora, ela não falou sobre o pai, apenas de Adele.

Está na hora de enfrentar a questão que me trouxe até aqui: Friedrich. A única foto que trago dele é a do porta-retratos da sala de Frida, com a roupa engomada da Juventude Hitlerista. Um misto de vergonha e medo me impede de mostrá-la. Não é um ator naquela foto. A camisa marcada com a suástica não é um figurino, foi usada e lavada várias vezes. Não mostro. Apenas pergunto. "E seu pai, Haya? Também esteve no *campo*?"

"Amália", ela responde em meio a um suspiro, "vou fazer cinquenta e cinco anos em breve e vejo que conheço tão pouco do meu passado." E o pouco que conhece só aumenta minhas dúvidas e expectativas, é o que tenho vontade de responder. "É estranho falar sobre isso com alguém que acabo de conhecer", ela ri, "mas é como se já tivéssemos intimidade", completa em seguida. E assim fico sabendo que Norman, o pai biológico, foi levado para um campo de trabalhos forçados antes de ela nascer, e que nem soube da gravidez de Adele. Depois da guerra, a mãe tentou encontrá-lo, em vão. Ele se fora como tantos outros parentes que jamais retornaram. "Enoch é quem chamo e considero meu pai, foi quem me criou e registrou. O Solomon é dele. Me conheceu com meses de vida... Os dois se apaixonaram, casaram e vieram juntos para o Brasil." Mal contenho a emoção. Será que estou perto do que vim descobrir? Escuto ávida. "Mas nem esta história eu conheço direito... Já te disse, eles falam do passado vagamente, sem detalhes! Meu pai também é sobrevivente, não dos *campos*, mas da vida, como ele costuma dizer!"

Há uma parte de mim que acredita que Friedrich está vivo e é o pai de Haya. E essa certeza cresce e ganha um nome: Enoch. Enoch Solomon. Se isso é verdade, cabe a Adele e a ele, não a mim, trazer a história à tona.

"Haya, o que me trouxe aqui está ligado a seus pais. Não acho que possa falar sem ser na presença deles. Peço que confie em mim e me leve até Adele e Enoch", falo enquanto lhe passo a fotografia antiga. "Isto lhe pertence. Fique com ela", completo.

Haya passa os dedos pelo rosto de Adele jovem. Fica alguns segundos em silêncio. Depois, me encara aqueles segundos a mais que beiram o constrangimento. "Amália, o que, afinal, a traz aqui? Entenda, eu não quero expor meus pais... Eles sofreram muito." Eu entendo. Profano um território sagrado, sem a menor cerimônia. Haya tem toda razão. "Você já ouviu falar de Friedrich Schmidt?" Sou direta, mas o temor da verdade me impede de mostrar a fotografia do rapaz fardado. "É meu avô. Friedrich era neto de Johannes, que foi quem acolheu você e sua mãe... Meu avô esteve em Auschwitz... e, depois disso, desapareceu." Penso em dizer, mas não digo. Também não conto que foi Friedrich quem provavelmente a tirou do *campo* e que ele compôs uma sonata especialmente para ela. Não identifico se temo mais que Friedrich seja realmente o pai de Haya e esteja vivo ou que não seja nada disso.

Estamos paradas, frente a frente, no calçadão do Leblon. Ela se vira para o mar e percebo que franze a testa, mas também não identifico se é por receio ou espanto. Em seguida, senta-se no primeiro degrau e apoia o queixo no dorso das mãos. Eu me sento a seu lado e pergunto novamente, sem expor minha própria dúvida, que, neste momento, beira quase a certeza. Meu coração acelera. "Haya, você já ouviu falar de Friedrich?" Haya se volta para mim, mas não consigo enxergar nada além de meus questionamentos.

"Está na hora de meus pais falarem sobre o passado. Você pode me encontrar amanhã?" É só o que me diz antes de levantar e se despedir com um automático "espero você ao meio-dia, na porta da *deli*" de quem tem o pensamento léguas para além das palavras. E eu fico aqui, perdida, em elucubrações entre aquilo em que quero acreditar e o que é real.

14

O prédio dos Solomon ficava a três quadras da *deli*. Haya e Amália chegaram quinze minutos depois do meio-dia. Amália não escondia o nervosismo. Segurava uma mão na outra para evitar que tremessem. Enoch não estava. Apenas Adele. Haya queria confrontar primeiro a mãe, afinal as duas é que estavam na fotografia.

Adele não fez perguntas sobre Amália. Disse apenas que tinha grande simpatia por Portugal, onde só estivera uma vez, muito rapidamente, para pegar o navio que os trouxera para o Brasil. Foi no porto de Lisboa que se despediu da Europa. Nunca mais pisou no continente. Mas isso eram águas passadas, ela fez questão de frisar, jogando uma das mãos para trás e logo mudando de assunto. Quis saber se Amália tinha visitado a *deli* e experimentado a torta de damasco. Ela respondeu sim para a primeira pergunta e não para a segunda.

— É o nosso carro-chefe! Eu costumo dizer que nós devemos tudo que temos aos damascos! Pagaram nossa casa, nossa loja, os estudos da Haya e dos netos! — Adele mantinha o sotaque mas falava o português sem erros.

Assim como no primeiro contato com Frida, Amália permaneceu calada, apenas observando os movimentos, os traços, o timbre da voz. Adele era morena, de estatura média, com belos olhos castanhos que ela fazia questão de realçar com lápis preto. Devia ter por volta de setenta e cinco anos. Chamava a atenção, de imediato, o cabelo. Comprido, um pouco abaixo do ombro, de um liso volumoso, com camadas muito bem cortadas e mechas balanceadas do branco ao cinza-escuro. Amália jamais vira, em lugar algum, uma senhora daquela idade com corte e cor tão ousados. "Frida aprovaria Adele", ela pensou. E havia outra semelhança com a bisavó. Adele se enveredava por assuntos superficiais que jamais denunciariam o que havia passado na vida. Pegou um álbum de fotografias de capa dura e começou a folheá-lo como se Amália fosse a neta de algum parente ou amigo próximo em viagem de férias ao Rio. Contava sua vida através da história da *deli*, poucas fotos pessoais. Enoch não estava em nenhuma delas. Ele era o fotógrafo. Como Haya havia dito, a vida dos Solomon começara no Brasil. Tinham imigrado depois da guerra com a ajuda de um tio, irmão do pai dela. O único parente do lado paterno que sobrevivera. Deixara a Alemanha em 1935, com a mulher e a filha. A prima ainda vivia, em São Paulo, com a família. Os tios morreram na década de setenta. Em nenhum momento perguntou o porquê da visita de Amália, e, ao que parecia, Haya não havia dado nenhuma pista.

— Quando abrimos a lojinha, no começo da década de cinquenta, o Leblon era um bairro cheio de casas e prédios baixos. Tio Franz morava em Santos na época e tinha uma gráfica já bem estabelecida. Nos ajudou com os primeiros aluguéis e pagou a reforma, o que nos permitiu começar sem dívidas. A *deli* não passava de um balcão e uma pequena porta, ao lado de uma alfaiataria. Nós morávamos em um apartamento bem próximo, na Artigas, também pequeno mas muito jeitoso! — Adele ia apontando as fotos enquanto passava lentamente as folhas. — Não tínhamos do que reclamar! Na época, a lojinha não tinha nome... era a portinha da Dona Adele! Lembra, Haya? — Trocou um olhar cúmplice com a filha. — Trabalhávamos duro! No final dos anos cinquenta, surgiu uma oportunidade de comprar nosso próprio ponto. Juntamos as economias e demos entrada na loja que você conheceu. — Mostrou a foto da fachada. — Era grande e bem localizada... Precisávamos de um nome forte... E ele veio ao acaso! Tínhamos um cliente, judeu como nós, que tinha um irmão que morava em Nova York. Trocavam cartas e o outro sempre a desmerecer as coisas no Brasil... — Adele riu ao lembrar-se da história.

— Pois bem, quando ele nos viu na loja nova, arrumando as prateleiras, entrou todo feliz e disse, parece que estou ouvindo ele falar! — Adele exclamou. — "Ah, finalmente meu irmão vai calar a boca porque esta aqui será a melhor *deli* do mundo! Esta sim é '*a*' *deli*, Adele!" Em seguida saiu, todo sorridente... e nós soltamos gargalhadas! No Brasil, não usávamos o termo "*deli*", chamávamos de confeitaria, padaria... Mas logo percebemos! Tínhamos encontrado o nome perfeito! — Adele olhou para Amália e levantou as mãos para o alto. — Não é incrível o que o acaso pode nos trazer? A partir daí, foi muito trabalho duro! — E arregaçou, de forma teatral, as mangas do casaco de cashmere azul-claro.

Foi neste momento que Amália viu a tatuagem no antebraço.

Quantas vezes vi, em fotos, tatuagens como esta — não me lembro. Mas parece ser a primeira vez, e não consigo desviar o olhar. O braço magro, com a pele ligeiramente flácida e salpicada de manchas da idade, balança uma sequência de cinco números com contornos grosseiros e a letra "A" a puxar a sequência.

Não sei se foi proposital ou um ato reflexo que fez Adele arregaçar a manga. Ou talvez ela já tivesse arregaçado antes, sem que eu notasse. Estou sentada ao lado dela e a tatuagem me hipnotiza. É de um preto desbotado que se aproxima do verde-escuro. Estranho ver, ao vivo, um número tatuado no braço de um sobrevivente do Holocausto. É um braço real, e aquela marca não sairá de forma alguma. É o reflexo de uma tatuagem na alma.

Haya percebe imediatamente o movimento dos meus olhos. Adele continua a falar sobre assuntos que absolutamente não interessam. Uma coisa é saber que alguém esteve no inferno, outra é conhecer este alguém. Adele está na minha frente, em carne e osso. Adele é a mãe de Haya. Haya é o bebê que Friedrich salvou. Adele era uma judia presa em Auschwitz. Friedrich, um oficial nazista a serviço no *campo*. Os dois no mesmo lugar, em lados opostos da cerca. Como é que estas histórias se cruzaram? Por que Enoch não aparece? Eu não quero saber de tortas, bolos, povo acolhedor, prédios baixinhos sem grades, "era tão tranquilo naquela época", o Rio sem violência, o Rio com violência. Eu não escuto mais nada do que Adele fala. Meus olhos pulam dos números no braço para uma radiografia geral da sala, procuro alguma pista, algo que me aproxime da minha busca. Onde estão as fotografias da casa? Será que, a qualquer momento, Enoch vai atravessar alguma daquelas portas? E se ele for meu avô? O que vou fazer? Como reagirei? É neste turbilhão de suposições que sou puxada de volta à realidade.

15

Amália estava tão absorta em seus pensamentos que se assustou quando Haya cutucou-lhe o braço.

— Você está bem?

Não, não estava, mas disfarçou. Quem também não parecia nada bem era Adele. O postal com a foto dela jovem e Haya ainda bebê pendia da mão esquerda.

— Johannes... Depois de tantos anos... — Era como se falasse consigo mesma.

— Mãe, o que está acontecendo? — Haya encostou levemente a mão no ombro de Adele.

Adele não tirava os olhos do retrato.

— Como essa fotografia chegou às suas mãos? — Perguntou, virando o rosto para Amália. — O que exatamente você veio fazer aqui?

— Johannes era avô do meu avô... — Amália reteve o ar como se ganhasse tempo. — ... e meu avô se chama Friedrich Schmidt. Capitão Friedrich Schmidt. Adele, você conhece meu avô? — Sentiu um alívio no peito.

— Meu Deus! — Adele levou às mãos à boca.

Um silêncio sepulcral tomou a sala. Até as respirações pareciam suspensas. Adele se aproximou de Amália e a abraçou forte. Amália sentiu o calor do rosto dela no pescoço e deixou-se levar. Não estava acostumada a manifestações de afeto como aquela.

— Você é neta de Friedrich Schmidt... o capitão... Johannes era avô dele? — Adele deixou os braços caírem. — Meu Deus! — Ela balançava a cabeça. — Depois de tanto tempo... Friedrich Schmidt... Eu jamais imaginei que ouviria este nome novamente... — As frases incompletas denunciavam, nas pausas, a mente em ebulição.

Haya se aproximou da mãe e a levou até o sofá. Aninhou-a no peito para que se acalmasse. Amália permanecia imóvel, no centro da sala, como se os braços de Adele ainda a envolvessem. Havia tanto a perguntar. Se Frida estivesse certa, Friedrich poderia surgir, a qualquer momento, naquela sala! Era só no que Amália pensava.

— Mãe, foi você quem disse, mais cedo, que era incrível o que o acaso pode nos trazer... pois ele nos trouxe Amália — mostrou a foto dela com a mãe — e esta fotografia. A senhora não acha que está na hora de contar o que aconteceu? Quem é Friedrich Schmidt?

Adele olhou para Haya e para Amália. Uma era sua filha. A outra, neta do homem que salvou sua filha.

— Sim, está na hora de vocês saberem o que aconteceu. E começou bem antes de você nascer, Haya. Começou quando ser judeu se tornou ofensa e crime na Alemanha.

16

Berlim, últimos meses de 1938

Os Eisen moravam na Auguststrasse, a poucos metros da movimentada Oranienburger Strasse. Kurt Eisen habituara-se a tomar o café da manhã com a esposa, Tzipora, e as filhas adolescentes, Eva, de dezesseis anos, e Adele, de catorze. Depois, seguia a pé para o consultório, na rua de trás. Costumava brincar com a mulher e as filhas que tinha de agradecer, de certa forma, ao *Führer* por ter lhe permitido passar mais tempo com a família. No começo, as meninas achavam graça, pulavam no colo dele e o enchiam de beijos. Agora, simplesmente baixavam os olhos enquanto espalhavam, displicentemente, a geleia no pão.

Um ano e meio antes, Eva tivera de abandonar a escola pública por um decreto da prefeitura de Berlim que excluía estudantes judeus. Adele saíra ainda antes da irmã. Não tinha a resistência de Eva para enfrentar insultos de cabeça erguida, tampouco a sorte de lhe calharem professores menos comprometidos com a ideologia do partido. Ela e os poucos alunos judeus da classe eram expostos como animais nas aulas de educação racial. A humilhação de *Frau* Berta, Adele podia relevar. Era uma mulher amarga, com grandes olhos negros, muitos próximos do nariz, e um corpo que mais parecia uma tábua de passar roupa. Eva tentava consolá-la. "É uma cara de coruja espetada num cabo de vassoura! Não dê ouvidos a ela!" Era exatamente isso que Adele procurava mentalizar quando chamada do fim da sala em direção à lousa.

O que ela não conseguia suportar eram as piadas e insultos dos colegas. Aqueles meninos e meninas tinham sido criados com ela, frequentavam sua casa, adoravam os doces que sua mãe fazia. Alguns tinham nascido pelas mãos de seu pai. Como podiam chamá-la de "porquinha judia"? Por que faziam isso?

A saudação nazista também assustava Adele. Era exigida por alguns professores assim que entravam na sala. Aos poucos, deixara de ir à escola. Inventava dores de cabeça e estômago para não preocupar os pais. As amigas viravam inimigas. Não falavam com ela. O que ela preferia. Melhor ser ignorada do que ofendida. No recreio, se escondia no banheiro para que não percebessem sua presença no pátio. Na hora de voltar para casa, sempre esperava por Eva. Certo dia, porém, a irmã ficou presa numa prova. Não teve como avisar Adele. Vendo-se sozinha na porta da escola, sem saber o que se passava, seguiu para casa, a cinco quadras dali. Mal virou a esquina, deu de frente com três rapazes que conhecia do colégio. Usavam o uniforme da Juventude Hitlerista e caminhavam seguros em sua direção. Adele não conseguia sair do lugar. As pernas tremiam e gotas de suor surgiram sobre os lábios e nas têmporas. À medida que eles se aproximavam, ela se encolhia como se, dessa forma, conseguisse desaparecer, tornar-se invisível. As gargalhadas dos colegas durante as aulas de *Frau* Berta ecoavam em sua cabeça como se o crânio fosse uma caixa de som. Ela fechou os olhos e tapou os ouvidos, esperando que o barulho pudesse sumir. Em vão. Ele vinha de dentro.

— Ei! Ei! — Adele custou a identificar as vozes que aumentavam de volume à medida que ela abria os olhos.

Os três garotos estavam a um palmo dela. Começou a respirar ofegante e soltou um grito. Agora, as gargalhadas vinham de fora também.

— Buuu! — Um deles berrou, fazendo uma careta.

— Você tá maluca? Parada no meio da calçada que nem um poste?! Cuidado pra não cair! — Outro disse, apontando para o cadarço da bota, que estava desamarrado. — Onde já se viu... Menina maluca... Esses judeus são todos uns idiotas! — E desceram a rua caçoando dela.

Adele correu para casa, subiu as escadas esbaforida e se agarrou à mãe. Chorou como nunca havia chorado. Contou para os pais o que tinha acontecido. Falou sobre *Frau* Berta e as humilhações a que ela e outras crianças eram submetidas.

— Eu não quero voltar para a escola! — Ela soluçava. — O que nós fizemos?! Por que ser judeu é tão ruim? Por que dizem que roubamos? Por que não viramos cristãos e pronto?! — Adele extravasava, ali, a incompreensão e a impotência contidas.

Kurt e Tzipora se entreolharam.

— Querida — Kurt a pegou nos braços —, olhe bem para mim... Você acha que eu e sua mãe somos pessoas ruins, que somos ladrões? — Adele balançou a cabeça negativamente. — E vovô Arnold e vovó Ruth? — Ela repetiu o movimento, o pai continuou. — E tio Franz e tio Arne? E tia Golda? E a prima Hanna? — Em seguida, fez uma pausa. — E o rabino Rosemblat? — Franziu a testa numa careta, imitando o velho religioso.

Adele riu. Ela se acalmara, mas permanecia calada.

— Pois bem, você não tem do que se envergonhar. — Kurt segurou o rosto dela entre as mãos. — Jamais se envergonhe de ser judia! E lembre-se: antes de tudo, somos alemães! Se há algo errado são esses alemães que envergonham nosso país... Não os judeus! Logo, logo tudo voltará ao normal. As pessoas vão cair em si! — Havia revolta na voz dele. Em seguida, recuperou o tom apaziguador. — Além do mais, eu estava conversando com sua mãe... e achamos que seria muito melhor se você estudasse na escola judaica, em Tiergarten! Que acha? — Apertou as bochechas dela.

— Alma Hoss adora! Conversei com a mãe dela outro dia! — Tzipora completou, forçando uma empolgação que não tinha. — Disse que tem aulas de música, natação e belos passeios! E poderão ir juntas no bonde!

Adele pulou no colo da mãe. A ela pouco importava a grade escolar. Qualquer lugar sem *Frau* Berta já era o paraíso. Kurt via a mudança como um retrocesso. Queria as meninas integradas à sociedade alemã. Apesar de ter nascido e morado a vida toda no bairro judaico, não era religioso. Tampouco Tzipora. Criavam as filhas de forma secular.

Comemoravam as grandes datas, como o *Pessach* e o *Rosh Hashanah*, mais pela tradição do que pela crença. Respeitavam o *Yom Kippur*, mas nem sempre jejuavam. Tzipora costumava acender as velas no *shabat*, mas não iam regularmente à sinagoga. Kurt trabalhava nas manhãs de sábado. Adele não voltou nunca mais à escola pública. Mais de dois anos haviam se passado. A escola judaica também ficara para trás. Eva e Adele passaram a ter aulas em casa, com professores que, a exemplo do próprio tio, haviam perdido o emprego.

Kurt fora um dos mais conceituados obstetras da capital. Agora, grande parte de seus pacientes não eram grávidas, mas doentes comuns, judeus que mal tinham dinheiro para pagar comida e moradia, quanto mais a consulta. Primeiro, ele fora afastado da chefia do ambulatório de um hospital público. Em seguida, perdera o cargo de professor titular da cadeira de obstetrícia na Universidade de Berlim. Mais recentemente, viera a proibição de atender pacientes não judeus, sob risco de ser preso.

O consultório ficava no térreo do sobrado que pertencia à família. Ele nascera ali, no segundo andar. Os pais ainda moravam lá. O consultório, na parte de trás, tinha acesso pelos fundos. O irmão caçula, solteiro, professor de literatura germânica, transformara o cômodo da frente numa livraria havia quinze anos. Como Kurt, também Arne fora afastado da universidade. O sobrado ficava colado à gráfica que fizera dos Eisen tipógrafos ilustres e conhecidos em toda a Alemanha. Era um caixotão retangular — um depósito sem divisórias — com pé-direito muito alto e largos janelões com esquadrias de ferro, em formato de jogo da velha. No verão, os raios de sol batiam em feixes, dando um tom acobreado às prensas. Agora, as máquinas se escondiam embaixo de lonas verde-musgo. No chão, a poeira acumulada denunciava que o local não era limpo havia tempos. Alguns vidros estavam quebrados. Uma corrente grossa e um cadeado reforçavam a segurança da entrada. A estrela de Davi, pichada com tinta amarela, cobria parte do letreiro com o nome do estabelecimento: "Gráfica Eisen — desde 1780". No sobrado, a placa de metal com a indicação "Kurt Eisen — Clínico Geral" fora quase totalmente coberta por um *"Jude"*. Na vitrine da livraria, os dizeres que estampavam tantas lojas do bairro: "Não comprem de judeus". Desde o boicote convocado pelos nazistas, em 1933, Arne parara de contar as vezes — e horas gastas — arrancando cartazes ofensivos e limpando agressões pintadas no vidro. Voltavam a ser colados dois ou três dias depois. Habituara-se. Nos últimos anos, *habituar-se* era sinônimo de sobreviver.

Em breve, tanto a gráfica quanto o sobrado passariam para mãos desconhecidas, quisessem ou não. O pai relutava em vender. Um antigo concorrente oferecera um valor bem abaixo do aceitável, mesmo assim ainda acima do fixado oficialmente pelas autoridades do Reich.

— Estamos vivendo o fim dos tempos! — bufava o velho Arnold. — Nós lutamos por este país. Estamos aqui há muitas gerações! O avô do meu avô abriu a primeira gráfica dos Eisen, em Nuremberg, em 1780! — Ele esbravejava pelos cantos. — Mas os ingleses e os americanos hão de dar uma lição nesses lunáticos e tirar esse maluco do poder! Se perdermos nosso negócio, vamos tê-lo de volta e com indenização! — repetia incessantemente para Kurt. — E escreva o que digo: o ingrato do teu irmão vai se arrepender de ter fugido! Jamais colocará os pés na gráfica novamente!

O pai de Kurt se referia ao primogênito, Franz, que emigrara para o Brasil, três anos antes, com a mulher e a filha. Arnold não o perdoara. Mesmo assim, Franz não carregava remorso. Tentou o quanto pôde convencer Kurt. "Meu irmão, me escute, por favor, a hora de sairmos é agora! Pense na sua mulher e nas meninas! Caminhamos para uma guerra... e nós somos o alvo! Hitler odeia os judeus!" Na época, Kurt não tivera a coragem necessária para abandonar os pais. Foi mais fácil considerar exagerado o apelo do irmão. Como Arnold sempre dizia, "os Eisen já vivem e têm negócios nestas terras bem antes de a Alemanha se unificar! Já passamos por guerras, perseguições e continuamos firmes".

Agora, no entanto, admitia para si mesmo que tomara a decisão errada. Desde o começo de outubro, os judeus de origem polonesa estavam sendo convocados e literalmente expulsos da Alemanha. Mandados de volta ao país de origem, que praticamente desconheciam. De uma hora para outra, obrigados a abandonar tudo que não coubesse numa mala. Além das perdas materiais — casa, pertences, roupas —, deixavam para trás as lembranças de uma vida inteira. Era preciso escolher entre um bom par de sapatos e roupas quentes para enfrentar o inverno, fotografias, ou mesmo comida e utensílios básicos de cozinha. O que é prioritário numa hora dessas? Para muitas pessoas, principalmente os idosos sem filhos, era como lançar-se num buraco escuro. Há muito haviam deixado a Polônia, não tinham raízes, mal falavam a língua. O que aconteceria com eles?

Famílias eram separadas sem tempo para despedidas. Vizinhos partiam deixando mulher e filhos. Kurt guardava as aflições para si. Não queria assustar Tzipora e as meninas, mas não via outra saída a não ser deixarem a Alemanha o mais rápido possível. A esposa — nascida na região norte da Transilvânia quando ainda pertencia à Hungria — ficara órfã de mãe com apenas um ano. Fora criada por tios que emigraram logo após a Grande Guerra, quando, por determinação do Tratado de Trianon, a região passou para os domínios da Romênia. Como muitos judeus de origem húngara, eram bilíngues e tinham o alemão, junto ao *magyar*, como língua-mãe. Os dois já haviam morrido, um de tuberculose, o outro em consequência de uma grave pneumonia. Portanto, além do marido e das filhas, Tzipora não tinha ninguém que a prendesse na Alemanha. Isso tornaria menos dolorosa, para ela, uma eventual partida. Já Kurt tinha os pais e o irmão.

Desde julho, vinha tentando, junto a embaixadas e consulados das três Américas, qualquer país que os aceitasse. O Ministério do Interior baixara mais um decreto: judeus que tivessem passaporte alemão teriam o "J" obrigatoriamente carimbado no documento. Mais um obstáculo para o pedido de visto. De nada adiantavam os esforços de Franz junto às representações diplomáticas em São Paulo. O irmão soubera, por amigos, que havia uma circular do Ministério das Relações Exteriores do Brasil enviada às representações europeias — em especial às alemãs — com determinação expressa de veto de visto a judeus. Ninguém assumia abertamente a ordem.

Kurt apelava para antigos pacientes, alguns influentes no governo, e para amigos médicos no exterior. Mas não bastava ter bons contatos. Era preciso sorte e dinheiro, muito dinheiro, para conseguir sair. Não havia como transferir divisas para fora, não havia como conseguir um preço, se não justo, ao menos digno, pelos imóveis. A venda do sobrado e da gráfica não poderia mais ser protelada. Se a negociação corresse como combinado, garantiria, pelo menos, a comida nos próximos meses. Os pais e o irmão se mudariam para o apartamento da Auguststrasse. Ruth e Arnold ficariam com o quarto das meninas, que dormiriam com Kurt e Tzipora. Arne se arranjaria no sofá da sala e as consultas seriam feitas no escritório.

— Dá-se jeito para tudo, minha querida. O apartamento é grande... E logo tudo se ajeita, você vai ver! — O médico confortava a mulher, mas nem ele acreditava naquelas palavras.

— O que importa é que estamos juntos! — Tzipora respondia, enfiando o rosto no peito dele. — Seus pais e Arne são a única família que tenho também.

Kurt manteria o apartamento graças a um arranjo feito com o amigo dos tempos de faculdade. Christian Werner costumava dizer que Kurt — sempre o primeiro aluno da classe — fora responsável pela sua entrada na faculdade e, posteriormente, pelo seu diploma. Estudaram lado a lado por mais de sete anos. Christian viera do norte para tentar a faculdade de medicina em Berlim. Era de uma família muito pobre e precisava trabalhar para se sustentar. Kurt convenceu o velho Arnold a ceder para o amigo o pequeno quarto com banheiro que ficava no térreo do sobrado e servia para guardar quinquilharias. As refeições, ele as fazia praticamente todas com os Eisen. Chegaram a servir juntos na Grande Guerra. Depois que casaram, cada um tomou seu rumo. Os velhos tempos, porém, jamais se apagariam da memória. Christian se tornara o Dr. Werner, oftalmologista, com uma bela clínica em Charlotenburg. Casara-se com a sobrinha de um figurão do Reich, o que lhe abrira muitas portas. Ao mesmo tempo que Kurt ia afundando, o Dr. Werner vinha emergindo.

O apartamento da Auguststrasse passaria para Christian Werner, pelo menos no papel, quando fossem pressionados a vendê-lo. Outros, no prédio, já haviam sido arianizados, ainda sem os novos moradores. Kurt confiava em Christian. Quando tudo voltasse ao normal, a papelada seria desfeita e o apartamento voltaria ao nome dele e da família. Promessa apalavrada.

Além dos Eisen, mais três famílias judias ainda viviam ali. Vizinhos de porta, os Epstein — casal de meia-idade, donos de uma joalheria — não eram vistos há uma semana. Haviam viajado, às pressas, para o enterro de um parente, no norte do país. Kurt suspeitava que tinham fugido. Os Hoss moravam no térreo. E os Goldenberg, no último andar. O nome dos Eisen não constava mais na caixa de correio nem na porta de entrada. Haviam retirado a plaquinha quando o prédio fora pichado, há alguns meses. O mesmo fizeram os outros moradores judeus.

Naquele fim de outubro, a caminho de mais um dia de exaustivas consultas sem remuneração, sentiu que o último fiapo de esperança se rompera. A situação não iria melhorar, tampouco se manter. Não poderia ajudar as pessoas indefinidamente. Os remédios estavam cada vez mais escassos e os conhecidos nos hospitais temiam ser pegos traficando — era o termo que usavam — para um judeu. Acima de tudo, tinha uma família a zelar. Ficar no país era assinar um atestado de óbito em vida. Como explicar às meninas que, em alguns meses, elas teriam de incorporar um "Sara" aos seus nomes e ele próprio um "Israel"? Lembrou, mais uma vez, do irmão que previra, três anos antes, o absurdo que ele, Kurt, vislumbrava apenas agora.

— Israel Kurt Eisen... Dr. Israel Kurt Eisen... Pai de Sara Adele e Sara Eva... — falou para si mesmo. — Não! Eu não vou deixar isso acontecer! — E seguiu, com passos firmes, até o consultório.

Kurt sabia exatamente o que precisava fazer. Mas teria de esperar até o fim do dia. Atendeu os pacientes com mais pressa do que de costume. Quando deu três horas da tarde, fechou o consultório e saiu apressado. Tinha de estar em vinte minutos na casa de uma antiga paciente, não judia, na Munzstrasse. Ela estava grávida do terceiro filho e só confiava no Dr. Eisen, que já havia feito o parto dos outros dois. Ele a acompanhava às escondidas. Era arriscado, mas, ao mesmo tempo, uma forma de ganhar algum dinheiro. Assim como na clínica, limitou-se à consulta e recusou o chá com bolo. Desceu os três lances de escada correndo. Tinha de estar antes das cinco na Sophie Charlotte Platz. Até o metrô em Alexanderplatz, era uma caminhada de dez minutos no máximo. Olhou o relógio. Se não houvesse atraso na linha, chegaria antes da hora. Christian Werner atendia até as cinco, jamais saía antes. Kurt poderia ter ligado. Mas preferiu ir direto. O que ele iria pedir não podia ser falado por telefone, muito menos adiado.

17

Haviam se passado duas semanas desde o encontro de Kurt Eisen com Christian Werner. Até agora, nada de concreto acontecera. Cansado de procurar embaixadas, Kurt pedira ajuda ao amigo para tirar, pelo menos, Tzipora e as meninas de Berlim, levá-las para Bruxelas, a mais de setecentos quilômetros da capital. Da Bélgica seria mais fácil fugir para a França ou, quem sabe, para a Inglaterra. "Os nazistas jamais conquistarão esses territórios", Kurt afirmava com convicção. "O Oeste da Europa resistirá ao avanço do Reich!", costumava repetir para o pai e para o irmão cada vez que escutava um discurso de Hitler.

Parte das economias fora transformada em ouro, por insistência de Franz. O irmão o convencera, pouco antes de deixar a Alemanha, a sacar o que pudesse do banco. Mais uma vez, contou com Christian. O dinheiro fora retirado para pagar uma suposta dívida. Não houve maiores questionamentos já que o cobrador era um respeitado médico ariano e o devedor, um judeu. Não era muito, mas seria suficiente agora, pensava Kurt. Ou, pelo menos, teria de ser. Junto com algumas poucas joias, o ouro estava bem escondido no fundo falso do velho baú de bonecas, largado num canto do quarto de Adele. Christian recusou o ouro. "Por enquanto, deixa que cuido disso. Guarde, e bem guardado, Kurt! Você vai precisar!" Só que a ajuda estava demorando mais do que Kurt imaginara. O plano era forjar documentos e cruzar a fronteira no lugar certo. Christian procurava uma caminhonete e um motorista esperto que se passaria pelo chefe da família. Depois, ele arranjaria um jeito de tirar Kurt, Arne e os pais de Berlim. Só que executar o plano não parecia tão fácil quanto concebê-lo. Até agora, surgira uma possibilidade, mas só para Adele. Partir direto para a França, com uma mulher que — por uma boa quantia — atravessaria a fronteira com crianças judias, passando-se por mãe delas. Duas já estavam "negociadas" — foi esse o termo que passaram a Christian. Ela poderia levar apenas mais uma sem levantar suspeitas.

Kurt e Tzipora optaram por aguardar mais um pouco. Se ao menos Eva pudesse ir junto... mas a oportunidade não surgira. Christian tentava agora outra forma. Insistia para que Kurt fosse junto. Ele, Tzipora e as meninas seguiriam de trem até Colônia, separadamente, para não despertarem suspeitas. Ele próprio levaria Adele e Eva. De lá, partiriam de carro até uma pequena cidade, quase na fronteira. Christian descobrira, de fonte segura, um esquema de comerciantes que entravam na Bélgica, todos os dias, com pessoas escondidas em móveis com fundo falso, na caçamba de caminhões. Caixotes com comida, bebida e cigarros roubavam a atenção nas eventuais revistas.

O montante tinha de ser pago adiantado e viajariam separados, um de cada vez. Era arriscado e tinham de confiar plenamente no motorista. Mas não havia notícia de travessias malsucedidas. Depois de cruzar a fronteira, ficariam ilegais e com o mesmo problema para conseguir um visto de saída do continente. "Pelo menos", Christian tentava animar o amigo, "não serão alvo de agressão por serem judeus!" Ele já havia contatado velhos companheiros, em Bruxelas, que acolheriam Kurt, a mulher e as meninas. "Um passo de cada vez. O fundamental é tirá-los de Berlim o mais rápido possível." Kurt passava as noites em claro. Temia pelos pais. Abandoná-los à própria sorte? Franz já havia partido. Não seria justo deixar toda a responsabilidade com Arne. Ao mesmo tempo, arriscaria a segurança da mulher e das filhas? Havia tomado uma decisão. Se não fosse possível levar também os pais e o irmão, Tzipora partiria com as meninas e se encontrariam depois.

Kurt sentia o frio percorrer a espinha, junto com a sensação de abandono. O mundo vendara os olhos. Não só os judeus, mas todos aqueles que haviam sido rotulados à margem do ideal ariano e os que, mesmo enquadrados, se opunham ao governo, estavam sozinhos. Não havia polícia nem autoridade dentro do Reich, muito menos fora, para quem apelar.

O cerco se estreitava. Até o último ano, ainda havia um fio de esperança de que fosse possível resistir com todas as restrições impostas, mas 1938 viera como um divisor de águas. Além da anexação da Áustria em março, as medidas que restringiam o direito de ir e vir só aumentavam. A expulsão dos judeus poloneses detonara uma onda de medo. Kurt estabelecera regras que transformaram a casa quase que numa prisão. Tzipora, Adele e Eva jamais andavam sozinhas e nunca fora dos limites da vizinhança. As saídas se restringiam ao consultório de Kurt, à casa dos avós, à livraria do tio e ao comércio local. Vez por outra, assistiam a um concerto no centro comunitário judaico, numa tentativa de trazer alguma normalidade ao dia a dia, principalmente para as meninas. Como justificar, racionalmente, a proibição de judeus entrarem na piscina pública e até de sentarem em bancos de praças?

Eva passara a ajudar Arne na livraria. Ao contrário de Adele, que andava como um caracol, com a cabeça sempre voltada para a concha, Eva empinava o peito, desafiando tudo e a todos. Metia-se em discussões, não levava insultos para casa. Apesar das diferenças físicas — Eva era alta e loira, Adele morena e mais baixa — e de personalidade, as duas eram muito ligadas e, de certa forma, se completavam. Eva era impulso, vencia pela força. Adele, comedimento, persuadia pela palavra. Tzipora não temia tanto pela filha caçula — receosa e desconfiada de tudo — quanto pela mais velha. Nos tempos em que viviam, receio e desconfiança eram qualidades. Já a ousadia e a audácia de Eva poderiam ter graves consequências. O emprego na livraria era uma forma de mantê-la ao alcance dos olhos. Para ocupá-la, o tio a incumbira de checar a ordem de arrumação, por autor e assunto, fileira a fileira.

A livraria, que já fora ponto de encontro de jornalistas, poetas e escritores, agora vivia às moscas. Três ou quatro pessoas juntas eram prato feito para as tropas que patrulhavam as ruas do bairro atrás de conspiradores e baderneiros. O que Arne e os amigos menos queriam era chamar a atenção dos capotes negros.

Assim, ele e Eva passavam as tardes arrumando estantes e jogando cartas. Nem os discos de jazz — comprados de um amigo americano — Arne ousava tocar. Também não havia mais passeios ao zoológico nem às margens do rio Spree, nos finais de semana. Muito menos ao cinema, cafés ou lojas na Kurfürstendamm.

Até Kurt redobrava a atenção quando, por algum motivo — fossem os encontros com Christian Werner ou a visita a algum paciente não judeu —, precisava desviar-se dos trajetos rotineiros. A família vendera o carro logo após a ordem que estabelecia o emplacamento específico para automóveis de judeus. Alguns cruzamentos em Berlim eram verdadeiras armadilhas. A lei de trânsito punia pedestres que atravessassem fora da faixa e motoristas que ultrapassassem com o sinal amarelo. Coincidentemente, locais próximos a instituições judaicas — nem o cemitério fora poupado — eram intensamente visados. Um indivíduo "comum" desavisado — a maioria não tinha mesmo conhecimento — recebia uma advertência ou uma multa simbólica, de um marco. Um judeu era obrigado a pagar, às vezes, trezentos marcos, além de ser levado para a delegacia, onde era fichado. Com isso, passava a ter antecedentes criminais. Se houvesse qualquer tipo de reincidência — por motivo igualmente banal —, Buchenwald ou Sachsenhausen, os temidos campos de trabalho nos arredores da capital, o esperavam.

Estes pensamentos invadiram a mente de Kurt enquanto atendia uma menina com dores de estômago. O que podia fazer por ela e por todas as pessoas que o procuravam diariamente? Não havia para onde encaminhar pacientes para exames e procedimentos. O acesso a medicamentos fora restringido. Ele contava com a boa vontade de antigos colegas que se arriscavam desviando remédios e até fazendo cirurgias em casos graves como o de uma jovem com o apêndice supurado. Nos últimos anos, porém, essa ajuda escasseara e conseguir medicamentos se tornara mais complicado. Como explicar à mãe da menina que aquela dor era, muito provavelmente, por fome, alimentação desbalanceada ou, simplesmente, estresse? A sensação de impotência crescia porque via Adele naquela criança. A filha reclamava das mesmas dores. A solução, ele sabia bem, era só uma: ir embora. Hitler — um homem de carne e osso — ganhara o status de Deus para decidir quem pertencia ou não à terra e ao povo. A nação de Goethe virara a nação de Goebbels.

— As pessoas são cegas? Perderam o juízo? — lembrava do pai esbravejando a qualquer referência ao ministro da Propaganda. — Um homem mais baixo do que eu, franzino, com pé defeituoso e coxo prega esse modelo de raça pura? — Arnold Eisen apontava para um impresso com um jovem loiro, o ideal da supremacia branca. — Este é o verdadeiro alemão? Goebbels, por acaso, se parece com ele? — berrava sacudindo o panfleto. — E Hitler? Hitler é um deles? — Depois apontava para si próprio e para uma caricatura de um judeu mirrado e narigudo no tabloide *Der Stürmer*. — E eu? Eu sou assim? Nós somos estes? — Rasgava o papel em tiras largas e jogava no lixo. — Não! Nós também somos a Alemanha! Mais cedo ou mais tarde as pessoas vão acordar!

Mas não acordaram. Uma realidade que Kurt percebera tarde demais. A Alemanha fora tomada por um sentimento de ufanismo que se traduzia nas bandeiras vermelhas com o símbolo preto, espalhadas em galhardetes gigantes nas ruas, nas fachadas e no topo de prédios públicos e até em casas de militantes fanáticos. Hitler cumprira o prometido. Fora eleito com um terço da população desempregada. Cinco anos depois, o trabalhador alemão viajava de férias com a família, ia ao teatro e a concertos, as crianças praticavam esportes e faziam excursões no fim de semana. Em breve, teria um automóvel para passear com a família. O que mais um homem poderia querer? Casa, comida, trabalho e... um carro próprio! Um luxo que nenhum operário sequer sonharia poucos anos antes. A promessa do *Führer* estava a caminho. O próprio Hitler inaugurara, meses atrás, uma fábrica para produzir o carro do povo. Essa era a nação alemã, o império de mil anos que crescia como um gigante destemido, com passos firmes e fortes, esmagando e destruindo o que atravessasse seu caminho, sem dó nem piedade. Nesse caminho estavam judeus, pessoas com deficiências, homossexuais, comunistas e qualquer um que desagradasse o gigante.

Ultimamente, era difícil concentrar-se com todas essas questões martelando a mente. Kurt dispensou a mãe e a menina com uma recomendação de dieta e — isso ele falou só para a mãe — um calmante feito com ervas. "Nossas crianças estão tendo de amadurecer mais depressa do que gostaríamos. Muito do que Olga sente é emocional... Minha Adele também é assim, mais sensível, absorve tudo." Depois que elas saíram, deu uma rápida passada nos atendimentos do dia, tirou o jaleco branco e o pendurou no armário. Em seguida, vestiu o sobretudo cinza e deixou o consultório. Iria até a livraria pegar Eva. Costumavam fazer juntos o percurso na ida e na volta. Mal trancara a porta, deparou-se com o irmão e a filha. Os rostos, tensos.

— Kurt, vamos até o papai! — Arne apressou o irmão, já se dirigindo para a escada que levava ao apartamento dos pais. — As notícias não são nada boas... Parece que um rapaz, judeu, invadiu a embaixada alemã em Paris e atirou contra um diplomata.

Kurt mordeu o lábio inferior como costumava fazer quando ficava tenso. O irmão seguiu na frente, Eva logo atrás e ele por último. Na casa de Arnold, o rádio já estava sintonizado. As notícias não poderiam ser piores. O diplomata Ernst vom Rath fora seriamente atingido por disparos feitos por um jovem de origem polonesa. As informações eram da rádio estatal. Falava-se em conspiração judaica contra a Alemanha.

Dois dias depois, Vom Rath morreu. Nada voltaria a ser como antes. E quem, por acaso, achava que os judeus já haviam chegado ao fundo do poço percebeu, naquele momento, que o mergulho estava apenas começando.

18

Berlim, 9 e 10 de novembro de 1938

Adele abriu os olhos assustada. Não sabia ao certo se o estrondo fora sonho ou realidade. Mas logo se seguiu outro, e outro. Junto vinham os clarões e o barulho crescente de passos apressados e vozes. Cobriu a cabeça com a coberta. Aos poucos, foi destampando o rosto. Eva estava em pé, junto à janela, espreitando por uma fresta da cortina. Moravam no segundo andar.

— O que foi, Eva? O que está acontecendo? — a voz saiu trêmula.

A irmã pôs o dedo indicador nos lábios e fez sinal para que ela não se mexesse. Afastou-se da janela em direção à porta. Foi quando ouviram o vidro estilhaçar. Subitamente, o quarto foi invadido por uma lufada de vento acompanhada pelo som de gargalhadas e berros vindos da rua. A pedra caiu no espaço entre as duas camas. Os cacos se espalharam no chão e sobre a mesa de estudos debaixo da janela. Adele pulou da cama e se agarrou a Eva. Abraçadas, se agacharam no pequeno espaço que sobrava entre o armário e a parede. Pela primeira vez, Adele sentiu o medo na irmã. O corpo tremia todo. Adele apertou a mão dela entre as suas. Também estava apavorada.

— Vocês estão bem? — A porta do quarto abriu como um trovão.

Tzipora entrou apressada e correu até as meninas. Ela também já dormia e acordara assustada. Kurt ainda trabalhava no escritório.

Entrou no quarto em seguida. Por alguns instantes, os quatro ficaram imóveis, sentados no chão. Kurt virou a cabeça e viu a pedra e os estilhaços. A cortina balançava, e pelas frestas dava para ver clarões de incêndios. Ele fez o mesmo sinal que Eva fizera segundos antes com o dedo e engatinhou até a janela, desviando dos cacos. Apoiou-se na quina da mesa e se ergueu bem devagarinho, o suficiente para enxergar a rua e prender a cortina entre a parede e a mesa, cobrindo o buraco feito na parte inferior do vidro.

Kurt cambaleou e deu um passo para trás, apoiando-se na cabeceira da cama de Adele, como se, assim, pudesse segurar o tremor que paralisava suas pernas. O grupo, de cerca de seis homens, já não se concentrava em frente ao prédio. Não era o único. Havia outros, com mais e menos componentes. Como caçadores que bem conhecem sua presa, caminhavam com passos largos e decididos. Seguiam em direção à esquina com a Oranienburger Strasse. Alguns carregavam pedaços de pau; outros, barras de ferro e tochas. Os passos e gritos ainda invadiam o quarto, só que abafados pela distância. Kurt respirou fundo antes de voltar-se para Tzipora e as meninas, que permaneciam abraçadas e imóveis. Ouviam perfeitamente o que a multidão berrava. *"Judenschwein, Judenscheisse, Juden*! Venham para a rua, assassinos! Covardes!" Tzipora apertava a cabeça de Adele contra o peito, tentando tapar-lhe os ouvidos, como se, dessa forma, a impedisse de escutar. Ao encarar Kurt, percebeu o pânico estampado no rosto do marido. Ele sinalizou discretamente, com as mãos, para que ela continuasse calada. Não queria assustar as filhas ainda mais. Aproximou-se delas, tentando demonstrar tranquilidade, mas era impossível.

— Escutem com atenção... Nada de barulho — sussurrou. — Vou pegar uma vela e já volto.

Kurt abriu a porta com extremo cuidado. Olhou o corredor para se certificar de que não havia ninguém à espreita. Fechou a porta e seguiu até a cozinha, guiando-se pelas paredes e móveis. As cortinas da sala estavam fechadas, o que deixava a casa mais escura. Pegou a vela e deu uma rápida passada por todos os cômodos. Conferiu a tranca da frente, colou o ouvido à madeira maciça e abriu o pequeno visor de ferro. O corredor estava deserto, silencioso. Aparentemente, o prédio não fora invadido. Mesmo assim, usou uma cadeira, calçando-a na maçaneta. A única janela atingida fora a do quarto das meninas. O escritório ficava nos fundos. Era o lugar mais seguro.

— Vamos para o escritório — disse, já de volta ao quarto. — Quero que vocês descansem... Está tudo bem agora... — Aos poucos, ele retomava o controle.

As três o acompanharam sem dizer palavra. Ele acomodou Eva e Adele no sofá. Deu um beijo na testa de cada uma e puxou Tzipora pela mão até o corredor. A verdade é que nada estava bem.

— Meu amor, fique com as meninas — sussurrou. — Não saiam do escritório, não acendam luzes... Vou até a casa dos meus pais... Eu...

— Você não pode sair agora! É perigoso! — Ela o interrompeu com um abraço, como se, assim, pudesse detê-lo. — Ligue antes, pelo menos! — apontou para o telefone.

"Tzipora tem razão. É o mais sensato", pensou. Antes mesmo que chegasse à mesinha no hall de entrada, a campainha do telefone soou, estridente.

— Kurt, meu filho! — Mal tirou o fone do gancho, ouviu a voz desesperada da mãe. — Kurt! Eles levaram Arne! Levaram Arne! E seu pai... Seu pai... Eles bateram nele! Foi horrível! — Um choro ofegante, sofrido, reteve a fala.

— Mãe, se acalme! Não saia de casa! Estou indo aí! — Pôs o fone no gancho e passou a mão pelo rosto.

A expressão nos olhos foi suficiente para calar qualquer apelo de Tzipora. Por alguns segundos, ela sentiu que ele podia desabar. Pegou a mão esquerda de Kurt e a entrelaçou com a sua.

— Estamos juntos. Aguentamos até agora porque estamos juntos. — Beijou os dedos dele. — Tome cuidado... e traga seus pais para cá! Vai dar tudo certo — falou, sem a menor firmeza.

Kurt beijou os dedos dela de volta. Foi até o cabideiro, vestiu o sobretudo e colocou o chapéu.

— Sim, vai dar tudo certo — respondeu, também sem firmeza, já abrindo a porta.

Adele e Eva, que haviam deixado o escritório ao toque do telefone, escutavam, agachadas, a conversa. Sentiram o cansaço e o descrédito na voz do pai. Afinal, o que havia para dar certo?

19

Uma luz fraca iluminava o corredor do prédio. Kurt desatarraxou a lâmpada e seguiu, tateando a parede, até a escada. Melhor o breu. Os olhos rapidamente se acostumaram à penumbra. Tinha de descer apenas um lance. E o fez bem devagar, embora a vontade fosse disparar até a rua. Ao passar pela porta dos Hoss, deu três toques espaçados. Um código que ele e Aron — um engenheiro que morava ali, com a família, há tanto tempo quanto os Eisen — haviam combinado desde que os novos moradores tinham começado a chegar.

Hoss abriu uma fresta da porta, sem destravar a tranca.

— Está tudo bem? — Kurt perguntou apressado, já que, na verdade, queria pedir um favor ao amigo.

— Na medida do possível... — Hoss respondeu, com um balançar curto e nervoso de cabeça. — Forçaram as venezianas, felizmente não conseguiram entrar.

— Lá em cima, uma janela quebrada. — Fez uma pausa. — Eu preciso que você fique de olho em Tzipora e nas meninas...

O outro assentiu. Um misto de raiva e impotência fez Kurt socar a parede do corredor.

— Os canalhas levaram meu irmão e bateram no meu pai... Covardes! — bradou em meio aos repetidos golpes curtos. — Minha vontade é acabar com eles! Preciso ir, Hoss. Minha mãe está desesperada.

— Espere um instante, amigo. — Destravou a tranca e pôs nas mãos dele um pequeno porrete de borracha. — Esconda no casaco... Vá com cuidado! Não acredito que voltem a nos perturbar aqui, pelo menos por hoje!

Kurt guardou o porrete no bolso interno do sobretudo e atravessou a portaria. O estrago fora bem maior do que ele imaginara. A porta do prédio tinha marcas de tentativa de arrombamento. Por pouco não haviam rompido as janelas do térreo. Olhou em volta. O comércio e os prédios habitados por judeus haviam sido atacados. As outras lojas e moradias estavam intactas.

À medida que avançava, com passos apressados, Kurt ia tomando dimensão da barbárie. Jamais pensara que, em seus quase cinquenta anos de vida, presenciaria, um dia, um *pogrom*. Aquele tipo de violência era comum na Rússia e na Polônia, países onde os judeus viviam segregados à mercê de uma população ignorante. Ele nascera e fora criado em Berlim, no berço da cultura e da intelectualidade europeia. "Não podemos ter descido tanto", pensou, horrorizado.

Vidraças estilhaçadas, prateleiras no chão, portas destruídas. Pessoas invadiam as lojas depredadas e carregavam os produtos. Ateavam fogo e lançavam bombas caseiras feitas com garrafas de vidro e querosene. Os proprietários, desesperados, tentavam evitar o vandalismo. Eram espancados, ridicularizados. Silberman, o barbeiro, fora obrigado a colocar o jaleco branco e, com a navalha, cortava a barba de velhos judeus ortodoxos sob olhares escarnecedores. Foi o estopim para que Kurt se pusesse a correr desesperadamente. Mas ele não tinha ideia do que iria encontrar mais à frente.

20

Ao virar a esquina na Linienstrasse, na altura da Grosse Hamburger, Kurt paralisou. Um clarão provocado por labaredas dava um tom avermelhado à noite. Uma fogueira crepitava em frente ao sobrado da família. Mas não era ela que provocava o espetáculo que a multidão aplaudia, aos berros. A língua de fogo ardia ao lado. Kurt acelerou o passo. A gráfica Eisen era consumida pelas chamas. Um vulto solitário, alheio aos risos e palmas, ia e vinha, com baldes d'água, num esforço inútil e patético. Era Arnold Eisen.

Kurt se aproximou, diminuindo o passo. Tinha de tirar o pai dali. Num ato reflexo, colocou a mão no bolso interno do sobretudo. O porrete permanecia lá, como que pronto para a ação. Ele não era um homem violento, mas, naquele momento, sentiu vontade de disparar golpes e fazer aquelas pessoas sentirem a mesma dor e humilhação que provocavam. Seria em vão. Não se feria alma e consciência com surra.

Fez um reconhecimento rápido da área. A mãe não estava ali. Não havia mulheres na rua. O pai, de pijama e roupão, cambaleava para dentro do prédio e voltava, com dois baldes que mal conseguia segurar. Esbarravam na perna e metade da água ficava pelo caminho. A roupa e o rosto estavam cobertos de fuligem. Uma mancha de sangue endurecido cobria parte da testa e da têmpora, do lado esquerdo.

A vitrine da livraria não mais existia. Os cacos, na calçada, refletiam a lua e brilhavam como cristais. As prateleiras tombadas se amontoavam no centro da loja em meio aos livros espalhados pelo chão. A maioria, no

113

entanto, alimentava a fogueira. Kurt deu uma rápida olhada nos fundos. A porta do consultório estava intacta. Do outro lado da rua, dois policiais faziam a ronda, como se estivessem em outra dimensão. Caminhavam até a esquina e voltavam, alheios ao vandalismo e à violência. Kurt fez menção de chamá-los, mas logo percebeu que só atrairia atenção para si.

— Não adianta, doutor, eles estão ali desde que começou... neste vaivém, sem mexer um dedo! — Kurt virou-se ao reconhecer a voz de Klaus Weir, dono de uma mercearia duas quadras abaixo. — E não adianta acionar os bombeiros... Também fazem vista grossa.

Ele tinha razão. Apesar da estatura corpulenta e maciça, Klaus era um tipo gentil e prestativo, que não se metia em confusão. Não era judeu. Como outros moradores da vizinhança, tivera os filhos pelas mãos do Dr. Eisen.

— Escute, Klaus, preciso de sua ajuda. Tenho de tirar meus pais daqui. Mas, se não puder... entendo — falou, receoso.

— Doutor, conte comigo. — Klaus assentiu com a cabeça, esperando as coordenadas. — O que quer que tenha detonado essa revolta, não justifica tamanha selvageria.

— Obrigado. — Kurt esboçou um leve sorriso de agradecimento.

Em seguida, pediu que vigiasse o pai enquanto subia para pegar a mãe. Ele daria um sinal quando fosse hora de agir. Deu a volta e entrou pelo consultório. Alcançou rapidamente a escada. A sala do apartamento, em cima, estava iluminada pelo clarão da rua. A mãe, encostada à janela, espreitava pela cortina. Ele se aproximou devagar e, por trás, cobriu a boca dela.

— Mãe... Sou eu! Por favor, não grite! — alertou, baixinho.

Ruth virou-se assustada e desabou nos braços do filho.

— O que estão fazendo com seu pai...

O choro angustiado da mãe chegou a molhar a camisa de Kurt. Ele segurou o rosto dela.

— Eu vou tirar vocês daqui. O consultório não foi invadido... Você me espera lá. — Saíram em direção à escada. — Klaus Weir, da mercearia, vai nos ajudar... — tentou acalmá-la, sem muita convicção.

Pessoas como Klaus Weir e Christian Werner eram cada vez mais raras. Aos poucos, também seriam tragadas pelo regime.

Antes de descerem, Kurt deu um rápido telefonema.

— *Herr* Schuman? — Uma voz sonolenta murmurou um "sim" do outro lado. — Desculpe ligar a esta hora... Aqui é o Dr. Kurt Eisen. O senhor ainda está interessado nos nossos imóveis? Tenho uma proposta para o senhor.

Menos de quinze minutos depois do telefonema, bombeiros chegaram ao local. Em poucos minutos, conectaram a mangueira e, aos poucos, o forte jato d'água abafou o fogo.

A placa com o nome da gráfica, totalmente retorcida, caíra em frente à porta. Os policiais, subitamente, também se aproximaram para dispersar a multidão. No meio da confusão, Klaus havia segurado, pela cintura, o velho Arnold. O velho se debatia, tentando acertá-lo com os baldes.

— Desculpe, *Herr* Eisen, ordens do seu filho! — Klaus encostou os lábios no ouvido dele, enquanto o arrastava para os fundos.

Kurt deu um forte abraço em Klaus. Despediram-se sem palavras. Arnold estava em choque. Kurt limpou o ferimento no couro cabeludo do pai, próximo à testa. Fora feito com um objeto pontiagudo. Felizmente era superficial. Também havia queimaduras nas mãos e escoriações nos braços e pernas, provavelmente de socos e chutes. Quem eram esses covardes que espancavam um velho?

Ruth subiu ao apartamento e trouxe roupas limpas. Calada, ajudou o filho a tirar o roupão e o pijama do marido, que continuava sem emitir um som. Dois toques leves, na porta do consultório, quebraram o silêncio.

Kurt se aproximou da porta. Sabia exatamente quem era.

— Cumpri o prometido. Agora você faça a sua parte. — Schuman estendeu-lhe um envelope pardo. — Pelo estrago aí fora, sintam-se muito bem remunerados!

Kurt levantou a aba do envelope e retirou o contrato. Junto havia alguns maços magros de notas.

— Peço desculpas, mais uma vez, por tê-lo incomodado a esta hora da madrugada. — O tom de voz não dissimulava o desprezo. — O senhor nos dá um segundo, por favor?

Dirigiu-se até o pai. Pôs a caneta na mão direita dele e, gentilmente, pediu que assinasse. Arnold não ofereceu resistência. Rabiscou o nome no local indicado e, logo depois, virou-se para Ruth:

— Nós temos de levar os meninos a Nuremberg, Ruth! Os Eisen começaram lá em 1780 e eles precisam saber de onde vêm! — falava fitando o infinito.

— Sim, claro... meu amor. — Ruth passou os dedos pelo rosto do marido.

— Franz, onde está Franz? — Arnold continuou. — Ele tem de rever o contrato da compra de papel!

Kurt trocou um único olhar com a mãe, que dizia mais do que qualquer palavra. Muito além da gráfica e do sobrado, eles haviam perdido Arnold naquela noite de novembro.

21

Já em casa, Kurt esquentou a água e ajudou Ruth a dar banho em Arnold. Tranquilizou-a. Iria encontrar Arne e trazê-lo de volta. Selou a promessa com um beijo na testa da mãe. Em seguida, acomodou os pais no quarto das meninas. Voltariam ao sobrado no dia seguinte para fazer as malas. Tzipora já havia limpado os cacos do chão e vedado o buraco com um papelão grosso. Adele e Eva não conseguiam pregar o olho. Escutavam atentas, e imóveis, a conversa dos pais na cozinha. Tzipora havia preparado um chá. Kurt precisava relaxar, nem que fosse por uns minutos. A vida deles tinha mudado completamente em poucas horas.

— Querida, a situação é grave. — Segurava a caneca, sem levá-la à boca. — Tive de apelar para o desgraçado do Schuman... O sobrado estava depredado e seria atingido pelo fogo. Parte da gráfica já estava destruída... Ele acionou os bombeiros. Em troca, meu pai assinou os documentos. — Ele fez uma pausa. — Aconteceria mais cedo ou mais tarde... O pior é não saber para onde levaram meu irmão! — bateu com a mão na mesa.

Kurt dava os primeiros sinais de cansaço extremo. Tzipora levantou-se e foi até o armário da cozinha, de onde tirou uma lata metálica.

— Vamos, coma! — Abriu a tampa e passou para o marido um biscoito de canela. — É o seu preferido! Fiz hoje à tarde... Estão fresquinhos!

Kurt pegou um biscoito e pôs na boca. A mordida veio acompanhada de um choro. Tzipora foi até ele, que, ainda sentado, a abraçou com força.

— Não quero que as meninas me vejam assim. Meu pai está em choque... Arne está desaparecido... As ruas estão tomadas por vândalos, criminosos, bêbados. Não sei o que fazer!

Kurt jamais se sentira tão impotente. Era impossível entender o que estava acontecendo.

— Não são homens fardados que estão destruindo casas e lojas, Tzipora! — ele sacudia as mãos. — São civis, gente como a gente!

— Kurt, escute. — O rosto dela ganhou um ar severo. — Não são gente como a gente. Nós somos judeus. Não importa o que fizemos por este país, se nascemos aqui ou não, seremos sempre intrusos. Não nos querem na Alemanha.

Kurt enxugou as lágrimas. Adele e Eva se entreolharam. Haviam escutado o bastante. Voltaram de mãos dadas para o escritório.

22

Kurt adormeceu no sofá da sala. Despertou com o toque da campainha. O relógio de parede marcava pouco mais de cinco horas da manhã. Ainda estava bem escuro lá fora. Tzipora e a mãe entraram apressadas. Ele fez sinal para que não se movessem e, com passos leves, só de meias, aproximou-se da porta. Não podia abrir o visor. Encostou o ouvido. O ruído do outro lado fez o rosto de Kurt ganhar vida e relaxar. As mãos tremiam de alegria.

— É o Arne! — Virou o rosto para a mãe e a mulher enquanto soltava a tranca e girava a maçaneta. — Arne está aqui!

Era como se, por alguns instantes, a sorte tivesse olhado para eles. Depois de uma noite de tantas perdas, tinham o que agradecer. Arne entrou e os dois se abraçaram.

— Meu irmão, como é bom vê-lo! — Kurt não conteve as lágrimas. — Eu não sabia por onde começar a procurá-lo!

A mãe correu até o filho caçula e o cobriu de beijos.

— Você está bem? Eles te machucaram, meu filho? — Ruth emendava uma pergunta na outra, sem dar chance de resposta. — Para onde te levaram? Por que te prenderam?

— Eu estou bem... Estou inteiro! — procurou acalmá-la. — Só preciso de um banho e um chá... não necessariamente nesta ordem.

Tzipora entendeu o recado. Arne queria ficar a sós com Kurt.

— Pois vamos preparar este chá agora, não é, *mame* Ruth? — ela disse, ao mesmo tempo que seguia com a sogra para a cozinha.

Os dois esperaram, em silêncio, que a porta da cozinha se fechasse. Arne passara no sobrado e vira a destruição. Havia um cordão isolando a área. Kurt contou sobre a noite de terror, o incêndio, a humilhação, o telefonema para Schuman. Ele ficara sem opção. A gráfica estava sendo consumida pelo fogo, que logo se alastraria para o sobrado. Arne forçou a cabeça contra a parede e apertou as têmporas com as mãos.

— Céus! O que fizemos para sermos odiados e massacrados deste jeito? — A raiva pulsava acelerada no pescoço. — Kurt, eles nos prenderam por nada! Nem sequer olharam documentos. Quando ouvi o primeiro vidro se espatifar, corri para a rua. Estavam em bando, com barras de ferro, garrafas com querosene. — Arne andava de um lado para o outro, sem parar. — Invadiram a loja, derrubaram as prateleiras, jogaram os livros na calçada e atearam fogo! Assim... em cinco minutos, destruíram tudo que construí em quinze anos! — Agora era ele que chorava, de raiva. — Corri para os policiais, tinham acabado de entrar na rua! Aqueles idiotas, vendidos.... Sabe o que fizeram? — Respondeu à própria pergunta, bufando: — Começaram a apitar, um som estridente, e logo surgiram outros e me levaram... assim... como se eu fosse o bandido, o arruaceiro!

Tzipora entrou novamente na sala e deixou uma bandeja com chá e sanduíches. Já havia convencido Ruth a voltar para o quarto e cuidar de Arnold. Arne continuou o relato. Como em muitas situações que marcariam o destino deles dali para a frente, a sorte ou o azar tinham mais peso do que o correto ou o justo. Arne fora levado para a delegacia de polícia de Alexanderplatz com dezenas de outros judeus que, como ele, haviam sido detidos ao acaso. Horas e horas de espera e tensão, espremidos numa cela onde tinham de revezar entre ficar sentados e em pé, até serem levados para averiguação. Muitos estavam sem documentos, afinal, tinham sido apanhados de surpresa ao descerem para impedir os estragos em seus negócios. Quem ousasse dizer que fora vítima de vandalismo apanhava ostensivamente, era fichado criminalmente e mandado de volta para a cela.

— Havia rumores de que seríamos mandados para Buchenwald e Sachsenhausen. — Calou-se subitamente e bebeu o chá, em grandes goles.

— Você vê a loucura que estamos vivendo? Ter seu negócio destruído... Cumprir pena em campos de trabalho... E por qual motivo exatamente? Porque somos judeus? — Bufou, balançando a cabeça.

— Tenho de admitir... Franz estava certo. A Alemanha acabou.

— Kurt deu um suspiro longo, saudosista, antes de voltar ao assunto.

— Mas por que te liberaram afinal? O que aconteceu?

— Sorte... Pura sorte! — Arne deixou escapar um sorriso. — Quando chegou a hora do meu grupo de cela ser averiguado, um dos guardas me chamou: "Professor Arne? É o senhor?" — imitou o rapaz. — "Sim", respondi. Ele se aproximou e disse: "Não me reconhece?! Sou eu! Paul Alexander, seu aluno da faculdade!" — Arne continuou, empolgado.

— "Lógico!", eu disse de imediato! Me deu certo alívio ver um rosto conhecido. E completei: você está bem diferente com esse uniforme! Rimos, os dois. Em seguida, ele me perguntou por que eu estava ali... Eu disse que minha livraria tinha sido depredada e, ao pedir ajuda a policiais, acabei sendo levado para lá. — Arne aproximou-se do irmão antes de prosseguir com a história. — Neste momento, Kurt, ele me tirou discretamente da fila, pediu que lhe passasse os documentos e folheou-os rapidamente. Então me disse: "Com certeza foi um engano. Acho melhor o senhor ir embora agora. Apenas me siga, de cabeça baixa. Vamos até a saída de funcionários, pelos fundos." Chegando lá, abriu a porta, apertou minha mão e desejou boa sorte... E aqui estou eu... por pura sorte! — Pegou novamente a xícara e virou o resto do chá.

Os dois ficaram calados, cada um com seus pensamentos. O de Kurt era um só: precisava tirar a família de Berlim. Agora, mais do que nunca.

23

Kurt e Arne recostaram-se no sofá esperando o dia clarear. Quando o céu ganhou o tom cinza da aurora, aproximaram-se da janela. Kurt girou a tranca e abriu o suficiente para a onda fria tomar a sala. Junto, um silêncio de enterro. Os únicos sons eram os murmúrios da perda, misturados ao roçar das vassouras e das pás, que recolhiam cacos e destroços espalhados na calçada.

Os dois irmãos fizeram algo que não faziam desde a infância. Foi um ato instintivo. Frente a frente, deram-se as mãos e fecharam os olhos. Permaneceram segundos assim, como se, desta forma, unissem coragem e dividissem o medo.

— Meu irmão, eu vou arranjar um jeito de nos tirar daqui. — Kurt foi enfático ao se dirigir ao telefone. — Vá até o sobrado e traga o que conseguir! — Enquanto discava, disse: — Não deixe nosso pai ir até lá... Ele não vai aguentar.

Do outro lado da linha, Christian atendeu ao primeiro toque. Kurt respondeu com um alô, interrompendo a conversa com o irmão.

— Céus! Estava preocupado com vocês! — Christian disse, ao reconhecer a voz do amigo. — Quis ligar antes, mas... — Havia um misto de incredulidade e vergonha. — Achei melhor esperar um contato seu... Desculpe... O que vi ontem por aqui... Não sei o que falar.

— Então não fale! Eu te conheço! — Kurt o cortou, sem rispidez.

— Posso encontrá-lo no lugar de sempre? — Referia-se ao café nos arredores do consultório.

— Que tal no velho ponto, dos tempos de solteiro? Convém mudar de ares...

Christian não precisou completar a frase. Kurt entendeu de imediato o receio do amigo e soltou um curto "sim". Tanto um quanto o outro sabiam que, a partir de agora, todos seriam suspeitos de traição e delação.

— Nos vemos em uma hora — Christian disse. Antes de desligar, ainda deixou escapar: — Custo a acreditar que isto esteja acontecendo...

Kurt manteve o fone no ouvido por alguns segundos depois que o amigo desligou. "Eu também... Também custo a acreditar", sussurrou para si mesmo.

— O que foi, meu querido?

Assustou-se ao ouvir a voz de Tzipora atrás de si.

— Nada, minha querida, eu preciso sair. — Deu-lhe um beijo. — Segure as meninas e meus pais. Ninguém põe os pés na rua hoje.

Antes que ela respondesse, já estava na porta, vestindo o sobretudo. Havia uma estação do S-Bahn a poucos metros do edifício, mas Kurt preferiu andar os quinze minutos até a Friedrichstrasse. Os atos de vandalismo da noite anterior haviam adentrado a madrugada e continuavam naquela manhã. Comerciantes tentavam salvar o que podiam em meio a cacos e mercadorias e móveis queimados. Alguns improvisaram extintores com bombas que esguichavam água de baldes. Schlomo Meir, o padeiro da Tucholskystrasse, espalhava as cinzas no chão como se fossem farinha no tabuleiro. Não sobrara nada na loja além do ferro retorcido do balcão e dos fornos. Os filhos tentavam tirar o pai dali, mas ele parecia uma árvore velha com raízes profundas entranhadas no solo. Kurt lembrou-se do próprio pai, na noite anterior. As manchas vermelhas das queimaduras, o rosto e o pijama cobertos de fuligem, o cabelo desgrenhado, uma imagem dantesca.

Só os estabelecimentos judaicos eram atacados, sem nenhum tipo de repreensão por parte de policiais, que viravam o rosto e mudavam descaradamente de calçada ao menor vislumbre de tumulto. Kurt gelou ao ver o grupo de mais de vinte homens que vinha na sua direção. O da frente carregava uma estrela de Davi, enorme, de madeira, como se fosse um estandarte. Atrás, seguiam os outros, em duas filas, escoltados por oficiais da SS. O médico enfiou as mãos no sobretudo para esconder o tremor e atravessou a rua antes que passassem por ele.

O movimento de pedestres crescia à medida que se aproximava da estação. Alguns apressavam o passo e baixavam a cabeça como se, ignorando os escombros, estes deixassem de existir. A maioria, no entanto, se juntava em rodinhas, com a boca colada no ouvido do vizinho, segredando comentários sarcásticos.

Dentro do vagão, Kurt mantinha o rosto erguido mas evitando qualquer tipo de contato visual. Uma das moças sentadas à sua frente o cutucou no braço.

— Dr. Eisen, como vai o senhor? — Ao perceber o estranhamento dele, rapidamente se identificou. — Não está lembrado de mim? Catarina, amiga da sua filha! — Ele acenou com a cabeça, agora a reconhecia. — Como está Eva? E a pequena Adele? — Ela concluiu sorridente.

Kurt respondeu, educadamente, que estavam todas bem e desviou o olhar como se, assim, pusesse um ponto final na conversa. Catarina era uma das várias meninas não judias que moravam no Mitte e costumavam frequentar sua casa. Ela deu de ombros e voltou a falar com a amiga ao lado. Seguiam para a escola no bairro vizinho, a mesma que Eva e Adele frequentavam antes de começar a perseguição.

— Meu pai disse que foram ataques orquestrados por comunistas! — Gesticulava, agitada. — A joalheria perto da nossa casa foi destruída. Levaram tudo! Os comunistas são selvagens e, no fundo, muito gananciosos!

A amiga arregalou os olhos, concordando com a cabeça. Por pouco Kurt não se intrometeu para perguntar onde estavam os nacional-socialistas, que não mexeram um dedo para evitar o ataque vermelho, e mais, por que os comunistas tinham optado por atacar apenas estabelecimentos judaicos? Foi contido pelo sinal de adeus da menina. O trem acabara de parar em Tiergarten e as duas saltaram. Os comentários o deixaram mais nervoso e preocupado. Aquelas jovens representavam boa parte dos alemães. Não pertenciam à Juventude Hitlerista, os pais

125

não eram filiados, muito menos militantes fanáticos, e, no entanto, não ousavam admitir a verdade. Era mais cômodo culpar os comunistas do que encarar a realidade. A Alemanha se tornara uma nação alienada com olhar embaçado para o futuro.

O que viu em seguida mostrou que esse futuro chegava a galope. Uma nuvem cinza, espessa, tomava o céu. O trem seguia pelo elevado, acima do nível das casas. Não havia dúvida. A coluna de fumaça saía de uma das três cúpulas da sinagoga da Fasanenstrasse. Kurt levou a mão à boca. A sua estação era a seguinte. Mas, como estava adiantado para o encontro, desceu logo ali. Correu as poucas quadras que o separavam do templo, uma construção grandiosa, em estilo românico e bizantino, que servira, durante anos, à comunidade judaica liberal.

A polícia havia isolado a área e, na calçada oposta, a multidão aplaudia e berrava, ensandecida, insultos na mesma linha dos que Kurt ouvira na noite anterior. Enquanto a sinagoga era consumida pelas chamas, os bombeiros protegiam com jatos d'água os prédios vizinhos. Alguém passou gritando que haviam levado as "escrituras satânicas" — referência aos rolos da *Torah* — para serem queimadas na praça Wittenberg. Um bando seguiu atrás. Kurt sentiu-se nauseado, não sabia se pela situação ou pelo cheiro enjoativo de queimado. Alcançou um canteiro, atrás de uma árvore, e vomitou. Ao levantar a cabeça, seus olhos se encontraram com os de um homem que se protegia, com as mãos, de socos e pontapés, sob gritos de "Porco! Esgoto da humanidade! Vamos acabar com essa raça imunda!". Kurt estava a cerca de vinte metros do homem, mas era visível a súplica por ajuda. Por segundos, hesitou. Não era um covarde. Quando fez menção de se aproximar, um sujeito, do meio da turba, tentou intervir. Foi igualmente atacado. Do lado oposto, os guardas assistiam à cena, de braços cruzados. Kurt apoiou-se por alguns segundos no tronco da árvore. Não havia nada a fazer além de fugir. Se não saísse naquele minuto, ele próprio acabaria linchado. A frase de Christian voltou-lhe à cabeça. "Custo a acreditar que isto esteja acontecendo." Estava.

24

Kurt desceu a Fasanenstrasse sem olhar para trás e dobrou à esquerda na Kantstrasse. Não havia palavra que descrevesse o sentimento de impotência frente à barbárie. A sensação de alívio — aquele homem poderia ser ele — se fundiu com uma dor profunda — aquele homem com certeza tinha mulher e filhos, como ele. Também nos arredores do zoológico havia lojas destruídas, produtos espalhados pelo chão e saqueadores. Em menos de dez minutos, estava sentado, numa mesa de canto, no restaurante em que passara tantos momentos felizes na juventude. Naquele instante, porém, sentia angústia e vontade de chorar.

Christian chegou cinco minutos depois. Fez sinal para que o garçom trouxesse dois cafés mesmo antes de sentar-se à mesa.

— Desculpe fazê-lo vir até aqui — disse, agitado. — Quando falamos mais cedo, eu realmente acreditei que a polícia poria ordem nesta baderna... — Ele abaixou o rosto, envergonhado. — Aí fiz algumas ligações... — Christian não precisava citar nomes, o amigo sabia que a mulher dele era sobrinha de um alto funcionário do Ministério da Propaganda. — Kurt... Foi o próprio Goebbels quem orquestrou os ataques! Os agentes da Gestapo, os SS, saíram todos à paisana. A ordem era destruir sinagogas e estabelecimentos judaicos... e prender quem tentasse impedir! E não foi só em Berlim... Foi no país inteiro!

— Isso é insano demais! — Kurt interrompeu o amigo. — Tudo por causa da morte de Vom Rath? Foi um ato impensado, sem premeditação, de um jovem acuado!

— Mas um prato feito para o Reich — Christian continuou. — A polícia não deveria intervir contra o que o rapina do Goebbels classificou de "espontânea manifestação de desejo do povo alemão". Uma revolta justificada — fez uma pausa — contra os judeus, inimigos da grande nação alemã! — O tom foi sarcástico.

— Inimigos da Alemanha?! — Kurt repetiu. — Os judeus não chegam a um por cento da população do país! Eu sou mais alemão do que muitos que se dizem alemães. Eu lutei por este país! — Calou-se, indignado.

Ficaram por alguns segundos em silêncio. A imagem do homem espancado invadia a mente de Kurt. Se não tivesse morrido, estaria jogado numa cela. A vida daquele homem não valia nada. E a sua também não. Sobreviver era uma questão de sorte, como dissera o irmão.

— Escute, Christian — ele tentava achar as palavras certas —, eu vi um homem ser linchado... e eu estava a vinte metros dele. Esses vinte metros salvaram minha vida... por acaso. — Engoliu em seco e foi firme. — Eu preciso tirar minha família da Alemanha. Agora. — Apertou uma mão na outra. — A gráfica foi incendiada, meu pai está em choque, a livraria foi destruída, tivemos de vender o sobrado, Arne quase foi preso... Tudo em menos de vinte e quatro horas! — O tom de voz subiu na última frase, o que fez com que algumas cabeças se voltassem para ele.

Christian fez um aceno de que tudo estava em ordem. Pediu mais dois cafés. A vontade mesmo era de um uísque.

— Prometo que vou tirá-los daqui. — Ele estendeu a mão para Kurt.

— E eu jamais quebro uma promessa.

Christian chamou novamente o garçom.

— Suspenda os cafés, por favor, traga dois conhaques... e sanduíches para forrarmos o estômago! — Piscou para Kurt, que deixou escapar um sorriso.

Pela primeira vez, nas últimas doze horas, o Dr. Eisen conseguia relaxar. Sabia que podia confiar em Christian Werner. Não era de beber, muito menos antes das dez da manhã. Mas em comparação com os últimos acontecimentos, este seria o menos surpreendente.

Brindaram, sem muita convicção, a tempos melhores para a Alemanha e, com afinco, a tempos melhores para ambos. Enquanto devoravam os sanduíches, Kurt — que só então percebeu como estava faminto — narrou com detalhes a saga da noite anterior. Christian não podia acreditar na extorsão que o amigo sofrera para se desfazer do sobrado e da gráfica. Foi sua vez de contar sobre as cenas de violência que testemunhara na Kurfürstendamm. Deixara o consultório tarde da noite. Devido ao cansaço, redobrava a atenção ao volante. Ao entrar na luxuosa avenida, foi surpreendido por grupos, com grossas barras de ferro, que desciam a rua quebrando vidraças, invadindo e saqueando lojas que sabiam ser de judeus.

— E minhas suspeitas se confirmaram com o telefonema desta manhã. — Aproximou o rosto do de Kurt. — Eu vi perfeitamente bem. — Sussurrou, em seguida: — Em uma e outra esquina havia homens, dentro de carros, com os uniformes pretos da SS. Eles indicavam os locais e incentivavam os ataques. — Ele virou o copo e bebeu de um só trago. — Melhor pedir a conta! Quer mais alguma coisa?

— Aqui está a escritura do apartamento e o compromisso de venda, assinado. — Kurt tirou um envelope do bolso. — Você sabe o que tem de fazer. — Passou-o ao amigo.

— Você não acha que está sendo precipitado? — Christian respondeu, relutante, enquanto guardava o documento no bolso interno do paletó.

— Precipitado?! — Kurt deixou escapar um sorriso sarcástico. — Tudo o que nos resta é este apartamento. Eu só confio em você. — O sorriso havia desaparecido.

— Se importa? — Christian pegou o copo de Kurt, que mal havia tocado na bebida, e virou boa parte do líquido no dele. — Como seu pai costumava brindar, *l'haim!*, à vida! Esse é o nosso bem mais precioso. — Levantou o copo na direção do amigo.

Pagaram a conta e saíram. Iam em direções opostas, mas Christian teve um impulso de acompanhar Kurt até a estação do zoológico.

— Já estou atrasado mesmo! — Disfarçou, com uma piscada de olho, e um sorriso largo, o temor que sentia. Não queria que Kurt fosse sozinho.

Logo na esquina, alheio aos pedestres, um grupo de mulheres exibia, exultante, bolsas, calçados, lingeries e meias finas. Trocavam os produtos entre si como se estivessem num mercado a céu aberto. À medida que eles subiam a rua, iam desviando de pessoas que tentavam equilibrar pares de sapatos e peças de roupas nas mãos e debaixo dos braços. Os dois amigos se entreolharam e apertaram o passo. Depararam-se, em seguida, com uma loja de roupas e sapatos femininos que acabara de ser atacada. O barulho do vidro estalando sob as solas se misturava ao burburinho do entra e sai pelas vitrines quebradas. Um dos proprietários gritava desesperado com dois policiais que montavam guarda de costas para a depredação. Os oficiais se irritaram. O mais corpulento empurrou o homem, que caiu sobre os cacos espatifados.

Kurt sentiu a mesma impotência de horas antes, em frente à sinagoga. Christian o puxou pelo braço. Seguiram lado a lado, e calados, o resto do trajeto.

— Vai ficar tudo bem! — Christian tentou animar Kurt com um abraço e um tapa carinhoso nas costas.

Estavam em frente à estação. Kurt nada respondeu, apenas retribuiu o abraço e o tapinha, e seguiu. Mal passou a entrada, parou por alguns segundos e se virou. Christian permanecia imóvel, a poucos metros. Acenaram um para o outro. Kurt desceu as escadas e Christian foi andando a esmo, até se deparar com uma tabacaria. Não punha um cigarro na boca há mais de três anos.

25

Mal abriu a porta, Kurt se deparou com a mulher e as filhas em volta do velho baú que viera do sobrado. Havia fotografias e uns poucos objetos de valor afetivo espalhados no tapete. Tzipora tentava dar um tom de normalidade à situação. Em menos de vinte e quatro horas, a vida dos sogros se reduzira a três malas, um caixote com louças e dois pequenos retratos pintados de antepassados, além do baú.

— Que bom que você chegou, Kurt! — Ela correu até o marido, seguida pelas filhas. — Seus pais estão no quarto... — Calou-se sem completar a frase.

— Pai! — Adele se agarrou à cintura dele. — Vai ficar tudo bem, não vai? Vovô está muito estranho... Não fala coisa com coisa! — encarou o pai.

Kurt e Tzipora trocaram olhares. A esposa mudou de assunto, sem se deixar abater.

— Hoss emprestou o carro e Klaus Weir ajudou Arne a carregar o que Schuman permitiu... — Tzipora apontou as malas e as outras peças da parca mudança. — Não desgrudou do seu irmão um segundo! Já colocou um sobrinho morando lá... Arne encontrou a casa revirada... E cada peça de roupa ou objeto que ele conseguia trazer foi minuciosamente revistado. — Ela balançou a cabeça. — Que gente é essa? Eles acham que nós fabricamos ouro e dinheiro? — Estava indignada.

De fato, não havia nada mais de valor no sobrado. Todas as economias haviam sido consumidas em impostos e despesas. Era uma conta simples. Não havia entrada de capital, apenas gastos. As máquinas haviam deixado de rodar tinha mais de um ano. Arne fora expulso da universidade. A livraria vivia às moscas. A teimosia do pai em não vender o negócio enquanto tinham uma cartela de clientes respeitável transformara a gráfica num depósito de sucata. Schuman pagara um preço simbólico. Porteira fechada. O que os Eisen trouxeram foram apenas roupas e objetos de valor afetivo. Nos últimos tempos, somente Kurt ainda ganhava algum dinheiro com as consultas, mesmo assim muito pouco. O que ele tinha guardado era para a fuga da família.

A mãe surgiu no corredor. Caminhava lentamente, como se arrastasse correntes.

— Seu pai precisa comer, sair da cama. — Com um lenço de linho branco, tentava conter as lágrimas. — Não sei o que fazer! — choramingou.

Kurt a aninhou nos braços, tentando acalmá-la.

— Papai vai se recuperar... Dê um pouco de tempo a ele. — Beijou-lhe a testa com carinho, como se a mãe fosse uma das filhas.

A preocupação naquele momento era outra: Arne. Onde teria se metido?

26

O irmão entrou esbaforido, mais de uma hora depois, com o cabelo despenteado e as mangas arregaçadas. Havia fuligem e pó de cimento na camisa e nas calças.

— Kurt, as notícias não são nada boas. Estou vindo de uma reunião com líderes da comunidade. Estão incendiando sinagogas, não só em Berlim, mas por toda a Alemanha! A Nova Sinagoga escapou por pouco.

O irmão se referia à sinagoga da Oranienburger Strasse. Era uma das mais imponentes da capital, assim como a da Fasanenstrasse, que Kurt vira em chamas horas antes. O zelador havia alertado funcionários da administração sobre o incêndio. Ele e outros homens correram para o templo assim que sentiram a fumaça. Conseguiram evitar que o fogo se espalhasse para as construções vizinhas, que também pertenciam ao complexo da sinagoga. Nathan Goldenberg morava no último andar do prédio de Kurt. Era assistente do tesoureiro e fora chamado para uma reunião de emergência nos arredores do templo. Passara para convocar o médico. Arne foi no lugar do irmão.

Na tal reunião, souberam não só dos atos de vandalismo, mas também das detenções, espancamentos e até mortes. Frankfurt, Hamburgo, Munique, Leipzig. A lista ia das grandes cidades às menores, e chegava à Áustria. Viena também sofrera os ataques. Arne e Nathan foram ver os estragos na sinagoga. Soldados da SS haviam deixado o escritório da administração depois de se fartarem de beber vinho e cerveja servidos pela mulher e os filhos pequenos do zelador. Os oficiais não escondiam

133

a alegria e o prazer pelo "trabalho bem-feito". Vangloriavam-se dos "atos heroicos" — como classificavam a barbárie da noite anterior.

A estrutura da sinagoga estava intacta. Havia janelas quebradas, lustres espatifados no chão, vigas derrubadas e bancos tombados. O armário que guardava os rolos da *Torah* estava arrombado. Móveis e livros haviam sido empilhados e empapados de líquido inflamável. Apesar das fogueiras, as chamas não tinham chegado a consumir o prédio graças à ação dos bombeiros, acionados assim que o fogo começou. A atitude surpreendeu a todos. Em toda a vizinhança — e por toda a capital —, as mangueiras só tinham sido ativadas para proteger construções que não pertencessem a judeus.

— Você não vai acreditar, meu irmão! — Arne deixou escapar um sorriso nervoso. — Parece que foi o chefe de polícia que deu a ordem aos bombeiros. Chegou empunhando a arma e dispersou a multidão alegando que o prédio era patrimônio da cidade!

— Ahn?! — Kurt soltou uma exclamação de espanto.

— O que quer que tenha alegado o tal policial, graças a ele a sinagoga está de pé! — Arne puxou o irmão para a cozinha, onde teriam mais privacidade. — Minha preocupação está bem perto de nós... É com papai. Schuman já colocou uma placa com o nome dele no prédio. Temos de impedir o velho de ir até lá. Ele não vai aguentar.

Os irmãos entreolharam-se, calados. No corredor, uma figura moribunda caminhava rumo à sala dando ordens às paredes. Adele e Eva acompanhavam o avô e respondiam "sim, senhor" a tudo que ele falava. Arne e Kurt deixaram a cozinha e deram de cara com o pai. A loucura o protegeria, pelo menos momentaneamente.

27

Os dias que se seguiram marcaram o começo do fim para os judeus na Alemanha. Os Eisen, entre eles. Arnold se escondera em seu próprio mundo. As mulheres não saíam de casa. Apenas Kurt e Arne deixavam o apartamento da Auguststrasse — mesmo assim, evitavam transportes públicos e locais afastados da vizinhança. Christian tentava de todas as maneiras um meio de levar a família do amigo até a fronteira da Bélgica ou da França. As novas leis de restrição impostas aos cidadãos judeus só diminuíam as possibilidades. Judeus estavam impedidos de viajar livremente pela Alemanha, além de terem a licença de motorista cassada. Também não podiam frequentar cinemas, teatros, centros esportivos e parques. Em algumas cidades, havia áreas delimitadas como "zonas arianas".

Nada, porém, causou tanta indignação e impotência quanto o decreto anunciado no dia 12 de novembro. O marechal Göring e os ministros, reunidos em Berlim, determinaram que os judeus arcariam com todos os prejuízos daqueles dois dias de ataques. E mais, o valor do seguro que judeus de nacionalidade alemã tivessem direito a receber reverteria para os cofres públicos.

Arne entrou em casa sacudindo o jornal com o punho cerrado.

— Nós fomos as vítimas destes animais! — berrava. — Escutem isso! — As mãos tremiam de raiva, mal conseguia segurar o tabloide. — "Estragos produzidos nas manifestações populares contra a agitação judaica"... Agitação judaica?! — repetiu bufando. — Quem são estes lunáticos?! As pessoas não percebem o que está acontecendo?! — Levou o punho aos lábios antes de continuar a ler. — "O governo do Reich decidiu impor uma multa de um bilhão de marcos a todos os judeus alemães como punição pelo assassinato do diplomata Vom Rath." — Amassou as folhas e jogou-as, com força, no chão.

Adele e Eva ouviram tudo agarradas à cintura da mãe. Kurt escutou sem esboçar qualquer reação. O que lhe provocara um total sentimento de abandono fora a resposta das lideranças estrangeiras, mesmo com a denúncia nos meios de comunicação. Um amigo de Arne, repórter banido da mídia oficial, tivera acesso à repercussão internacional. Os mais de cem jornalistas estrangeiros em Berlim relataram, estupefatos, os atos antissemitas — termo usado em várias matérias — nos jornais do mundo inteiro. França, Inglaterra, Portugal, Estados Unidos. A imprensa mundial denunciou o vandalismo, a falta de ação da polícia e dos bombeiros — ressaltando que os de Berlim eram os mais bem equipados da Europa —, questionou o "fechar de olhos" das autoridades, chegando a classificá-lo como "espetáculo odioso de um governo que se orgulha de ter o povo mais disciplinado do mundo". As notícias destacavam que não havia sinagoga que tivesse escapado do incêndio, nem estabelecimento judaico, da depredação.

A Liga americana pró-Paz e Democracia organizara protestos em Nova York e Washington em frente às representações alemãs. Os manifestantes carregavam cartazes com frases de repúdio ao terror fascista. Um bispo protestante declarou publicamente que a brutalidade e a bestialidade da perseguição nazista eram tão grandes que nenhum homem honesto poderia deixar de expressar seu repúdio ao fascismo.

Eram estas notícias que tomavam a mente de Kurt, muito mais do que a revolta de Arne com os jornais alemães. O mundo sabia o que estava acontecendo e os governantes se escondiam atrás da burocracia diplomática. Chefes de família, como ele, corriam desesperados atrás de vistos que jamais estampariam os passaportes. Consulados e embaixadas cerravam as portas e davam as costas às filas com estúpidos "sinto muito", "são ordens expressas", "as cotas já foram preenchidas".

— O que vai acontecer com a gente? — Adele escondeu o rosto no peito do pai.

Kurt acariciou os cabelos da filha.

— Adele, preste atenção. — Levantou o queixo dela, delicadamente, até os olhos se encontrarem. — O que quer que aconteça, estaremos juntos. Jamais esqueça quem você é, e de onde vem. — Esticou a mão para Eva, que se aproximou. — Vocês duas vão me prometer que se, por algum motivo... — Fez uma pausa. Ele pensava na possibilidade de Christian conseguir tirar pelo menos as meninas de Berlim. — Se, por algum motivo, tivermos de nos separar — colocou os dedos sobre os lábios de Adele, que ameaçava um choro —, quero que vocês jurem que farão o possível para se manterem unidas. Não briguem jamais, ajudem-se uma à outra! — Ele abraçou as duas, com os olhos molhados.

— Eu não quero deixar vocês nunca! — Adele soluçava. — Eu nunca vou deixar vocês!

— Por favor, Kurt, não assuste as meninas! Ninguém vai deixar ninguém! — Tzipora puxou Adele e Eva para si.

Arne trocou a raiva pelo afeto e abraçou a mãe e o pobre Arnold, que permanecia alheio a tudo. Kurt se recompôs.

— Eu não quis criar um melodrama! — Tentou ser engraçado sem o menor sucesso.

— É claro que ficaremos todos juntos, e logo vamos encontrar o tio Franz no Brasil! — Tzipora completou, encarando Kurt com a afirmação em que nenhum dos dois acreditava.

Ele respondeu sem palavras, com um leve aceno de cabeça, como se, assim, a mentira ficasse menos óbvia.

28

Berlim, 14 de novembro de 1938

Na segunda-feira, Kurt estava de pé antes das seis da manhã. Ainda faltavam seis horas para o encontro com Christian. O telefonema na noite anterior o deixara ansioso e, ao mesmo tempo, animado. O amigo estava prestes a conseguir vistos para a República Dominicana. Assim que a resposta saísse — e já era praticamente positiva —, os Eisen deixariam a Alemanha, sem precisar fugir.

Kurt não conseguira dormir. Rolara de um lado para o outro na cama. Abriu o velho baú de bonecas de Adele e levantou o fundo falso. Contou e recontou as notas recebidas pela venda do sobrado, conferiu as poucas joias e as pequeninas lâminas de ouro. Seriam suficientes para bancar as passagens até Paris e, de lá, cruzar o oceano. Nada mais os prendia à Alemanha. O amor que sentiam pela pátria era um amor nostálgico. A pátria onde tinham nascido e vivido já não existia. Aquela Alemanha era outra. Uma nação que destruíra em horas o que gerações levaram décadas para construir.

Kurt e Christian se encontrariam por volta do meio-dia, na margem direita do rio Spree, na altura da Friedrichstrasse. Era uma caminhada bem curta, menos de dez minutos. Haviam escolhido o lugar justamente para que Kurt evitasse o trem ou o metrô.

Tzipora preparou um chá com panquecas para que ele não saísse em jejum. Os dois sentaram-se, frente a frente, na mesa de madeira encostada à parede da cozinha. Kurt mastigava lentamente, comia apenas para agradar a ela.

— Preste atenção — disse, e segurou as mãos da mulher. — Estou levando os passaportes para Christian. Quero que você vá arrumando as malas, acomodando o mínimo necessário. Se tudo der certo... partiremos em breve. — Apesar da pequena luz no fim do túnel, ele só relaxaria quando estivessem no navio cruzando o Atlântico. — Se alguma coisa me acontecer, procure Christian, apenas ele. Nossas economias você sabe onde estão. — Quando Tzipora fez menção de falar, ele a interrompeu: — Não diga nada, por favor! — E estendeu os braços para ela.

Os dois ficaram abraçados e, juntos, seguiram até a porta. Kurt desceu as escadas pulando os degraus de dois em dois, mas não chegaria ao fim da rua. Quando pisou na calçada, o motorista do carro preto, estacionado a poucos metros do prédio, girou a ignição. Num lance de olhos, Kurt viu o automóvel descendo a rua bem devagar. Não havia dúvida. Era um Mercedes 260D, a marca registrada da Gestapo. Ele apressou o passo, o carro se aproximava por trás. O coração acelerou e começou a correr, embora sentisse, naquele exato momento, que a caçada estava terminada. A morte do animal era apenas uma questão de tempo, tanto quanto o caçador, por puro deleite, quisesse prolongar o acuamento da presa.

O carro acelerou e, antes de chegar à esquina, parou abruptamente. As portas se abriram e quatro homens, com casacões de couro brilhoso, saltaram lá de dentro. Os poucos pedestres atravessaram a calçada, de cabeça baixa. Kurt foi cercado e, instintivamente, levantou os braços. Imediatamente reconheceu Ernst Hansen. Sylvia, sua mulher, tivera complicações no parto do caçula e ele fizera uma cesárea de emergência. A mãe e a criança haviam sobrevivido sem sequelas. Isso tinha dez anos. "A gente não esquece quem salva nossa mulher e nosso filho", ele pensou.

— Dr. Eisen, quanta pressa — disse Hansen, que liderava o grupo.
— Se precisar de uma carona... — Apontou para o carro.
— Que bom revê-lo, Hansen! — Kurt baixou os braços. — Como vai o pequeno Johan? E *Frau* Sylvia? — Tentou mostrar naturalidade.

— Um cliente me espera... Fica a duas ruas daqui... A pé chego mais rápido! — Engoliu em seco. — O que é que vocês querem? — Respondeu, retomando a segurança na voz.

— É justamente sobre os seus clientes. — Hansen continuou, ignorando qualquer cordialidade ou referência ao passado. — Tivemos uma denúncia de que o senhor continua atendendo pacientes arianos, mesmo sabendo da proibição. — Franziu a testa, com cinismo.

— Creio que deva ser um engano. — Kurt ainda tinha três pacientes que visitava secretamente, mas não imaginava que alguma delas o pudesse ter denunciado. — Meus pacientes são judeus.

— Então não há o que temer, correto? — O homem mantinha o tom jocoso, enquanto um dos agentes revistava o sobretudo do médico.

Não foi difícil encontrar os passaportes no bolso interno, junto com um bolo de notas. O agente passou os objetos ao líder do grupo.

— Veja o que temos aqui... O senhor está com planos de viajar? — Sorriu ao pegar os documentos. — E vai levar a família?

— Não estou entendendo. O que há de errado nisso?

A pergunta de Kurt foi respondida com um tapa na cara.

— Vocês são todos iguais. Judeus insolentes. Está fugindo por que, Dr. Eisen?

Kurt abaixou a cabeça, não havia resposta que não fosse seguida de agressão. "Melhor ficar calado", pensou.

— Nós vamos levá-lo para averiguação, mas, antes, gostaríamos de fazer uma pequena busca no apartamento. — A frase foi dita enquanto outros dois se posicionavam, cada um de um lado do médico.

— Por favor, Hansen! Há quantos anos você me conhece? Não quero assustar minha mulher e minhas filhas... Meus pais são idosos! — Hansen o encarava, sem emitir uma palavra. — Por favor, eu imploro, como pai de família que você é... Pense na sua mulher e no seu filho, que eu ajudei a nascer! — Ele suplicou, entregando o dinheiro. — Tome, é tudo que temos! Seria usado na compra das passagens. Estou à espera de vistos para a República Dominicana. Tudo dentro da lei... — Antes de completar a frase foi atingido novamente, desta vez por um murro.

— O senhor está tentando me subornar? E usando minha família?! Não ouse falar em minha mulher e meu filho com essa boca imunda! — Hansen mantinha o punho em riste.

Não havia o que argumentar. Os agentes empurraram Kurt em direção à entrada do prédio. Ele estancou o sangue do nariz com o lenço que trazia na calça. No exato momento em que o grupo se aproximava, um homem deixava o edifício. Ele e Kurt trocaram um olhar aflito, sem que os agentes de preto percebessem. Depois, o homem baixou a cabeça e seguiu rapidamente, sem virar para trás. Era Arne. Minutos depois, Kurt se despediria, também ele, do resto da família.

29

A Gestapo não primava pela delicadeza. O apartamento foi revirado. Com um canivete afiado, o sofá e as cadeiras da sala foram escarafunchados e o estofo retirado. O enchimento de algodão espalhou-se pelo chão lembrando flocos de neve.

— Por favor, não há nada aqui. É a mim que vocês querem!

Kurt falava com convicção. Naquele instante, ele já sabia que seu destino fora selado, mas o fundo do baú de bonecas salvaria a família.

Os agentes pareciam não ouvi-lo. Depois de revirarem a sala e o escritório, partiram para a parte interna da casa. As meninas agarraram-se à mãe e, junto com os avós, permaneceram na cozinha. Os homens revistaram os dois quartos com voracidade. Esvaziaram as gavetas e os armários atrás de esconderijos. Cortaram os colchões e bateram o pé sobre cada milímetro das tábuas do piso atrás de um som oco. O mesmo fizeram com as paredes. Nada, não havia nenhum lugar secreto. Pareciam inconformados. Só Hansen falava.

— Dr. Eisen, eu vou perguntar mais uma vez... Onde estão as joias e o dinheiro? — Ele falou com a voz mansa. — Nós vamos descobrir de qualquer jeito... Por que o senhor não colabora? — Completou, enquanto juntava as palmas das mãos como se fosse rezar.

Kurt respondeu, mais uma vez, que tudo que tinham eram as notas que já havia entregado.

— Estou falando a verdade — ele insistiu. — É o dinheiro que recebemos na venda da casa dos meus pais e deste imóvel também. —

Apontou para o chão. — Pagamos aluguel. — Uma mentira que poderia facilmente ser confirmada por Christian.

Era impossível saber o que o agente de fato queria: extorquir os Eisen ou torturá-los psicologicamente. O passo seguinte mostrou que ambas as respostas estavam certas. Ele seguiu até a cozinha e chamou o velho Arnold. Sentaram-se à mesa. A conversa começou despretensiosa. Falaram sobre a Guerra da Prússia, as condecorações, a tradição dos Eisen na tipografia. Kurt observava de pé, imóvel. Não percebia aonde o outro queria chegar.

— Quer dizer, *Herr* Arnold, que a gráfica foi vendida e a família vai deixar Berlim? — A voz suave soou, para Kurt, como mais um soco.

— O senhor está enganado, *Herr* Hansen! — Uma expressão de horror tomou o rosto do velho. — Jamais venderia a gráfica! Nosso negócio tem cento e cinquenta anos! Jamais deixarei a Alemanha, é minha pátria! — Voltou-se para o filho. — Diga a ele que isto é um absurdo! Vamos, diga! — A voz autoritária e ao mesmo tempo trêmula provocava mais pena do que medo.

— Pai... O senhor não lembra? — Kurt segurou Arnold pelos ombros. — Tivemos de vender... O senhor não lembra?

Arnold simplesmente ignorara a assinatura da escritura e tudo o que acontecera naquela noite e nos dias seguintes. Kurt se considerava um homem civilizado, mas, naquele momento, sua única vontade era de esmurrar o rosto cínico de Hansen, que destruía sua vida e a de sua família por puro deleite. Aquele homem representava, ali, todas as injustiças que vinha engolindo há anos. Kurt baixou os olhos.

Hansen aproximou-se de Arnold e sussurrou-lhe junto ao ouvido.

— Tenho certeza de que tudo não passa de um mal-entendido! — Manteve o tom amistoso. — O senhor me acompanha, junto com seu filho, até a central de polícia e damos conta por lá.

— Não, por favor, Hansen, ele não vai aguentar! — Kurt suplicou.

— Eu já disse que não temos mais nada!

— E se, por acaso, tivéssemos? — Arnold murmurou.

144

Hansen e Kurt se voltaram para o velho ao mesmo tempo. Um com ar de triunfo, outro com a estampa da morte. Arnold caminhou até o quarto das meninas e apontou o baú. Em segundos, Hansen exibiu o que viera procurar.

— Dr. Eisen, o senhor não está a par dos últimos decretos? — Hansen aproximou o rosto de Kurt. — Os judeus, por lei, são obrigados a entregar metais preciosos e joias ao governo! — Berrou mostrando as lâminas de ouro antes de voltar-se para Arnold. — E o senhor se fazendo de doido e me fazendo de bobo? Quem ri por último, ri melhor! — Soltou uma gargalhada.

Arnold virou a cara para desviar do hálito quente e malcheiroso de cigarro barato. Foi repreendido com um tapa. Ruth correu para o marido e o abraçou. Daí até deixarem a casa, as palavras deram lugar a um silêncio absoluto. Como "sinal de respeito" aos Eisen — Hansen deixou bem claro que se tratava de um favor —, os documentos de Ruth, Tzipora e das meninas ficavam. Kurt só teve tempo de dizer "procurem Christian, saiam daqui, amo vocês".

As quatro, na janela, acompanharam os dois sendo enfiados no Mercedes preto como criminosos. Kurt virou a cabeça, uma última vez, antes de entrar no carro rumo ao complexo da Wilhelmstrasse. Os Eisen se separaram para sempre naquela tarde de novembro.

30

Rio de Janeiro, julho de 1999

— Nos separamos para sempre naquela tarde de novembro. — Adele repetiu.

— Por que nunca falou sobre isso? — Haya perguntou, sem tom de cobrança. — Por que nunca dividiu comigo?

Não era uma resposta simples. Além de Enoch, ninguém jamais escutara aquele relato. Não porque doesse lembrar aqueles dias terríveis, mas porque jamais conseguiria expressar o sentimento. Sua história, ela pensava, se juntaria aos tantos depoimentos de sobreviventes do Holocausto. Assim como todos os que levavam a marca no braço, fora contatada por fundações, escolas e estudiosos que queriam aquele registro. Uma forma de mostrar às novas gerações as atrocidades do nazismo, para que jamais se repetissem. Adele era o que se classificava de "otimista de fachada". Tinha bom humor, bom sono, acreditava que trabalho duro levava à prosperidade, generosidade trazia em dobro, felicidade era poder dormir e acordar ao lado do homem amado, ter filha e netos que a visitavam por prazer e não por obrigação.

Mas daí a contar sua história? Como se houvesse palavra que pudesse expressar o que fora tudo aquilo? Alguém consegue realmente mostrar ao outro o que é viver com um membro amputado? Impossível. Não trazia rancor nem raiva no peito. Mas a vida lhe mostrara que atos como os de Friedrich, Christian e Klaus Weir eram individuais e que maldades como as que sofrera eram coletivas. Adele fora premiada com a sorte. Mas isso não apagava perdas nem apaziguava feridas. Por isso, ela não contara sua história. A história de Adele soaria igual à de Hannas, Faigas, Rivas, de tantas mulheres. Adele queria preservar Kurt, Tzipora, Arnold, Ruth, Arne, Eva. E também o avô materno, Samuel, a mulher dele, Fruma, e Norman, o pai biológico de Haya. Viviam em sua memória como seres únicos. Jamais seriam estatísticas nem estampariam livros e filmes como vítimas genéricas de uma guerra, como seres que nasceram na época errada, no lugar errado.

Afinal, por que aquilo tudo aconteceu? E de que adiantava expor seus entes queridos? O mundo continuava do mesmo jeito. Injustiças, opressão, racismo, antissemitismo existiriam para sempre. No pouco mais de meio século que a separava do fim da Segunda Guerra, quantos confrontos se haviam sucedido? Quantos sobreviventes contaram suas histórias arrancando lágrimas em salas confortáveis enquanto, em algum lugar do mundo, no mesmo instante, uma criança via seu pai ser arrancado de casa por nenhum motivo que não o ódio e a vontade de outro indivíduo tão humano quanto ele? O que Adele poderia responder? Por que nunca falara sobre isso?

— Eu quis poupá-la, não mudaria em nada o passado. — Deu a resposta que lhe parecia mais confortável. No fundo, o que queria ter dito era: as pessoas só sentem quando é com elas.

Eu nada digo. Sinto-me desconfortável. Adele tinha nove anos quando Hitler virou chanceler e lhe roubaram a infância. Narra fatos que presenciou aos catorze. Não acredito que Adele tenha guardado para si o passado para poupar a filha. Percebo mais como a preservação de um túmulo. A lápide retirada expõe ossos que, um dia, sustentaram carne e sangue. Ossos não representam os humanos que existiram sobre os esqueletos. Sinto que Adele jamais exumou o passado. Sabe que memórias são como ossos. Não fazem jus aos que se foram, são apenas rastros de gente. Contar é profanar.

Tão diferente de Frida, que nunca se abriu por ser egoísta demais para pensar além da própria medida. Sua memória, seletiva. Auschwitz era apenas um lugar na distante Polônia para onde não deveriam ter mandado seu único filho. O que aconteceu nos *campos*, nos anos anteriores e durante a guerra, ou mesmo nos que imediatamente se seguiram, só a afetou no que atingiu diretamente sua pessoa. Não havia vergonha, sentimento de culpa nem drama de consciência. Portanto, acusações sobre conivência do povo alemão, participação, mesmo que involuntária, no genocídio de judeus e ciganos não atormentavam sua mente tanto quanto o remorso de não ter acolhido o filho e um bebê recém-nascido. É nisso que penso enquanto ouço Adele. Não emito um som. Não ouso perguntar nada.

Fatos históricos, números e dados que chegaram a ela décadas depois se juntam à narrativa. A gráfica Eisen foi destruída na Noite dos Cristais — que ganhou esse nome por causa da quantidade de vidros estilhaçados. Culminou em mais de mil sinagogas queimadas, sete mil e quinhentos estabelecimentos judaicos destruídos, quase cem mortos e trinta mil detidos. "Tamanha foi a depredação que o país teve de importar vidro da Bélgica... mas, para mim, o pior não foi o vandalismo", ela faz uma pausa e continua, "foi a passividade do povo alemão." Engulo as palavras de Adele como um líquido amargo e necessário. Sou fruto desta passividade.

Depois que os agentes da Gestapo invadiram e reviraram a casa, nunca mais viu o pai nem o avô. Os dois haviam sido levados para o campo de Sachsenhausen. Do avô tiveram notícias cinco dias depois. Num papel timbrado do Reich, receberam o comunicado de que Arnold morrera por "complicações de saúde". Adele só veio a saber a verdade anos depois, já no Brasil, por um amigo do tio Franz. O avô não aguentou dois dias. Agarrou-se à cerca eletrificada já na primeira chamada de prisioneiros. Não resistiu a quase vinte e quatro horas de pé, ao relento. Desmaiava e era acordado a porrete. Kurt viu o pai se arrastar, cambaleante, em direção à cerca. O tal amigo e um desconhecido seguraram o médico quando fez menção de correr. "Você não pode fazer nada, e ainda por cima vai levar um tiro", disseram. Dor é coisa que se sente. Quando muito intensa, se espalha no ar. Sinto a dor de Adele. E não posso fazer nada. Passados sessenta anos, ninguém pode fazer nada.

"Tenho certeza de que meu pai começou a desaparecer ali", ela murmura. "Não existe degradação maior do que a impotência diante de quem amamos. Eu vi minha mãe e meu avô serem enviados para a morte, minha irmã definhar... mas isso foi bem depois." O final da frase ela diz já de pé. Segue até a estante e pega um porta-retratos. A foto foi tirada no começo dos anos trinta. "Uma das poucas que restaram. Tio Franz trouxe quando imigrou." Adele aponta a menina com um laçarote na cabeça e cabelos negros ondulados. "Sou eu, com cinco anos." Só ela e o tio mais velho sobreviveram à guerra. "Morreu senil, aos oitenta anos." Conta sobre os pesadelos terríveis que ele tinha. A cada noite, um membro da família a assombrá-lo dentro de um caldeirão fumegante. Por que Adele resolve subitamente falar de Franz? Ela mesma responde. "Não há como fugir. Muitos dos que partiram para salvar a própria pele viveram a vida atormentados." É como se ela lesse meus pensamentos. Levo o dedo médio à boca e começo a puxar cutículas. Um tique que tenho desde pequena para escamotear a ansiedade. Puxo até sangrar. Frida também teve pesadelos no fim da vida. Adele passeia o indicador pela fotografia. Dá rosto a cada um dos nomes que povoam a narrativa até agora. Todos mortos. "Vovô Arnold, vovó Ruth, tio Arne." O tio — ela regressa àquele fatídico novembro — voltou para casa na madrugada seguinte. Preparou uma mochila e partiu. Não tinha escolha. Era caça para a Gestapo. Dele, nada mais se ouviu. "Ou se juntou aos *partisans* e morreu resistindo, ou foi detido e definhou nos *campos*." Tio Arne desapareceu como tantos outros, como o próprio Norman — ela cita o pai biológico de Haya. Agora é a vez do indicador fazer carinho nos três rostos mais à esquerda: "Aqui estão minha irmã Eva, minha mãe... e meu pai."

31

— Este é o Dr. Kurt Eisen. — Adele acariciou o rosto no retrato em preto e branco. — Meu pai era um homem tão bonito, tão forte... Fez o que pôde por nós.

Adele tinha catorze anos quando viu o pai pela última vez. A imagem que tinha dele era a do super-herói. Seria o eterno pai roubado à menina. Christian Werner foi realmente um amigo fiel. Fez o que pôde para tirar Kurt de Sachsenhausen. Os vistos para a República Dominicana não vingaram. Era a única chance de resgatar Kurt do *campo*: a certeza de que iria emigrar.

— Eu cansei de me perguntar por quê... Não faria o tempo voltar, nem traria minha família de volta... — Ela falava mais para si do que para Haya e Amália. — Mas por que os vistos não saíram? Nossa vida teria sido tão diferente! — Ela continuou. — Mas, imediatamente, penso também... Por que não viemos embora com tio Franz? Ou por que os alemães elegeram Hitler em 1933? — Ela balançou a cabeça. — Aí simplesmente paro de pensar, cansei de tentar entender tudo isso. — Ela aperta a fotografia no peito. — Tive muitas brigas com Deus... mas ele jamais me respondeu! — Forçou um sorriso. O humor era uma forma de esconder a ferida.

Adele era objetiva e raras vezes deixava a emoção superar os fatos. Talvez justamente por isso fosse tão doloroso para Haya acompanhar a narrativa. Percebia que, mesmo já tendo vivido mais da metade da vida — ia fazer cinquenta e cinco anos —, esta era cheia de lacunas por preencher. "Olhar para trás é como entrar na contramão em uma avenida movimentada." Mais uma das metáforas de Adele que Haya aprendera a seguir desde pequena. Só o presente importava. O que sabia dos avós era vago; parte das histórias que tio Franz contava quando ela era jovem pouco lhe interessavam. Enquanto Haya escutava imóvel e concentrada, Amália mexia-se na cadeira, dobrava e desdobrava as pernas, abaixava a cabeça, comia as cutículas.

Adele prosseguiu o relato. Sobre Kurt, nada mais souberam a não ser que morreu em Sachsenhausen, meses antes de a guerra estourar. Quem lhes deu a notícia foi Christian Werner, numa ligação entrecortada por ruídos de estática, quando elas já estavam na Romênia havia quase seis meses. Um telefonema rápido e sem detalhes: ou porque quisesse poupá-las ou porque ele mesmo não os tivesse.

— Quando soube da morte de papai, foi estranho, não podia acreditar... Era inconcebível o mundo sem ele... Mas era inconcebível também tudo que estávamos passando. A verdade, e isso eu percebi anos depois de deixar a Europa, é que o nosso fim havia começado antes da morte dele. — Adele mordeu os lábios. — Foi naquele 9 de novembro de 1938 que começamos a desaparecer... Nossa vida, que já vinha cheia de restrições, tornou-se um inferno ainda maior sem papai, vovô e tio Arne. Nossas economias foram confiscadas. Vivíamos segregados, sem direito a transitar pela cidade, barrados em lugares públicos, sob toque de recolher. No último inverno que passamos em Berlim, éramos proibidas de sair de casa entre oito da noite e seis de manhã. Vocês imaginam, naquela época, quatro mulheres, sozinhas, sendo uma delas idosa? — Calou-se subitamente, talvez ao lembrar que apenas ela tinha sobrevivido.

Dois meses depois da Noite dos Cristais — sem a menor perspectiva de um visto que as levasse para algum país neutro ou distante da Alemanha e, para mais, sem a possibilidade de Kurt ser solto e com Arne foragido —, Tzipora pediu a Christian que arranjasse uma maneira de levá-las até a Romênia. Lá, tinha o pai, a madrasta e os irmãos. Apesar do pouco contato, eram família e iriam recebê-las. Se Kurt fosse libertado, as encontraria lá.

No fim de janeiro de 1939, num sábado cinzento, partiram para Oradea, cidade na região da Transilvânia, bem próxima da fronteira com a Hungria.

— A viagem levou alguns dias, foram mais de mil quilômetros. Christian arranjou tudo e nos levou pessoalmente. Parecíamos uma autêntica família ariana. Pai, mãe, sogra e duas filhas. Que me lembre, não tivemos problema com revistas ou controle de passaportes. Era a primeira vez que eu deixava a Alemanha... — Adele suspirou, melancólica. — Era uma adolescente como outra qualquer... Sonhava em conhecer o mundo... mas não daquela maneira. Fizemos parte do trajeto, até Budapeste, de trem. Depois, seguimos de carro até a fronteira. Lá, nos esperava meu avô materno com um amigo. Estavam em dois carros. — Ela pegou novamente a fotografia da família reunida e, desta vez, passou os dedos pelo rosto da mãe. — É curioso que ainda me venha à mente, como se fosse agora, o exato momento em que pisamos na Romênia, que, para minha mãe, ainda era Hungria, e vi meu avô Samuel pela primeira vez... — fez uma pausa — e, pela última vez, o Dr. Christian Werner.

Adele ainda tinha nítidas na lembrança as últimas palavras do médico. "Em breve, nosso Kurt se juntará a vocês e, depois que esta loucura acabar, voltarão todos para casa — o apartamento será sempre de vocês!" Nenhum deles, no fundo, acreditava naquilo.

Christian Werner foi detido como traidor do Reich e enforcado. De todos, só restou mesmo Adele. E, então, já não havia apartamento, prédio ou família. Mas muito se passou antes da tarde em que, com apenas a roupa do corpo, retornou à Berlim devastada do pós-guerra.

32

Oradea, janeiro de 1939 a agosto de 1940

Oradea tinha menos de cem mil habitantes — "deve ser menor do que o Mitte", Adele pensara, logo à chegada, lembrando-se do bairro onde moravam em Berlim. Só que, em Oradea, os judeus eram quase um terço da população, o que, de certa forma, lhe trouxera uma sensação de segurança e alívio. Não que os romenos fossem tolerantes, muito pelo contrário. O antissemitismo parecia até mais enraizado e bem anterior à ascensão de Hitler na Alemanha. Pelo menos era o que ouvira do avô, Samuel Dunai — comerciante do ramo de calçados que havia nascido e morado ali toda a vida —, numa conversa com a mãe, quando ela contara sobre o *pogrom* e a prisão de Kurt. Ele mesmo fora vítima dos violentos ataques contra estabelecimentos judaicos no final dos anos vinte, ali, em Oradea.

Ao contrário da Alemanha, onde a soberania dos nazistas era absoluta, a Romênia vivia em constante disputa de poder, aliada à ameaça real e iminente de uma invasão soviética. Apesar das brigas internas, das mudanças de primeiro-ministro, de um monarca ditador e de uma oposição formada pelos ultranacionalistas cristãos da Guarda de Ferro, havia um ponto em comum entre todos: o antissemitismo.

— O melhor que fazemos é não responder às provocações. — O avô era categórico. — Além do mais, eles precisam de nós. — Referia-se aos negócios geridos por judeus, muitos à frente do comércio de grãos, que

155

impulsionava a economia romena. — Por maior simpatia que o rei tenha a Hitler, será sempre mais fiel à França e à Inglaterra! São eles que hão de assegurar nossas fronteiras! — E, nisto, voltara-se para o filho mais velho: — Jacob, não esqueça de levar a entrega da Sra. Bărbulescu. O casamento da filha é na próxima semana e não quero problemas com ela!

Adele, a princípio, estranhara aquela família onde as discussões políticas e intelectuais davam rapidamente lugar às rezas e conversas sobre calçados e alternativas para o negócio. O avô tinha uma pequena fábrica e uma loja de calçados finos para homens e mulheres da qual se orgulhava por ser uma das melhores da região. Os clientes vinham de Budapeste para comprar seus sapatos, gostava de se vangloriar. Fora viúvo por duas décadas até encontrar Fruma, filha única de judeus ortodoxos. Ela o trouxera de volta à religião. A segunda esposa regulava de idade com Tzipora — o que provocou, no começo, uma confusão na cabeça de Adele. Afinal, a mulher que ocupava o papel de "avó" tinha a mesma idade da mãe! O mesmo aconteceu em relação aos tios — Milos, de dezenove anos, e Jacob, de vinte. Regulavam com Eva. Com o passar do tempo, acostumou-se à ideia de tê-los perto e lamentou que não existissem antes em sua vida. Eram destemidos como a irmã e com certeza a teriam defendido das ofensas na escola, em Berlim. Mas logo os pensamentos se dissolviam. O "antes" pertencia a um mundo dilacerado e perdido, sem conserto ou remendo.

Aliás, os últimos meses na capital alemã tinham apagado qualquer lembrança do que, um dia, fora uma infância feliz, de belos passeios no rio Spree, aos domingos, das tentativas frustradas do pai e do tio de ensiná-la a remar. Difícil era adaptar-se à vida sem as pessoas que amava.

A morte do pai pôs uma pedra na história dos Eisen na Alemanha. Tzipora recebeu o telefonema de Christian em junho de 1939. Kurt estava morto. Ela se trancou no quarto e chorou. Chorou muito. Adele e Eva escutaram a dor da mãe através da fina porta de madeira.

— Venham. — O avô abraçou as netas. — A mãe de vocês vai precisar muito das duas, mas este momento, agora, é só dela — disse, enquanto as conduzia para a sala.

No fim daquela tarde de junho de 1939, Tzipora deixou o quarto e pediu ao pai que encontrasse uma boa carne, não importava o quanto custasse. Ele saiu sem questionar. Um silêncio moribundo tomou a casa. Quando Samuel voltou, Ruth e Tzipora já estavam na cozinha. Ao lado da sogra, ela preparou o jantar. No rosto inchado, as lágrimas escorriam e pingavam na batata que ela ralava. O aroma da carne assando na cerveja e das panquecas fritando trouxe a lembrança dos jantares no apartamento da Auguststrasse. Mas cada uma a guardou para si. Na cabeceira da mesa, um prato vazio. Tzipora sentou-se de um lado e Ruth do outro. Assim, despediram-se de Kurt, com sua refeição preferida. Adele engoliu a comida com um nó na garganta. Daquele dia em diante, qualquer comida regada a cerveja lhe provocaria náuseas, bem como as panquecas de batata.

Quase três meses depois da morte de Kurt, Ruth foi levada por um infarto fulminante, sem tempo para socorro ou lágrimas. Sua morte foi ofuscada pela invasão da Polônia pela Alemanha. Agora era oficial. Enquanto França e Inglaterra declaravam guerra ao Reich, Hitler conquistava um importante aliado: Stalin. Como um rolo compressor, o exército alemão atacou os países do Norte e, em seguida, os do Oeste. Uma vitória atrás da outra: Dinamarca, Noruega, Holanda, Bélgica, parte da França. A Europa ia sendo fatiada entre alemães e soviéticos, que, por sua vez, ocupavam países e regiões a Nordeste e a Leste.

Mesmo após o assassinato do primeiro-ministro Călinescu, no fim de setembro de 1939, o rei Carol II — e apesar dos estreitos laços com a Alemanha, não só ideológicos, como políticos e econômicos, reforçados nos anos que se seguiram à Grande Guerra — tentou manter a neutralidade. Vários representantes do governo polonês, inclusive, buscaram asilo na Romênia. Mas a rendição da França e a retirada do exército inglês do continente, nos meses seguintes, deixaram a Romênia sem garantias. Não havia mais a proteção aliada. No final do mês de junho de 1940, o país foi forçado a ceder a Bessarábia e parte da região da Bucovina ao governo de Moscou. Logo depois, mais uma perda de território. Desta vez, o norte da Transilvânia — para a Hungria. Oradea ficava lá.

33

Mais de um ano se passara desde a tarde em que as mulheres da família Eisen receberam a notícia da morte de Kurt. Para Adele, a perda do pai foi também a perda da inocência, da crença e da esperança. A vergonha de ser alemã só não era maior do que o sentimento de impotência. Não havia a quem recorrer nem a quem clamar por justiça. Aliás, qual era o real significado de justiça naqueles tempos? Questionamento que ela evitava — como se, deixando de pensar, pudesse se proteger, e à família, dos avanços da guerra.

Adele estabelecera uma rotina que se dividia entre o colégio judaico — que, ao contrário do de Berlim, possuía um certificado de escola pública e um dos melhores currículos da região —, as horas de estudo no quarto e as de lazer na cozinha. Fruma ensinava-lhe segredos, receitas e o amor pela culinária, que, a partir de então, acompanhou-a por toda a vida.

Alheia às notícias que tornavam cada vez mais taciturnos a mãe, a irmã e os tios, Adele seguia adaptando-se com relativa facilidade ao universo paralelo em que viviam Fruma e Samuel. O avô proibia assuntos "de tirar o apetite" à mesa — como ele se referia às informações sobre a ocupação da Europa ocidental, os bombardeios aéreos à Grã-Bretanha, o avanço dos soviéticos, a aproximação entre Berlim e Bucareste, tudo que tivesse a ver com a guerra. Assim, restava pouco que conversar, e as refeições eram pontuadas por monólogos sobre a confecção de calçados finos e a qualidade da marca Dunai. Adele era quem enchia o avô de perguntas, como se, dessa forma, pudesse apaziguar a tensão da troca de olhares entre Eva, Jacob e Milos. O que ela aguardava com mais ansiedade era a preparação para o *shabat*, às sextas-feiras. Mal lembrava que, em Berlim, não havia nada que diferenciasse aquele dia da semana além das velas acesas, ao cair da tarde, pela mãe ou pela avó Ruth. Mas em Oradea era um dia especial. O cheiro da *challah* fumegante, os pratos de porcelana decorada, os cálices de cristal. Mesmo com o racionamento, Fruma fazia milagres na cozinha. E sempre havia um convidado diferente que o avô carregava da sinagoga para casa.

O último *shabat* de agosto, porém, correu de forma diferente. A guerra completava um ano. Uma exceção seria aberta para os assuntos de "tirar o apetite", e as negociações em Viena sobre a integridade do território romeno chegariam à mesa. O conselho da coroa havia aceitado a mediação das potências do eixo nas conversações entre os governos de Bucareste e Budapeste. O monarca cedera. Parte da região da Transilvânia voltaria ao domínio húngaro.

Na cozinha, Fruma murmurava baixinho, passando um leve sermão no marido, enquanto tirava do armário, um a um, mais três pratos que Adele recebia em pilha. A ela pouco importava que os governantes fossem húngaros ou romenos, contanto que não fosse apanhada de surpresa com mais três convidados para o jantar. Samuel roubou-lhe um beijo nos lábios e juntou as palmas das mãos num pedido de desculpas que a amoleceu imediatamente.

— Não me venha com esse olhar... É o espírito do *shabat*... Onde comem sete, comem dez, não é?! — exclamou, bem-humorada, adiantando-se à provável resposta do marido, ao mesmo tempo que se voltava para Adele: — Minha querida, bote os pratos extras nas pontas. Você, sua irmã e Milos sentam-se nos banquinhos.

Adele assentiu com a cabeça e seguiu apressada para a sala. A ela também pouco importava que os soberanos fossem húngaros ou romenos, contanto que se sentasse ao lado do jovem convidado do avô.

34

Fruma e Adele contrastavam com os convidados. Atenta à comida, Fruma esticava o olhar para os filhos, que estavam terminantemente proibidos de repetir. Os segundos pratos dos garotos se destinavam às visitas. Naquela noite específica, a advertência fora desnecessária. A comida era digerida comedidamente. Havia uma dificuldade coletiva em engolir que Fruma tomou por educação dos seus e dos convidados. Cada um tinha sua maneira de lidar com a tensão. A dela era afastá-la como uma mosca da sopa.

Adele, por sua vez, mantinha-se calada e franzia o cenho como se, a qualquer momento, pudesse sair de sua boca algo que paralisasse o debate e focasse nela as atenções. Norman Solber sentara a seu lado. Se colocasse o cotovelo um pouco mais à esquerda esbarraria no dele, tão espremidos estavam à mesa.

Viera com os avós. Fora criado por eles desde pequeno, logo após a morte dos pais, num acidente de trem. O avô, Sandor, era farmacêutico e amigo de longa data de Samuel. Riva, a avó, dividia-se entre os afazeres da casa e o balcão da farmácia do marido. Norman seguira para Bucareste ainda antes de a guerra começar — quando judeus ainda podiam frequentar universidades públicas sem restrição —, para estudar e trabalhar com o tio, um advogado que representava indústrias de diversos ramos, do agrícola ao petrolífero. Norman gostava mesmo era da matemática pura. Em outra época, seguiria a vida acadêmica. Mas, naquela em que vivia, prestava serviços no setor de contabilidade da firma, dividindo-se entre Oradea e a sede, em Bucareste.

Nem dois meses depois do início da guerra, o tio de Norman passara a totalidade do escritório para o sócio minoritário, um empresário alemão que se mudara para a capital romena em 1935. *Herr* Gunter era o parceiro perfeito para Roman Solber. Bom de lábia e péssimo estrategista, se tornara a fachada ideal. Era bem relacionado com os figurões do Reich e reverenciava o talento de Roman para transações lucrativas, pouco lhe importando a etnia ou religião das partes envolvidas. Sua guerra era a dos cifrões.

— Desta forma, meu tio comanda os negócios através de um testa de ferro que leva uma boa soma no fim do mês sem fazer nada! — Norman travara uma conversa com Milos, sentado à sua frente. — Agora, não sei. Talvez feche o escritório daqui. — Calou-se, havia mais suposições do que certezas no ar.

— E você vai embora? Vai morar em Bucareste de vez? — Adele murmurou, num rompante, para o espanto de Norman, que, até aquele instante, mal notara a figura sentada a seu lado.

Ele levantou os ombros e esboçou um sorriso sem graça. A pergunta se perdeu na conversa paralela sobre o que aconteceria dali para a frente. Samuel apostava que estariam melhor com os húngaros.

— Sandor, quando nascemos isto tudo era Hungria! Nós ajudamos a construir este país, somos húngaros judeus mais do que judeus húngaros! O *magyar* é nossa língua-mãe! — bateu no peito com convicção. — Os romenos nunca gostaram de nós, os legionários são tão ou mais fanáticos do que os nazistas. Ou você já se esqueceu do que aconteceu em 1927? Me custou um ano de trabalho duro cobrir os prejuízos daqueles vândalos!

Samuel referia-se ao *pogrom* que se seguiu ao Congresso Estudantil, em Oradea, e que acabou se transformando numa reunião de nacionalistas. Sinagogas e estabelecimentos judaicos foram atacados, entre eles a loja de calçados Dunai e a farmácia de Sandor.

— Pra não falar disto aqui! — apontou a cicatriz na testa, fruto de uma paulada que levara tentando defender o seu negócio.

— Samuel, acorde! — Sandor exclamou, exaltado. — Língua-mãe?
Nós não estamos no começo do século, em Budapeste! E mesmo os judeus da capital... de que adiantou trocarem nomes, colocarem os filhos
em escolas laicas ou se converterem para serem aceitos — fez um sinal
de aspas — em clubes e associações? De que adiantou serem os virtuoses
da música, da medicina, do direito? Essa Hungria acabou, acabou há
muito tempo! E ainda fomos tachados de traidores comunistas, graças
a Béla Kun e seu desastroso golpe bolchevique!

Na última palavra, engasgou. A mulher, Riva, apressou-se a encher
um copo com água, que ele virou num gole.

Béla Kun, que era judeu e comunista, estivera à frente do golpe, logo
após o fim da Grande Guerra e de uma Hungria destroçada. Foram
menos de cinco meses no poder até ser derrubado pela extrema direita.
O suficiente para associar judeus a comunistas. E isto fazia o sangue
subir à cabeça de Sandor. Considerava-se burguês — tinha seu próprio
negócio, não era um reles operário, muito menos um camponês, apesar
de ter sido criado num vilarejo afastado, em meio a galinhas e vacas.
Conservador que era, unia-se aos nacionalistas no repúdio aos comunistas. Só que os nacionalistas insistiam em associar bolcheviques a
judeus, atiçando o antissemitismo.

— Pior que os alemães, só os russos! E estão juntos! — continuou. —
Somos cidadãos de segunda classe, Samuel, não importa o que façamos.
A assimilação só existe quando serve ao outro lado! — Voltou-se para
Tzipora. — Pergunte à sua filha! Ela sentiu isso na pele, em Berlim, e
bem antes de a guerra começar! — elevou o tom de voz, exaltado.

Os talheres estacionaram nos pratos. Tzipora baixou os olhos. Samuel permaneceu mudo, com o queixo apoiado nas mãos e os cotovelos
sobre a mesa. Não havia argumento que se opusesse à verdade nua e
declarada. Os filhos não o contestavam por respeito, ele bem sabia.
Sandor estava certo. Caminhavam vendados, a esmo, sem guias em
quem pudessem confiar.

Fazia exatamente um ano que a Alemanha invadira a Polônia e os
ingleses e franceses haviam declarado guerra ao Reich. A Hungria,

porém, já tinha apertado o cerco aos judeus desde 1938. Era a isso que Sandor se referia. Em março daquele ano, a participação dos judeus na economia havia sido drástica e escancaradamente reduzida. As empresas tinham sido obrigadas a fazer demissões, pois só um quinto dos empregados podia ser de origem judaica. O mesmo valia para os cargos administrativos e até para as profissões liberais, o que, na prática, levara ao encerramento de consultórios médicos e escritórios de advocacia. Os estabelecimentos comerciais também tinham sido atingidos. Mesmo os judeus que haviam se convertido nos últimos anos se viram no funil. A legislação era clara e não reconhecia processos de conversão realizados depois do fim da Grande Guerra. Alguns procuraram sócios não judeus e arianizaram os negócios e os bens, a exemplo do tio de Norman, na capital romena, ou do próprio Kurt, que fizera o mesmo em Berlim, ao passar o apartamento da Auguststrasse para o nome do amigo Christian. Em 1939, ainda antes de a guerra estourar, outra lei mudara o status dos judeus para raça — não eram mais um grupo religioso —, restringindo mais ainda sua participação no mercado.

Tzipora estava sentada à direita de Samuel. Ele estendeu a mão instintivamente e, de leve, tocou-lhe os dedos. A vida da filha se espatifara como um cristal numa tragédia anunciada há anos. Agora, era como se a mesma tragédia se anunciasse ali. Ela encarou o pai — com quem pouco convivera — e, pela primeira vez, notou as bolsas enrugadas e escurecidas sob seus olhos. "Quantas noites ele passava sem dormir?", ela pensou. Sandor tinha razão, mas não adiantava nada elucubrar sobre o que aconteceria.

— Alguém quer um pouco mais de sopa? Ainda há na panela! — Os segundos de silêncio foram quebrados por Fruma.

Só os filhos disseram que sim, para seu alívio. Havia quase nada a ser raspado do tacho. Eva, que queria ser médica, rapidamente entabulou uma conversa com Sandor sobre medicamentos manipulados e se ofereceu para ajudar na farmácia. Riva, por sua vez, encheu Samuel com uma série de perguntas sobre acabamentos para couro e pele, a que ele respondeu de bom grado. Esse, sim, era um assunto que lhe agradava. Desta forma, o *shabat* seguiu como se as outras questões pudessem ser deixadas para *amanhã*. Norman pigarreou e voltou-se para Adele.

— Desculpe... Adele, não é? — Ajeitou os óculos com a mão esquerda para, em seguida, esboçar um sorriso sem graça. — Você me perguntou algo.

Adele, que mantinha a cabeça baixa, levantou o rosto um pouco envergonhada e repetiu a pergunta.

— Você vai de vez para Bucareste?

Ele, mais uma vez, levantou os ombros, como se a resposta coubesse apenas ao futuro. Calados, voltaram aos pratos e sorveram o que ainda restava do caldo. Adele já havia visto Norman na escola. Ele substituíra, certa vez, o professor de matemática de uma série acima da dela. Desajeitado, derrubara os livros na escada.

— Me lembro de você da escola. — Tentou puxar assunto. — Você é professor de matemática? Eu adoro matemática!

A conexão fora feita. Norman pôs-se a falar com ardor do assunto que mais dominava. Mexia sistematicamente nos óculos redondos, de aro de tartaruga, que davam um ar engraçado ao rosto fino, emoldurado por cachos pretos, irregulares, que caíam pela testa. Era mais alto do que Milos e Jacob e, ao contrário deles — um, nadador; o outro, jogador de futebol —, tinha braços longos e naturalmente delineados de quem, no máximo, se exercitava numa biblioteca. Para Adele, bastou. Norman a transportava para um mundo que ela podia racionalmente entender e, portanto, amar.

Cerca de um mês depois daquela sexta-feira, parte da Transilvânia — onde moravam cento e setenta mil judeus — foi formalmente incorporada à Hungria. Em Oradea — que passou a chamar-se Nagyvárad —, viviam trinta mil deles, um terço da população da cidade. Milhares, como Samuel, agarraram-se ao passado como se, dessa forma, pudessem voltar aos tempos em que judeus viviam com relativa tranquilidade na Hungria, ocupando, até, cargos de prestígio no governo.

As autoridades de Budapeste, no entanto, não perderam tempo e logo implementaram as leis antijudaicas — que tanto preocupavam

Sandor — já em vigor no resto do país. Jornais, clubes e associações judaicas cerraram as portas, funcionários foram dispensados de orgãos governamentais, alunos excluídos das escolas públicas.

Menos de dois anos depois, Samuel Dunai sentiu, diretamente, o primeiro baque da guerra. Tzipora trancou-se no quarto para não testemunhar a dor do pai. Fruma caiu de joelhos no chão e foi abraçada pelos filhos. A Hungria já havia formalmente se aliado à Alemanha nazista. Milos e Jacob foram convocados pelo exército húngaro, que se juntara aos alemães na batalha contra os soviéticos. Todos os judeus entre dezoito e quarenta e cinco anos, com raras exceções, foram obrigados a se apresentar às forças de trabalho que seguiam para o *front*. Norman foi uma dessas exceções. O jovem matemático era mais útil como contador do que como soldado. Enquanto gerasse lucro ao patrão que comprara o escritório do tio, estava protegido. Sua habilidade com números, porém, serviu apenas para adiar o inevitável. Um ano e meio depois, já casado com Adele, também ele foi convocado. Assim como a mãe, anos antes, em Berlim, Adele não teve tempo de se despedir do marido. Norman partiu sem saber que seria pai.

35

Rio de Janeiro, julho de 1999

— No dia em que Norman partiu, eu tinha vinte anos... Eu só lembrava de minha mãe no dia em que meu pai foi levado pela Gestapo, em Berlim. Ela sabia que jamais o veria novamente, embora todos tentassem animá-la com esperanças vãs. Eu, ainda criança, havia sido uma delas. Mas, naquele janeiro cinzento, senti uma parte do meu coração ser arrancada. Uma dor tão forte... — Levantou-se lentamente, apoiando as mãos nos braços da poltrona.

Haya fez menção de ajudá-la, mas ela soltou um breve "não precisa" seguido de um "esperem um minuto". Amália aproveitou para levantar e esticar as pernas. Ela e Haya haviam criado uma intimidade que só se tem com estranhos — o caso delas — em situações-limite, como ficar preso junto, por horas, num elevador ou refém em um mesmo assalto. Não havia constrangimento em não trocar palavras. Cada uma imersa em suas próprias questões.

"Será hora de parar? Mas e Friedrich?", penso, enquanto o silêncio, mais uma vez, toma a sala durante os instantes em que aguardamos a volta de Adele. O relato — não posso chamar de conversa, pois o único som que eu e Haya emitimos são singelos grunhidos e interjeições para nos mostrarmos presentes como interlocutoras atentas — é entremeado de interrupções súbitas, algumas mais curtas, outras mais longas. A narrativa é rica, mas a emoção é contida. Impossível não me lembrar de meu pai. O homem das emoções contidas. Como Adele, seus silêncios expressam mais seus sentimentos do que qualquer palavra ou manifestação física. Será que Haya acha isso também? No que estará pensando neste exato momento? Pelo que percebo, são as melhores amigas, moram a poucas quadras de distância, trabalham juntas, compartilham todos os assuntos do dia a dia. Mas, aqui e agora, diante da mulher que se revela, Haya é como eu. Não à toa nos sentamos lado a lado e Adele à nossa frente. As cinco badaladas do relógio da parede invadem o silêncio. Pela vasta janela de vidro, ainda aberta, o céu limpo de julho começa a ganhar um tom violeta. Não quero que Adele pare. Pelo menos até que eu saiba o que aconteceu com meu avô. Uma brisa fria invade a sala. Sinto Haya se aproximar. "Se importa?", ela murmura, ao mesmo tempo que desliza uma esquadria de encontro à outra e deixa apenas uma pequena fresta aberta. "Mamãe teve recentemente uma pneumonia." Não emito som, apenas aperto os lábios, num consentimento mudo, enquanto apoio as mãos no parapeito da janela. Haya tem a idade de minha mãe, mas, neste momento, é como se fôssemos duas crianças numa estrada desconhecida. Ela coloca a mão sobre a minha e segura forte. É como se dissesse "seguimos juntas." Instintivamente nos viramos ao ouvir os passos de Adele de volta à sala.

36

Uns óculos de armação de tartaruga com hastes retorcidas, sem uma das lentes e com a outra trincada no aro partido, foram colocados sobre a mesa que separava a poltrona de Adele do sofá onde Amália e Haya voltaram a se sentar. Haya pegou o objeto e o acariciou. Era a primeira vez que o via.

— Os óculos de... — Haya fez uma pausa, não conseguiria chamá-lo de pai. — ... de Norman? O que aconteceu com Norman? — Continuou, enquanto pousava a armação no colo.

— Já faz tanto tempo. Cada um encontrou sua maneira de seguir adiante... — Adele prosseguiu. — Logo depois da guerra, eu tinha muitos pesadelos. As pessoas também não queriam saber o que havíamos passado. O ser humano tem esta estranha forma de se proteger. "Não, por favor, chega de tragédia! Vida que segue! O importante é que você está viva e está bem." — Ela elevou o tom de voz, de forma teatral. — Foi isso o que mais ouvi quando voltei. E havia também os que questionavam como tínhamos sobrevivido, deixando no ar dúvidas que, muitas vezes, soavam como cobranças. Por que nós? Por que eu? — Os olhos se fixaram nos de Amália. — Eu tinha pouco mais de vinte anos e um passado de cinzas. Toda a minha família havia desaparecido, as pessoas que amava. Ironicamente, eu era a mais covarde, diria a mais fraca. Minha irmã Eva, ela sim era uma lutadora, corajosa. Fomos juntas para Auschwitz. Aguentou firme o quanto pôde... — Adele apertou os lábios. — Norman era um bom homem, gentil, honesto, inteligentíssimo... Poderia ter ganhado um Prêmio Nobel! — Ela esboçou um sorriso que rapidamente se extinguiu. — E o que fizeram com ele? — Ela pegou os óculos que Haya devolvera à mesa e, desta vez, encarou a própria filha. — Se não fosse Enoch, eu não sei o que teria sido de mim... de nós. Enoch é seu pai, quem cuidou de você antes mesmo que eu pudesse segurá-la em meus braços... — Adele não conseguia ir direto ao ponto, contornava o que precisava dizer. — Norman foi meu primeiro amor, um amor ingênuo. Não falávamos do pavor que sentíamos do som cadenciado dos coturnos pretos, nem das restrições que nos isolavam cada vez mais, muito menos sobre os amigos que eram levados. Preferíamos construir fantasias e imaginar a vida que levaríamos depois que tudo aquilo terminasse... — Num impulso, aproximou os óculos do próprio peito, como se aquele objeto preservasse um pouco da alma dele. — Preferi enterrar Norman com o passado, com a Adele que ficou em Oradea no dia em que ele partiu.

Permaneço imóvel, quase sem respirar, como que querendo apagar minha presença deste momento tão íntimo que, de certa forma, provoquei. Talvez Haya jamais confrontasse Adele se eu não tivesse aparecido. A questão é que não apareci para detonar uma catarse familiar.

Haya repete a pergunta, de forma carinhosa mas firme. "Mas o que aconteceu com Norman?" Adele finalmente cede. "Você está certa, é seu direito." E eu só para mim digo que também é meu direito saber o que aconteceu com Friedrich. Quero a peça que falta na minha história.

"Caçado como um vira-lata pela carrocinha." O tom conformado é recorrente, não é a primeira vez que o noto. "A polícia húngara conseguia ser tão cruel quanto a alemã. Havia um certo prazer em nos tratar como animais, como se não existissem relações de afeto — pais, filhos, irmãos, tios, família para nos despedirmos."

Norman foi detido na firma onde era contador, no final de janeiro de 1944, e levado imediatamente para um galpão junto com outros homens. Dias depois, partiu para uma das frentes de trabalho, achava ela que na Ucrânia, mas não tinha certeza. Os tios, sim, tinham sido levados para lá com toda a certeza. Diz que Jacob morreu ao pisar numa mina terrestre. "Os judeus eram jogados nas frentes de batalha, sem armas, e serviam para limpar o terreno das minas, detonando-as com o próprio corpo, para o avanço das tropas do Eixo." Ressalta que seu outro tio, Milos, presenciou a morte do irmão. "Ele sobreviveu à guerra e emigrou para Israel. Nos reencontramos por acaso, quando um conhecido de Enoch nos trouxe, dos Estados Unidos, já nos anos cinquenta, um jornal, editado em iídiche, com listas de sobreviventes à procura de parentes. O nome de Milos estava lá! Nos encontramos em Tel Aviv. Lá, eu soube de tudo... Jacob morreu em seus braços."

Adele faz mais uma volta e alonga o caminho. Emociona-se ao lembrar do único parente direto que, como ela, escapou do Holocausto. "Tio Franz não conta." Ela abre mais uma porta na história, referindo-se ao irmão de Kurt que saíra da Alemanha logo após a ascensão de Hitler e que fora o responsável pela vinda dela e de Enoch para o Brasil.

"Mas eu estava falando de Norman." Ela mesma retoma a narrativa. Volta, mais uma vez, no tempo, para um ano antes da detenção. Conta que teve uma cerimônia de casamento simples, mas muito bonita, num vilarejo nos arredores de Oradea, onde morava um irmão do avô. "Chamava menos atenção", completa. Tudo dentro da tradição, "com jejum dos noivos, vestido branco, *chuppah* ao ar livre". Pergunta se já estive num casamento judaico e se sei o que é *chuppah*. Respondo não para as duas perguntas. Me explica que é uma cobertura — uma espécie de tenda aberta — sob a qual se realiza o casamento. "Representa o novo lar que será formado." Depois, me fala de um copo quebrado ao fim da cerimônia, que tem algo a ver com o Templo de Jerusalém, mas eu, sinceramente, já não presto mais atenção. É Haya quem, mais uma vez, captura Adele. "Mamãe, conte o que aconteceu com Norman", é a terceira vez que faz o pedido.

Adele finalmente responde. Sinto o mesmo desconforto de quando vi o número tatuado no braço dela. "O que sei é que Norman esteve em Majdanek, outro campo na Polônia. Lá, também havia câmaras de gás... mas ele passou pelas seleções. Morreu numa das marchas da morte. A guerra já estava perdida, mas os alemães não se rendiam. Nos obrigaram a seguir de campo em campo, fugindo dos russos." Ela própria teve essa experiência, ressalta. "Alguns morriam de frio e fome. Simplesmente tombavam. Quem não conseguia mais caminhar, insistia em se arrastar, era abatido com um tiro na cabeça, como um cavalo que quebra a pata." Adele pega, mais uma vez, a armação de tartaruga. "Havia outros homens de Oradea no mesmo grupo. Alguns retornaram. Foi por um deles que eu soube da morte de Norman. Ele fez questão de vir a Berlim me encontrar pessoalmente. Norman tinha cuidado dele quando teve tifo. Tentaram manter-se juntos na marcha. Ele e os outros revezavam-se ajudando Norman, por causa de uma ferida na perna que se alastrou até a coxa. Foram até onde deu..." Não completa a frase e pega novamente a armação de tartaruga. "Trouxe para mim. Foi o que restou... Se sentia envergonhado, me pediu perdão... Eu? O que eu tinha para perdoar? Mas fiquei muito orgulhosa. Norman nunca deixou de ser um homem bom."

Logo emenda: "Uma coisa que aprendi em Auschwitz é que a gente até pode viver só, mas sobreviver? A gente precisa ter pelo menos um amigo, um verdadeiro amigo. Ninguém que sobreviveu aos *campos* sobreviveu sozinho. E verdadeiros amigos morreram para que sobrevivêssemos". Nesse momento, lembra-se do pai. Um dia, ela perguntou: "Quem é o homem mais rico do mundo?" Kurt respondeu: "O ladrão de lágrimas. A riqueza de um homem se mede pela quantidade de lágrimas que ele extrai de outros homens em seu funeral."

Eu tenho uma vontade enorme de abraçar Adele. Mas é Haya quem se levanta e o faz. Em seguida, aproxima a outra poltrona e senta-se ao lado dela. Aperta a mão esquerda de Adele, como havia feito comigo, minutos antes. Agora sou eu que estou sozinha, de frente para as duas. São parecidas de rosto. Tipos físicos completamente diferentes. Haya puxou ao pai, penso. É alta. Norman era alto. Usava óculos e tinha cachos. É tudo o que sei dele. Não há uma fotografia sequer. Sua imagem só existe na memória de Adele.

"Eu soube que estava grávida em fevereiro de 1944, pouco mais de um mês depois que Norman partiu." Adele encosta os dedos, de leve, na barriga. O fato de ter Haya ao seu lado parece lhe dar impulso.

"Diferente do que acontecia com os judeus na Alemanha e na Polônia, e em outros países ocupados, levávamos uma vida relativamente normal. Continuávamos em nossas casas!" Faz um movimento brusco com o braço. A manga escorrega e lá está, novamente, para que eu não esqueça, o número. Fala da Hungria, da Romênia. Em Portugal, sempre dizemos orgulhosamente que "saudade" só existe em português, não havendo, supostamente, outra língua que a consiga traduzir num único substantivo. Descubro, agora, que existe esse correspondente em... romeno! A palavra romena *dor* significa, exatamente, saudade. Adele logo se adianta, para que não haja confusão: a "dor" portuguesa, em romeno, é *durere*. Escuto calada. Para mim, dor e saudade, tantas vezes, se confundem mesmo. Haya me pergunta se quero água. Aceito. Serve Adele, me serve, se serve. Bebemos ao mesmo tempo. O único som na sala é o dos goles curtos descendo pela garganta. Parece uma eternidade. Adele é a primeira a descansar o copo na mesinha de centro.

"Acabei os estudos e passei a ajudar meu avô, mesmo depois de casada. Ele não tinha mais a loja, mas consertava sapatos numa pequena oficina montada nos fundos da casa. Eva trabalhava como enfermeira. Não usávamos nem a estrela amarela!" Essa era a vida relativamente "normal"? Percebo que a palavra "normal" é totalmente maleável conforme a época em que se vive. "Em março, tudo ruiu, como num terremoto." Os nazistas ocuparam Budapeste no final do mês. Temiam que a Hungria seguisse os passos da Itália e abandonasse o Eixo. A batalha de Stalingrado foi um verdadeiro massacre. Milhares de soldados húngaros morreram. Surgiram boatos de que o próprio almirante Horthy, que chefiava o governo, havia procurado os Aliados para negociar a rendição. Os russos avançavam rapidamente, estavam próximos da fronteira romena. Lembro de meu pai, que já era nascido enquanto isso tudo acontecia. Foi o pano de fundo dos seus primeiros passos e palavras. Se existe memória genética, a minha está sendo ativada agora.

"Na época, não tivemos clareza para perceber a verdadeira guerra que os alemães vieram travar na Hungria." Faz uma pausa mais longa, daquelas que antecedem uma fala importante. "Depuseram o almirante... Mandaram Eichmann. Você já ouviu falar de Adolf Eichmann?" A garganta trava e tusso. Agora é a voz de Frida que ressoa. Meu bisavô trabalhou com Eichmann no setor de "transportes para o leste". A tal da memória genética me faz curvar a cabeça. Não conheci Hans, sequer saberia de sua existência não fosse o telefonema interceptado entre Gretl e meu pai. Deveria dizer "sim, meu bisavô trabalhou com ele"? Respondo, apenas, "sim, o que foi preso na Argentina e julgado em Israel". Ela segue adiante. "Ele mesmo. Eichmann, o responsável pela solução final, administrador do extermínio dos judeus. Hitler sabia que o fim estava próximo... Iria tirar o máximo que pudesse de nós."

37

Nagyvárad (Oradea), março a maio de 1944

Samuel levantou mais cedo do que o costume naquela segunda-feira, 20 de março. Não pregara o olho a noite toda, mas preferira não sair da cama para não preocupar Fruma. Desde a partida de Jacob e Milos, a esposa vivia cabisbaixa pelos cantos da casa. Perdera até o prazer de cozinhar. Quem cuidava das refeições era Tzipora. Não que fizesse grande diferença, já que não havia variação para a sopa de batatas, cada dia mais rala. Mas não podiam reclamar, pois ainda tinham comida na mesa e, vez por outra, até carne salgada, que o irmão de Samuel, que morava num vilarejo a menos de cem quilômetros de Oradea — o mesmo em que Adele havia se casado —, estocara para o inverno.

Na cozinha, Samuel esquentou água para o chá. Não percebeu a aproximação de Adele, minutos depois. Também ela não conseguira dormir. Apoiada na porta de madeira entreaberta, observava o avô, de costas, imóvel, esperando a água ferver. Os ombros curvados davam a impressão de que aquele homem carregava mais de cem anos. A guerra havia levado muito mais do que cinco anos da vida daquelas pessoas, ela pensou enquanto acariciava a barriga. Em seu corpo, agora, batiam dois corações, o que lhe aflorava as sensações e reações. Tinha o dobro de esperança ao imaginar que um ser crescia dentro dela. Também tinha o dobro de medo, ao constatar que mal podia cuidar de si. O fato é que

Adele chegara até ali sem pensar no futuro, nem mesmo no presente. Os outros é que se preocupavam por ela.

Mas depois da partida dos tios e de Norman, e da descoberta da gravidez, percebera que era hora de tirar o véu que encobria a realidade. Agora, ela tinha de se preocupar. O bebê dependia dela. Por isso não dormira aquela noite. Escutara a conversa do avô com os amigos. O próprio *Führer* havia convocado o gabinete húngaro para uma reunião na Áustria, enquanto tanques e soldados alemães entravam em Budapeste. Não havia sinal do regente, almirante Horthy, nem dos altos funcionários do governo que tinham participado do encontro. A suspeita é de que haviam sido feitos prisioneiros.

— Vovô — a voz soou baixinho, para não assustá-lo. — O senhor quer ajuda? — Aproximou-se do fogão.

— Venha tomar uma xícara de chá comigo. — Abraçou a neta. — Temos de cuidar deste hungarozinho que vem por aí. — O sorriso forçado não escondia o temor pelo futuro daquela criança.

— O que o senhor acha que vai acontecer? — Sentou-se ao lado dele, esperando a resposta. — O que mais eles querem de nós? Levaram Milos, Jacob, Norman... Mataram meu pai, vovô Arnold! Confiscaram nossos negócios, nossos empregos! Não é suficiente? — Adele não conteve a indignação. — Eu estou com medo!

Samuel levou o indicador, delicadamente, aos lábios dela, como se, ao fazê-la calar-se, pudesse espantar pensamentos ruins. Em seguida, secou, com a ponta da toalha de pano, as lágrimas que desciam pelo rosto da neta.

— Adele, escute. — Havia mais conformismo do que otimismo no tom dele. — Eu não tenho a resposta que você quer, mas posso lhe dizer, com convicção, que os alemães não são mais o que eram em 1940. Os russos estão há oito meses seguidos em forte ofensiva, a maior desde o começo da guerra. Cruzaram o rio Dniester, logo chegarão a Iaşi. — Referia-se à cidade romena que abrigava um importante quartel-general alemão. — Então, minha querida... — Esboçou um sorriso. — Talvez seja hora de orarmos a *ele* — apontou para cima — e de termos fé... *Ele* nos protegeu até agora. Assim será até essa guerra acabar. — Em seguida, fez sinal para que Adele encostasse a cabeça em seu peito.

Assim ficaram, cada um com suas preces, jogando para o divino os temores e aflições. Deus os havia protegido até aquele momento. Dali em diante, iriam por conta própria, num carro desgovernado, em alta velocidade.

38

A ocupação alemã confirmou-se com a saída do primeiro-ministro Miklós Kállay — um moderado para os padrões de Berlim — e a nomeação do ex-embaixador húngaro na capital alemã, Döme Sztójay, antissemita convicto. Um dos seus primeiros atos foi legalizar o temido Partido da Cruz Flechada, que, como o Partido Nacional-Socialista alemão, defendia a pureza racial. Em poucos dias, o norte da Transilvânia, a Rutênia e a região próxima à fronteira com a Tchecoslováquia passaram ao comando militar do novo governo. Nestes territórios, viviam cerca de trezentos e vinte mil judeus. A Hungria foi dividida em seis zonas operacionais. A segunda era a região onde a família de Adele vivia.

Os *Judenräte* — conselhos judaicos — foram estabelecidos em toda a Hungria. Recebiam ordens do *Judenrat* central, montado em Budapeste, com oito representantes sob supervisão direta dos alemães. O chefe da missão era Adolf Eichmann, que se instalou, com seus subordinados, no Hotel Majestic, na capital húngara. De lá saíram, em poucos dias, mais de cem ordens que baniram, de vez, os direitos dos judeus. Eles foram excluídos de todas as atividades públicas, intelectuais, comerciais e industriais. Jornais, clubes e associações judaicas afundaram. Casas, negócios e lojas foram confiscados, assim como carros, bicicletas, rádios e telefones.

Havia o sentir coletivo, que assustava, e o sentir na própria pele, que doía. Samuel cerrou as portas da oficina. Vendeu todas as máquinas — à exceção de uma —, e a preço tão irrisório que o valor deu para poucos dias de comida. Eva foi demitida do consultório onde trabalhava como um misto de secretária e enfermeira. Chegara a ter aulas informais com profissionais que haviam sido banidos de universidades públicas. Alguns eram alemães e tinham conhecido o Dr. Kurt. "Quando a guerra acabar", o sonho movia Eva, "entrarei para a faculdade de medicina e retomarei o consultório do pai, em Berlim." Agora, ficava pelos cantos a treinar injeções numa bola de meia.

Para Adele, foi como estilhaçar o vidro da redoma onde ela tentara, inutilmente, se proteger. Nada trouxe tanto pavor quanto a obrigatoriedade da estrela amarela nas roupas. O uso da *Magen David* para identificar judeus havia começado na Polônia, logo após a ocupação, e foi se estendendo aos países dominados pelo Reich. Assim como tantas outras imposições e restrições, esta também chegou tardiamente à Hungria. Adele lembrou-se imediatamente do tempo da escola, em Berlim, quando a professora a colocou de frente para a turma exibindo um "espécime judeu do gênero feminino". "Isso não pode acontecer novamente", pensou, levando a mão à barriga. Tzipora costurou os retalhos com a ajuda de Samuel. Havia especificações sobre a medida da estrela e em que parte da roupa prendê-la. Tinham de segui-las à risca.

— Se há uma coisa que os alemães adoram, e acho que mais ainda do que adoram o *Führer*, são regras — Tzipora murmurou, sem ironia. — Quer ver um alemão feliz? Dê-lhes um manual para seguir durante as vinte e quatro horas do dia.

O que eles perceberam, logo em seguida, é que cumprir determinações sem questionar não era condição apenas dos alemães. Os húngaros faziam igual. No começo de abril, surgiram ordens para listar todos os judeus no país. Ao contrário das lideranças judaicas em Budapeste, os conselhos judaicos das regiões afastadas da capital — caso da Transilvânia — não tinham ideia do objetivo das listas. Jovens, praticamente meninos, seguiam aos pares, de casa em casa, catalogando moradores judeus. As listas foram entregues às autoridades húngaras, que, junto às alemãs, determinaram os primeiros decretos para a formação de guetos.

Os procedimentos sobre como seria feita a concentração dos judeus, as áreas de confinamento e o confisco de bens e riquezas — como joias, ouro, dinheiro, peles e qualquer objeto de valor — ficariam a cargo de cada prefeitura e, portanto, dependeriam da boa vontade e do grau de humanidade ou perversidade de cada mandatário.

Dos trinta mil judeus que moravam em Oradea — a família continuava a chamá-la assim, apesar de ter mais de três anos que o nome da cidade mudara para Nagyvárad —, cerca de seis mil estavam nos trabalhos forçados, muitos na frente de batalha como iscas humanas. A maioria eram homens jovens como Milos, Jacob e Norman. Mesmo assim, os judeus ainda constituíam quase um terço da população de noventa mil habitantes.

Em poucos dias, seriam confiscados cinco mil apartamentos, seiscentas lojas e quinhentas fábricas, com consequências desastrosas para a economia. No período de transição das propriedades, não haveria quem pagasse os salários e o índice de desemprego aumentaria. As pensões que o Estado obrigava os patrões judeus a pagar às famílias de funcionários não judeus convocados pelo exército também acabariam. Nagyvárad abrigaria o maior gueto da Hungria depois do de Budapeste. Na verdade, dois guetos. Um outro seria criado, em condições ainda piores do que o primeiro, para abrigar judeus deslocados dos vilarejos próximos. Sem teto para todos, muitas famílias passariam a viver nas ruas do gueto menor.

Tudo isto Samuel, sua mulher, filha e netas só saberiam mais à frente, quando já seria tarde demais. O breve período que antecedeu o confinamento foi marcado pelo terror e remeteu diretamente ao *pogrom* de 1938, em Berlim, e aos dias que se seguiram a ele. De uma hora para a outra, as prisões se tornaram corriqueiras e abusivas, os negócios fecharam, o racionamento aumentou. E havia um boato que afetou em cheio a família Dunai. Funcionários das ferrovias informaram que vilarejos com menos de dez mil habitantes estavam sendo esvaziados de judeus. Estes eram obrigados a deixar tudo para trás e seguir a pé, ou de carroça, para cidades maiores, onde eram embarcados em vagões de gado e mandados para destino desconhecido. Samuel preocupava-se com o irmão, que continuava na fazenda.

Naquele começo de maio, porém, Samuel só conseguia pensar na própria família. Um velho amigo, cujo genro era figura importante na gendarmaria, entrou esbaforido no anexo onde, um dia, funcionara a oficina. Nicolai trazia notícias — nada boas, ele frisava.

— O meu genro, aquele fascista de merda! — O som reverberou no pequeno galpão, e Samuel correu para encostar a porta que dava para dentro de casa. — Aquele *fascistinha* estava se gabando de ter conhecido, e até conversado, com o homem que organizou o gueto polonês de Varsóvia, um tal de Dannecker, e isso um dia depois de uma reunião na prefeitura com o próprio Endre! Contou que um reforço grande, de gendarmes, vem vindo do lado de lá do Danúbio!

— Sim... — Samuel parecia confuso. — E o que isso tem a ver conosco?

— Escute, amigo... — Nicolai aproximou-se. — O que tem a ver com vocês? Se quiserem sair, tem de ser "ontem"! Em breve, não sobrará um judeu fora do gueto!

Samuel não expressou reação. Os braços largados ao longo do corpo manifestavam o desânimo.

— Nicolai, eu agradeço, de coração, que tenha vindo nos avisar. Mas o que podemos fazer? Ir para onde? — Ele forçou um sorriso. — Temos de confiar. A guerra está perdida para a Alemanha, são cinco anos de batalhas! Os russos não param de avançar e, em breve, os americanos e ingleses chegarão pelo oeste! De que adianta nos isolarem? Não será por muito tempo! — Era um falso tom de otimismo que não convencia nem o próprio Samuel, que diria o amigo.

Nicolai calou-se. Samuel estava certo. O que poderiam fazer? Deram um longo abraço. Sabiam que a despedida estava próxima.

No dia seguinte, foi a vez de Eva entrar em casa atordoada. Nas mãos, carregava um pedaço de papel, retalhado, que arrancara de um poste da rua.

— Vô, mãe, Adele, Fruma! Venham todos, depressa! — ela gritou assim que fechou a porta.

— O que aconteceu?! Você está bem? — Enquanto Tzipora pergun-tava, Adele, Samuel e Fruma acomodaram-se no sofá.

— Escutem com atenção! — As mãos tremiam enquanto ela tentava juntar os pedaços.

Quando as primeiras palavras do comunicado tomaram a sala, foi como se uma névoa densa tivesse baixado. Subitamente, ninguém en-xergava um palmo à frente.

39

— "Os judeus obrigados a usar a estrela amarela"...

Eva lia pausadamente. Alguns judeus, como os condecorados na Grande Guerra, estavam isentos do uso da estrela. Repetiu a frase, desta vez inteira e de uma só vez.

— "Os judeus obrigados a usar a estrela amarela estão proibidos de deixar suas casas a partir do momento em que este anúncio se faz público." — Encarou o trio no sofá e a mãe, em pé, logo atrás, antes de continuar. — "Até segunda ordem, os judeus só poderão deixar suas casas uma vez ao dia, entre nove e dez horas da manhã, até o momento de serem encaminhados para o gueto." — Pigarreou. — "Sob ordem do governo húngaro de Nagyvárad. Assinado, László Gyapay, vice-prefeito."

A sala permaneceu muda. Eva depositou o comunicado na mesa e se dirigiu para a janela. Na rua, as pessoas caminhavam apressadamente, mães carregavam mais de uma criança no colo, sem histeria, mas a sensação de pânico era a mesma de dentro de casa, Eva tinha certeza.

Poucas horas depois, receberam nova visita de Nicolai. Trazia uma broa ainda quente e geleia de frutas vermelhas. Presente da esposa. Desta vez, Samuel convocou a família. Sentaram-se em volta da mesa. Ninguém emitiu uma palavra até que Fruma chegasse com o chá. Ficou intacto, assim como a broa e a geleia.

— Eu sinto muito, Samuel... Nós somos amigos há quanto tempo? — Só Nicolai falava. — Mais de sessenta anos! Éramos moleques, crescemos juntos! Tenho vergonha do que estão fazendo com vocês...

— Ele baixou a cabeça. — ... do que *estamos*, pois eu assisto passivo a isto tudo! — socou a própria mão.

As mulheres se entreolharam. Eva foi a única que o encarou — com tanta intensidade, que ele desviou o rosto.

— Você pode nos contar o que está acontecendo? Estamos de mãos atadas, sem saber o que fazer! — Samuel interpelou Nicolai, afinal de nada adiantariam culpas e desculpas no momento.

— Estão cercando, com madeira, uma área na margem esquerda do rio Körös, em volta da Sinagoga Ortodoxa. — Nicolai se recompôs. — Acabo de vir de lá. Um muro com dois metros de altura.

— Mas já é uma vizinhança superpovoada! — Fruma deixou escapar. — Onde iremos ficar?

Todos haviam pensado o mesmo. Era o bairro judaico mais pobre da cidade. E seriam confinados numa área que mal abrigaria dez por cento da população total de Oradea.

— Uma outra área, menor, também na margem esquerda, vai ser cercada para os judeus que vierem dos vilarejos...

— Você pode me fazer um favor? — Samuel interrompeu o amigo. — Descubra se o meu irmão vai ser levado para lá... e, se for possível, faça com que ele se junte a nós.

Nicolai assentiu com a cabeça. Iria fazer o que pudesse, garantiu. Se despediram, desta vez com um abraço mais longo que o do dia anterior. Ainda se veriam uma última vez antes da partida para o gueto. Sobre o destino do irmão de Samuel e da família dele, ninguém nunca soube nada, nem mesmo depois que a guerra terminou.

40

— Que direito eles têm de fazer isso com a gente? — Eva não continha a revolta.

Com o rosto colado à janela, observava grupos que caminhavam vagarosamente — crianças, mulheres, homens de ombros curvados. Os pequenos arrastavam sacolas ou traziam mochilas nas costas, os bebês iam acomodados em carrinhos de mão em meio a panelas e outros utensílios de cozinha. Adele aproximou-se da irmã. No olhar que trocaram, uma única mensagem: "Em breve, seremos nós."

Tinham ainda um dia para cuidar da pequena mudança. Para Tzipora e as filhas, separar o que levar não fora problema. Haviam feito isso há mais de cinco anos, quando deixaram Berlim às pressas. Já no primeiro dia, separaram objetos pessoais, um bom par de sapatos e um casacão, roupas confortáveis e fáceis de lavar, lençóis, manta e toalhas. Acomodaram os pertences em trouxas e sacolas surradas. Malas e baús chamavam a atenção e eram mais suscetíveis ao confisco sem revista, mesmo que não guardassem nada de valor. Enfiaram objetos de higiene pessoal no meio das roupas e esconderam as alianças de casamento de Adele e de Tzipora nas bainhas das saias. Era tudo o que tinham de valor.

Havia, na bagagem, apenas uma mala, pequena, de couro desgastado e fecho emperrado. Pertencia ao bebê. Mal se notava a barriga de quatro meses. Adele estava mais magra do que quando casara, mesmo que a melhor alimentação da casa fosse reservada para ela. Não tivera enjoos

— algo que agradecia todos os dias — nem desconforto algum até o momento. No último mês, se ocupara, junto com a mãe, em preparar um pequeno enxoval para o bebê. Era como se algo, no inconsciente, as tivesse alertado. As fraldas haviam sido cortadas de lençóis. Tinham costurado cinco camisolinhas compridas de flanela e tricotado seis casaquinhos, quatro calças, oito pares de meias, dois de luvinhas e três gorros com a lã que conseguiram comprar de um comerciante da mesma rua se desfazendo do estoque. Na máquina que restou, Samuel transformara retalhos de pele de coelho numa grossa e confortável manta. A previsão era de que o bebê nascesse no outono, quando a temperatura já começaria a baixar.

Enquanto as três se preparavam como formigas para um longo inverno, o velho sapateiro passou a maior parte do tempo trancado no galpão, como se, dessa forma, pudesse adiar a dor de se despedir do ofício que o acompanhara por toda a vida. A única máquina — desgastada — que havia sobrado o retratava melhor do que qualquer das fotografias emolduradas na sala. Sem ela, não era ninguém. "Privem um homem de seu trabalho e terão um saco de pele e ossos", costumava responder toda vez que a mulher insinuava que era hora de se aposentar. Era nisso que se transformara, num saco de pele e ossos. Não tinha o que levar, seria apenas levado.

Fruma, por sua vez, andava de um lado para o outro vasculhando os armários. Espalhara pela sala tudo que dormia há anos nas prateleiras. Toalhas e lençóis de linho, prataria, candelabros, samovares, a louça de *Pessach*.

— O que ela está fazendo? — Eva era a mais inconformada. — Alguém precisa trazer Fruma à realidade! Precisamos ser práticos! — Sussurrava irritada no ouvido da mãe. — Ou ela pensa que faremos jantares de gala no gueto?

— Eva, controle-se, por favor! Cada um tem sua forma de reagir. — Tzipora tentava apaziguar os ânimos. — Nós já separamos o que é necessário... Deixe Fruma elaborar à sua maneira. Primeiro os meninos, agora a casa... — Voltou-se para as filhas. — Eu, pelo menos, tenho vocês. — Abraçou as duas ao mesmo tempo. — Prometam: não importa o que acontecer, vocês farão tudo para ficarem sempre juntas! — Pousou a mão sobre a barriga de Adele. — E tudo por este bebê... Que nasça forte e com saúde!

Adele e Eva se aconchegaram no peito de Tzipora, como faziam quando eram crianças. Ficaram assim por longos minutos até que a realidade as chamou de volta, com três toques na porta.

41

Era Nicolai, que chegava para a última visita aos Dunai, acompanhado de Itzak Sommer, filho de um outro amigo de infância, já falecido. Tzipora chamou o pai na oficina. Em menos de vinte e quatro horas, seguiriam para o gueto.

Naquela manhã, Samuel mandara um bilhete para Nicolai por intermédio do próprio Sommer, um dos poucos judeus a escapar da estrela amarela no peito e a livrar o único filho dos trabalhos forçados. Sommer não tinha nem cinquenta anos e aparentava a mesma idade de Samuel. Perdera parte da perna esquerda na Grande Guerra, mas com isso salvara a vida do capitão do regimento durante uma emboscada russa, na batalha da Galícia. O feito lhe valeu a mais alta medalha concedida pelo exército austro-húngaro e uma vida de dependência e quase mendicância. Vivia do favor dos amigos. Bem-humorado, considerava-se mais burro do que herói. "Só um idiota se lança sobre um verme quando vê uma granada no ar! Se eu tivesse um pouco de inteligência, teria salvado minha perna e não aquele sujeito pedante e asqueroso!" Quase trinta anos depois, ironicamente, a deficiência e a condecoração se transformavam em passaporte para a vida dele e da família. "Itzak, Deus tem seus caminhos", Samuel lhe dissera logo após a convocação de Milos e Jacob. "Eu daria uma perna para que meus filhos ficassem aqui. A recompensa por esta vida de sacrifício e penúria, você a tem agora. Agradeça."

Enquanto se dirigia para a sala, Samuel lembrava-se com clareza desta conversa. "Sim, de bom grado teria dado as duas pernas pela família." Mas de nada adiantava pensar nisso agora. Aproximou-se de Fruma e a abraçou.

— Minha querida — o tom era suave, como se falasse com uma criança machucada que precisasse de pontos sem anestesia —, logo voltaremos para casa. Nicolai e Itzak cuidarão de tudo para nós, não é? — Voltou-se para os dois, que concordaram com a cabeça. — Vamos para o quarto arrumar as malas. Tzipora — fez um sinal para a filha —, você e as meninas ajudam nossos bons amigos, certo?

Sem esperar resposta, conduziu a mulher pelo corredor. Fruma passou os olhos pela mobília, pelos quadros, pelas louças, bibelôs e tantos objetos espalhados no chão e na mesa de jantar. Muitos por tantos anos guardados no armário à espera das ocasiões especiais. Deixou-se levar enquanto as lágrimas lhe escorriam pelo rosto. Lágrimas que nem ela nem Samuel se preocuparam em secar.

Adele apertou a mão da mãe, que estava a seu lado. Ambas sabiam como Fruma se sentia. Não era a perda de um bem material apenas. Cada objeto guardava uma partícula de memória, de lembrança, e estava relacionado a um momento daquela pessoa, daquela família. A dor da história de uma vida sendo espoliada é que escorria pelos olhos de Fruma.

Mesmo assim, era melhor deixar tudo com amigos do que entregar aos nazistas. Nicolai, Itzak e o filho deste encheram dois baús enormes e os arrastaram até a caminhonete estacionada em frente à casa. Entraram uma última vez para despedidas. Palavras de ânimo soariam falsas. Samuel voltou do quarto para agradecer ao amigo com um longo abraço. Adele e Eva grudaram os rostos na janela. O filho de Itzak tirou o boné e levantou a mão num breve aceno. "Adeus", Adele murmurou, os lábios grudados no vidro. Eva fez o mesmo, em seguida.

Quando a noite caiu, toda a bagagem estava alinhada próximo à porta. Três malas surradas, trouxas feitas com lençóis e algumas sacolas. Samuel transformara uma pequena carroça num carro de mão e acomodara nele um colchão, um urinol, utensílios de cozinha, objetos de higiene pessoal e mantimentos. Havia também um carrinho de bebê com mantas e travesseiros.

Fruma acendeu as velas de *shabat* — era sexta-feira — e fez a oração, com a família, em volta dos dois candelabros. Sentaram-se para a última refeição na casa em que o marido e os filhos haviam nascido. Comeram a broa e a geleia que, mais uma vez, Nicolai trouxera. E partiram em silêncio para seus quartos. Adele, Eva e Tzipora deitaram-se juntas, na mesma cama, com a roupa com que partiriam nas primeiras horas da manhã. Foi uma longa noite. Para Eva e a mãe, a última em que dormiriam numa cama.

As primeiras horas da manhã daquele sábado, 6 de maio, vieram acompanhadas da visita da comissão que inspecionaria a casa antes da partida: um civil, um funcionário para catalogar os bens e um gendarme. Eva esboçou um leve sorriso quando viu o segundo homem cruzar a porta.

— Sr. Gabos, sou eu, Eva, secretária do Dr. Linus! — Apressou-se a cumprimentar o paciente que algumas vezes estivera no consultório.

— Fiquem em pé, próximo à parede. — Ele recuou e fez um sinal para que Eva se afastasse.

— Sr. Gabos, sou eu... — Eva repetiu num sussurro.

— Abram as malas, sacolas e as trouxas também. — O homem simplesmente a ignorou, sem constrangimento algum, e deu sequência ao protocolo. — Não é permitido entrar com dinheiro, joias nem objetos de valor no gueto. — Fixou o olhar em Samuel, enquanto os outros dois revistavam a bagagem. — Se existe algo que não está à vista, por favor, entreguem, sob pena de grave punição se descoberto após esta revista.

Samuel, imóvel, manteve o olhar firme. O que tinham de valor financeiro já fora vendido, e os objetos de valor afetivo já haviam sido levados por Nicolai e Itzak. Portanto, não havia o que temer.

— Muito bem — o homem prosseguiu, enquanto fazia anotações das peças de mobiliário e se dirigia para a parte interna da casa —, toda essa bagagem é realmente necessária? — Olhou para os dois companheiros. — Esta gente pensa que vai para a casa de veraneio! — E soltou uma gargalhada.

Adele sentiu a humilhação misturada à impotência nos olhos da irmã. Assim como eles, dezenas de famílias estavam recebendo, naquele mesmo instante, visitas como aquela. Muitos provavelmente se conheciam da rua, do trabalho, da escola, do comércio. O que fazia aquelas pessoas — que até há pouco tempo conviviam com os que agora perseguiam, e que eram trabalhadoras, pagavam seus impostos em dia e frequentavam a igreja — sujeitarem outros seres humanos a tamanha crueldade?

Existia algo mais do que um simples "cumprir ordens", se é que podia ser simples, de alguma forma, cumprir a ordem de tirar alguém de sua própria casa, por ódio ou preconceito. Não eram soldados. E, mesmo que fossem, poderiam fazê-lo com alguma humanidade. Era esse o sentimento que Adele compartilhava com Eva. Aqueles homens não se colocavam no lugar do outro porque *o outro*, para eles, não era um semelhante — era *um judeu*.

Minutos depois, estavam na rua. A cada esquina, afluíam novos grupos, engrossando a multidão que se arrastava vagarosa e silenciosamente, observada por pedestres estacionados nas calçadas e olhos pendurados nas janelas. Berravam "já vão tarde", "porcos judeus", "traidores". Tzipora ergueu a cabeça e enfrentou, um a um, cada par de olhos que pousava sobre ela. Murmurava para si e, ao mesmo tempo, alto o bastante para as meninas ouvirem. "Eu sou Tzipora Eisen, de solteira Dunai. Sou judia nascida nesta cidade e criada em Berlim. Meu marido, Kurt Eisen, foi um dos mais célebres médicos da capital alemã. Eu sou Tzipora Eisen..." E assim seguiu, as frases repetidas em sequência como um mantra, até a entrada do gueto. Adele e Eva inflaram o peito e caminharam, orgulhosas, ao lado da mãe. Quase um mês depois, as duas se lembrariam deste momento, só que a mãe não mais estaria entre elas.

42

Ao atravessar o portão do gueto, Adele sentiu, mais uma vez, a vida se afunilar. Tinha vinte anos. Catorze deles vivera numa capital com milhões de habitantes. Os últimos seis, numa cidade com nem cem mil. Oradea era como se fosse um bairro de Berlim. E, agora, se mudavam para um pequeno bairro de Oradea, superpopuloso e cercado.

Os novatos eram recebidos por veteranos — se é que se podiam nomear assim pessoas que haviam chegado um ou dois dias antes deles. Pareciam estar ali a vida inteira. Alguns rostos conhecidos, outros totalmente estranhos. Em comum, o fato de serem, todos, judeus. Pobres, ricos, bem vestidos, malvestidos, intelectuais, operários. Ajudavam a carregar os pertences e encaminhavam as famílias para seus novos endereços.

— Nós ficaremos na rua Vámház, próximo à fábrica de produtos químicos. — Eva tirou do bolso um papel com o endereço e o passou ao rapaz que os levaria. — Família Dunai... Você conhece? — Era um primo em segundo grau de Samuel que os acolheria.

— Moça, isto aqui é como um bolo, com o dobro de fermento, em uma forma minúscula, num forno de temperatura máxima. — Partiu apressado indicando o caminho com o braço erguido.

Eva virou-se para a mãe e a irmã e ergueu as sobrancelhas como quem não compreende a resposta. Com o avô ao lado, seguiram colados no rapaz. Em minutos, todos entenderam o que ele queria dizer.

A casa de Moishe Dunai era uma das maiores da rua. Tinha dois andares, um jardim na frente e um quintal atrás, que atualmente seguia contíguo aos dos vizinhos, para trás e para os lados. As cercas que separavam as propriedades haviam sido arrancadas para a construção do muro que delimitava o gueto. Aliás, as cercas de todas as casas. Desta forma, um terreno emendava no outro, e assim sucessivamente. Havia gente por todos os lados. Os que chegavam agora lutavam por espaço. Os que já estavam se espremiam.

— Primo! — Samuel gritou ao avistar Moishe parado como um poste junto à porta da frente. — Primo, aqui! — Ele berrou mais uma vez.

Moishe esticou o pescoço e, ao ver Samuel, desceu apressado os três lances de escada, desviando de um e outro. Abraçaram-se e, em seguida, ele tirou uma mala das mãos de Fruma e duas sacas das mãos de Tzipora. Apressou-se a abrir caminho para dentro da casa.

— Venham! Vocês ficarão em nosso quarto! — Virou-se para trás. — Acredite que foi uma façanha... mas ser o dono do imóvel vale de alguma coisa! — Em qualquer outro momento, o tom seria de ironia; naquele ali, não. Moishe falava sério.

Desde que haviam cruzado a porta do gueto, a única das mulheres que emitira algum som fora Eva. Tzipora, Fruma e Adele estavam como que anestesiadas. Observavam tudo com olhos mornos e sem brilho. Deixavam-se levar. Ao chegarem ao cômodo designado para a família, porém, as três abriram a boca numa expressão de horror quase que ao mesmo tempo.

— Não pode ser! — Fruma deixou escapar. — Não há espaço! Onde ficaremos?

— Adele está grávida! — Tzipora olhou suplicante para o pai. — Ela precisa de uma cama! Nos tratam como animais... — Levou as mãos ao rosto enquanto as filhas a amparavam.

Samuel fez menção de se desculpar, mas o primo se adiantou.

— Deixe que ela extravase... Minha mulher chorou uma hora seguida... Não se conformava com o que tinha se transformado nossa casa... Isso tem o quê? Três dias? — Apontou para a esposa, que acomodava uma senhora de idade num colchão colado à parede. Logo souberam que era a mãe dela. — E olhe ela agora! Uma mulher que não tolerava uma poeira, uma desordem... pôs todos os móveis para fora sem pestanejar! — Deu um suspiro e apontou para umas prateleiras improvisadas no lado esquerdo do quarto. — Guardei aquele canto para vocês.

Samuel ouvia o primo, mas não conseguia entender o que, no fundo, ele queria dizer. Um canto? Não teriam um quarto? Era o começo da tarde, estavam cansados, com fome. Fechou os olhos por alguns segundos e tornou a abri-los. O pesadelo era real. Dali para a frente, dividiriam um quarto com mais dez pessoas. As ordens eram estritas: quinze pessoas por cômodo. Pelo menos, estariam em família. Além de Moishe, havia sua esposa, os sogros, duas filhas e quatro netas, que deviam regular de idade com Adele ou até um pouco mais jovens. Seu filho e os genros também haviam sido levados para trabalhos forçados.

Naquele primeiro dia, trataram de desfazer as malas e acomodar os pertences nas prateleiras. Jogaram os lençóis sobre o colchão que trouxeram e um outro que Moishe havia separado para eles. As quatro mulheres dormiriam ali, espremidas. Samuel se viraria com as mantas.

Os mantimentos, utensílios de cozinha e qualquer objeto de uso coletivo foram levados para o sótão, onde uma despensa fora improvisada. Desta forma, controlariam a comida, já que não se sabia quanto tempo aquela situação duraria. Uma das principais regras domésticas dizia respeito ao uso do banheiro. A casa tinha três quartos, uma sala de estar, uma cozinha, sótão, porão e um banheiro. Um banheiro e uma população de setenta pessoas, vinte e cinco delas dormindo na sala. Tinham sorte de ter um banheiro dentro de casa, pois, na maioria das vezes, era externo. Latrinas extras foram cavadas no fundo dos quintais e cortinas improvisadas com lençóis para garantir alguma privacidade. O cuidado com a higiene e, principalmente, o uso racionado da água eram fundamentais para manter a saúde de todos, física e mental.

Cada casa criava suas regras. Em algumas, como na deles, dividiam--se os cômodos por famílias; em outras, mulheres e crianças ficavam separadas dos homens. Um conselho judaico formado por cinco representantes da comunidade — entre eles um rabino, um médico e um advogado — cuidava dos interesses comuns a todos: fornecimento de comida, energia elétrica, saneamento, atendimento médico e, o mais temido, contato com as autoridades húngaras. Tentavam dar um ar de civilidade ao gueto e trazer o máximo de normalidade para o dia a dia.

O muro ainda estava em construção. Carpinteiros trabalhavam na cerca, enquanto famílias cristãs ainda se mudavam para outras áreas da cidade — provavelmente para apartamentos e casas como a dos Dunai. Adele e sua família chegaram três dias antes de a última família cruzar o portão e o local ser, finalmente, isolado do mundo. O pior ainda estava por vir.

43

— Se Deus levou sete dias para criar o mundo, estes húngaros nazistas levaram o mesmo tempo para criar o inferno! — Moishe cuspiu a frase assim que entrou no quarto.

— O que houve? — Havia uma tensão na voz do primo que fez Samuel, imediatamente, pedir silêncio geral. — Por favor, diga logo! — apressou-o.

— O conselho judaico foi desfeito, acabou! Primeiro, eles mandaram todos sair, liberaram as duas sinagogas, a cozinha coletiva, até a *Chevra Kadisha*! Mandaram cercar a área para fazer ali o quartel-general... Depois, mudaram de ideia, foram para a fábrica de cerveja e tomaram o prédio!

— Você pode ser mais claro? — Samuel falou, de forma comedida.

— Mais claro?! — Moishe respondeu alterado. — Os húngaros assumiram o controle do gueto! O comando da gendarmaria de Oradea... Nazistas desgraçados! — Engasgou com as próprias palavras e começou a tossir, quase sufocando.

A esposa correu para acalmá-lo e Samuel pegou um copo d'água. Aos poucos, Moishe foi retomando a cor e o ar. Sentou-se no colchão, abraçado à mulher. Um silêncio sepulcral inundou o quarto. Poucas horas depois, um extenso comunicado foi fixado na porta das casas e por todos os cantos. Durante os dias que se seguiram, até o embarque para Auschwitz, essa foi a única leitura de Adele.

Instruções para o Gueto

I — Geral

1 — O Gueto é guardado por gendarmes. Os gendarmes atirarão nos que deixarem a área sem autorização ou forem apanhados em locais proibidos.

2 — Só podem sair do Gueto judeus com autorização de um gendarme e acompanhados por ele.

3 — Contatos com o mundo exterior são terminantemente proibidos, assim como serviços de correio e contrabando de mercadorias.

II — Alojamentos

1 — Os cômodos designados como alojamentos devem ser numerados em ordem. O número deve constar acima da porta. O gendarme responsável pela casa-dormitório irá escolher entre os judeus do sexo masculino um chefe e um subchefe para cada cômodo.

2 — Devem ser feitas três listas com os nomes dos ocupantes de cada cômodo. Uma será fixada na porta, outra ficará com o chefe da casa — que deve mantê-la sempre à mão — e a terceira com o vice-gendarme responsável pelo grupo. Todas as listas têm de ser escritas com a mesma caligrafia e tinta.

3 — Cada vice-gendarme terá um conjunto de casas sob sua supervisão, com cerca de 1.500 judeus. Os conjuntos de casas serão marcados com algarismos romanos.

4 — Em cada casa, 15 judeus, entre 20 e 40 anos, irão garantir a ordem local. Este número inclui o chefe e o subchefe. Cada homem do grupo de comando usará, na manga esquerda, uma fita amarela contendo, em vermelho, o número da casa em algarismos romanos, a letra "R" e a posição no grupo em algarismos arábicos. O chefe da casa é o 1, o subchefe é o 2 e assim por diante.

5 — Durante o dia, apenas o chefe e seus subordinados poderão deixar o alojamento e somente com ordens superiores. As ordens serão dadas por gendarmes. Visitas estão proibidas.

6 — O horário de despertar é às 6h e o de se recolher às 20h. Entre 20h e 6h, permaneçam em seus cômodos. Só poderão deixar os quartos para cuidar da higiene pessoal e por um curto espaço de tempo.

7 — O Gueto deve permanecer em silêncio também durante o dia, no período entre 6h e 20h. Barulho, cantoria e aglomeração de pessoal são proibidos.

III — Alimentação

1 — As autoridades municipais cuidarão do fornecimento de alimentos assim que as reservas trazidas pelos judeus acabarem. O recebimento e a distribuição dos alimentos ficarão a cargo de um comitê central — formado por um líder e quatro subordinados — e um comitê de cada casa — formado por um líder e dois subordinados. A preparação da comida será feita em cozinhas comunitárias estabelecidas em cada grupo de casas pelo comitê central.

2 — O café da manhã acontece às 7h, o almoço às 12h e o jantar às 18h. A comida será entregue a um ocupante de cada quarto, designado pelo chefe do cômodo. Será escoltado até a cozinha e de volta ao quarto. O pão é distribuído na hora do jantar.

3 — O staff da cozinha será designado pelo chefe da casa. A cozinha está sob jurisdição direta do comandante do Gueto.

4 — Os nomes dos representantes do comitê de fornecimento de alimentos e do staff da cozinha devem ser fixados na porta de cada centro de distribuição de alimentos e cozinha comunitária. Todos devem usar uma fita amarela contendo, em vermelho, o número da casa em algarismos romanos e a letra "E". Exemplo: "III E".

5 — O uso de bebidas alcoólicas é proibido. Quem estiver de posse de qualquer bebida alcóolica deve entregar o produto ao escritório da gendarmaria, localizado no primeiro andar do ginásio feminino.

IV — Regulamento geral

1 — Qualquer questão relativa aos ocupantes de cada quarto deve ser levada ao chefe do cômodo. Este, por sua vez, a levará ao chefe da casa, que a levará ao chefe do grupo de casas. Questões mais importantes serão levadas ao comando do Gueto. O gendarme na chefia tomará a decisão de acordo com as ordens do comando-geral. Da mesma forma, as medidas do comando-geral serão divulgadas, seguindo essa mesma hierarquia, só que de cima para baixo.

V — Regulamento geral interno

1 — Em cada grupo de casas, o chefe deve nomear diariamente uma pessoa para os serviços do dia e outra para as tarefas da casa. Elas ocuparão a função durante 24 horas a partir das 13h do dia em questão até as 13h do dia seguinte. São responsáveis pela execução do regulamento da casa e pelo serviço de mensagens.

2 — O chefe do grupo de casas deve enviar, diariamente, entre 7h e 19h, um membro do grupo de execução de ordens, com as mensagens do dia, ao quartel-general do Gueto.

3 — Os designados para as tarefas do dia devem usar um cartão amarelo, escrito em preto e pendurado no pescoço, com o número da casa em algarismos romanos e o tipo de serviço a ser executado.

VI — Trabalho

1 — A supervisão das tarefas na casa fica sob comando do chefe da casa e do chefe do grupo de casas. Trabalhos externos só podem ser feitos com o conhecimento do chefe do grupo de casas. Trabalhos internos serão designados de acordo com o sexo e a idade e por turnos.

2 — A manutenção da ordem nos cômodos e na casa é de responsabilidade dos chefes dos cômodos e do chefe da casa. A manutenção da ordem nas áreas comuns, como ruas e cozinha, é da responsabilidade do chefe de execução das ordens.

VII — Saúde

1 — Cada grupo de casas terá pelo menos um médico e um local para os doentes. O Gueto deve ter um hospital e uma maternidade.

2 — O médico-chefe indicará o corpo médico e de enfermagem e determinará as tarefas. O médico-chefe da casa se reportará ao médico-chefe militar da cidade em caso de dúvida profissional.

3 — A equipe médica e de enfermagem usará uma braçadeira amarela com o símbolo da Cruz Vermelha.

4 — O local que abrigará o cômodo para doentes, o hospital e a maternidade deverão içar a bandeira da Cruz Vermelha.

5 — O cômodo para doentes, o hospital e a maternidade devem ter duas listas: uma com os nomes do staff, outra com os nomes dos doentes. Uma cópia de cada, assinada pelo médico-chefe, deve ser fixada na entrada.

6 — Os doentes devem se apresentar ao médico às 8h. As internações devem ser feitas pelo médico do grupo da casa em acordo com o médico-chefe. Os médicos devem fazer relatórios minuciosos e precisos.

7 — É da responsabilidade do médico-chefe isolar e tratar casos de doenças contagiosas.

8 — É da responsabilidade do médico-chefe reportar imediatamente nas cimentos, mortes e doenças contagiosas ao quartel-general do Gueto e, no caso de doenças contagiosas, tomar medidas de proteção imediatas.

9 — Médicos devem estar alertas para o cumprimento das regras relacionadas com a higiene nos alojamentos. A inspeção das cozinhas e banheiros será rigorosa.

10 — Onde não houver sistema de calhas, o esgoto será lançado nas latrinas ou em local designado pelo chefe da casa. Se houver entupimento, o banheiro será lacrado e latrinas serão, imediatamente, cavadas no jardim. O lixo será jogado em local designado pelo chefe da casa. O acúmulo de lixo será encaminhado para um local de coleta indicado pelo médico-chefe

VIII — Prevenção de incêndios

1 — Uma brigada de incêndio, com 6 a 10 homens, será organizada para cada casa e, com 25 a 30 homens, para cada grupo de casas. Os chefes da casa e do grupo de casas serão responsáveis pela formação das brigadas.

2 — Baldes cheios d'água são obrigatórios em todos os quartos durante a noite.

3 — É proibido fumar nos quartos e no sótão, bem como acender fósforos ou isqueiros perto de materiais inflamáveis.

IX — Blackouts e ataques aéreos

1 — Durante o dia, é proibido acender luzes em cômodos sem blackout total.

2 — Ao soar das sirenes antiaéreas da cidade, todos que estiverem fora devem correr para casa e buscar abrigo no porão.

X — Regras de comportamento

1 — Os homens têm de tirar o chapéu e baixar a cabeça, de forma polida, toda vez que passarem por um oficial húngaro ou alemão, independentemente da patente. Se forem chamados, devem permanecer imóveis, em sinal de atenção, com a cabeça descoberta. Quando um oficial entrar em um cômodo, o primeiro que o vir tem de gritar "Atenção!". Todos devem parar imediatamente o que estiverem fazendo. O chamado vale também para as mulheres. O chefe do cômodo e o chefe da casa têm de se apresentar à maneira militar.

2 — O respeito à moral e aos bons costumes é condição básica para o convívio coletivo. Não serão tolerados atentados ao pudor.

XI — Relatórios

1 — Qualquer mudança no número de pessoas de cada cômodo ou casa — seja por falecimento, internação ou alta do hospital — tem de ser imediatamente comunicada ao comando do grupo de casas.

2 — As ordens do dia serão passadas em duas reuniões — uma pela manhã e outra à tarde —, nas quais estarão presentes os chefes do comando de execução de tarefas e os designados para executá-las.

XII — Inspeção

Além dos comandos para supervisionar tarefas em cada grupo de casas, estaremos no controle total do cumprimento deste regulamento através de constantes patrulhas no Gueto. Quem desrespeitar as regras será preso imediatamente.

Este regulamento deve ser fixado na porta de entrada de cada construção — casa ou prédio — e em todos os andares, quando houver mais de um piso.

Nagyvárad, 10 de maio de 1944
Assinado: Comandante do Gueto e
Batalhão de Recrutamento de Gendarmes

44

Rio de Janeiro, julho de 1999

— "Assinado: Comandante do Gueto"...

Amália engoliu o gosto amargo da leitura antes de levantar os olhos e encarar Adele. O pedido fora inusitado e inesperado. Mais uma vez, Adele deixara a sala repentinamente, voltando cinco minutos depois, desta vez com uma caixa de madeira maciça, pequena, que abriu com uma chave grossa de metal. De lá, tirou um envelope velho e desgastado. Dentro, havia folhas escritas em alemão, num papel sem pauta. A letra desenhada e linear era a mesma do postal que Frida guardara por anos. Adele desdobrou as folhas bem marcadas pelos vincos.

— Seu alemão é fluente? — perguntou para Amália, que respondeu afirmativamente. — Você poderia ler, traduzindo para nós? Não consigo ler em voz alta estas palavras...

Antes que Amália começasse a ler, Adele contou que aquelas páginas continham as regras do gueto em Oradea. Estavam originalmente escritas em húngaro. Ela mesma as passara para o alemão — um trabalho realizado às escondidas. Haveria um dia em que o mundo iria desmascarar aquelas pessoas, assim acreditava na época. Aquelas folhas haviam sido colocadas nas mãos de uma não judia, casada com um judeu que também estava na casa de Moishe, no gueto.

— Eles também eram de Berlim. Tinham vindo para Oradea depois de nós. O homem tinha origem húngara. Já ela era alemã e com parentes bem relacionados no Reich. Conseguiram que ela voltasse para a Alemanha, assim como o filho do casal, de dois anos. Ela se prontificou a levar o manuscrito e passá-lo para militantes que, por sua vez, tentariam fazê-lo chegar às mãos dos Aliados. Mas de nada adiantou... Fomos deportados três semanas depois. Anos mais tarde, quando eu já morava no Brasil, recebi uma carta de um dos filhos de Moishe, Andras. Outro que foi levado para trabalhos forçados, mas conseguiu sobreviver. O envelope com as folhas traduzidas nunca tinha saído de Oradea. A tal mulher ficou com medo e o deixou escondido na casa de uma idosa. Depois que a guerra acabou, ela voltou à cidade e o entregou a Andras, único sobrevivente dos Dunai na cidade. Andras era amigo de Norman e dos meus tios. — A imagem dos quatro juntos lhe veio à cabeça. — Como só nós, as Eisen, era assim que nos chamavam, falávamos alemão fluente, ele concluiu que a letra seria de uma de nós.

Enquanto traduzia para o português, em voz alta, Amália demorava, às vezes, para entender, não que lhe ocorresse qualquer limitação linguística, mas pelo absurdo do conteúdo. Aquilo não podia ser real, pensava consigo mesma.

— Isto tudo é tão... — Haya levantou-se, agoniada. — É tão sem sentido! Arrancar pessoas de suas casas para prendê-las num cômodo? Isolá-las para quê? Vocês iriam fugir para onde? — Ela emendava uma pergunta na outra. — É horrível o que fizeram com vocês! Não bastassem os *campos*... Isso é de enlouquecer. Eu enlouqueceria. — Sentou-se novamente e levou as mãos à cabeça.

— Muitas pessoas enlouqueceram mesmo, outras cometeram suicídio... Os alemães gostavam de regras, manuais... Minha mãe sempre dizia isso! Eram exímios cumpridores de ordens... e criadores de ordens. Se você observasse, por um minuto apenas, o movimento dos homens pelo gueto... e depois no *campo* também... veria uma estranha coreografia. Revezavam o andar apressado com congelamentos súbitos quando um oficial passava. Tiravam o chapéu, as boinas, e apressadamente baixavam a cabeça. Depois, retomavam o passo ligeiro para, de novo, congelarem... Quem não obedecia podia morrer a qualquer momento, estupidamente. Sempre as malditas regras sem explicação. Eva trabalhava no hospital do gueto, usava uma braçadeira amarela com algarismos e letras e mais algarismos. Não podia jamais desviar o trajeto, mesmo que fosse para encurtá-lo.

Adele pegou as folhas traduzidas das mãos de Amália e passou os olhos por elas, como quem via imagens no lugar das letras. Dobrou-as rapidamente e prosseguiu.

— Meu avô era o responsável por nossa casa. Mas isto não significava nenhuma regalia, só mais dores de cabeça. Ouvia reclamações vinte e quatros horas por dia! Banheiro entupido, cômodos fétidos por causa das janelas fechadas, bebês chorões, velhos roncadores. Sentíamos fome. A principal refeição era uma sopa de batatas rala. A luz era cortada às oito da noite. Não podíamos ler, muito menos conversar ou ir ao sótão ver as estrelas. Ficávamos imóveis, esperando um sono que jamais vinha. — Pela primeira vez, Adele sorri. — Mas eu, pelo menos, tinha algo que os outros não tinham... — Pegou as mãos da filha entre as suas. — Eu tinha você crescendo dentro de mim... Acredite, ter você comigo duplicava minhas forças.

Os olhos de Haya, fixos no infinito, não piscavam. É como se ela percebesse, naquele exato momento, que Adele fora muito além de lhe dar à luz. Adele lutou por aquele ser que ainda nem se formara completamente.

— Adele, eu posso lhe fazer uma pergunta? — Amália não queria apressar a história, mas tinha também suas ansiedades. — Por que mandaram vocês para Auschwitz se a guerra estava próxima do fim?

Haya sentou-se no braço da poltrona, ao lado da mãe. Agora, as duas é que estavam de frente para Amália.

— Eu me fiz esta pergunta muitas vezes, depois que a guerra já tinha acabado. Já vivíamos no Brasil. Tínhamos um vizinho, o Rufino Luz, que se tornou um grande jornalista. Foi a primeira pessoa que teve coragem de me perguntar sobre isso, mais de quinze anos depois — ela aponta a tatuagem. — As pessoas desviavam o olhar, fingiam que o número borrado não as incomodava. Ele não. Ele queria saber sobre os *campos*, sobre Auschwitz. Enoch foi contra. Achava que mexer na ferida só iria machucar. O Rufino me fez essa mesma pergunta: por que nos mandaram para o *campo* se a guerra estava praticamente perdida? Me mostrou jornais da época, muitos deles americanos, que ele tinha traduzido. Fiquei sabendo que os russos estavam estacionados à margem do rio Vístula enquanto os poloneses eram massacrados na revolta de Varsóvia. Que os americanos e ingleses sabiam a exata localização do *campo*, mas não bombardearam os crematórios nem as linhas de trem, o que teria dificultado a chegada dos transportes. Que, entre maio e junho de 1944, quase trezentos mil judeus da Hungria chegaram, como eu, em Auschwitz. Enquanto isso, os Aliados libertavam Roma e desembarcavam na Normandia. Percebi que o extermínio dos judeus era uma batalha à parte, em que os alemães não tinham adversário... A Wehrmacht e as ferrovias do Reich deram prioridade às deportações em vez de reforçarem, por exemplo, a ajuda ao Eixo para deter os soviéticos. Ou seja, foi exatamente o contrário: o prenúncio da derrota acelerou o extermínio! — Adele fixou o olhar em Amália. — Foi desta guerra que eu participei. E ela estava apenas começando naquelas poucas semanas no gueto... Não apenas pelas condições subumanas. Havia a tortura física também.

Uma sensação incômoda percorreu Amália. Tortura era uma palavra que pontuara sua infância.

— Eram torturas para extorquir mais dinheiro e bens que pudessem ter sido deixados com amigos fora do gueto. O quartel funcionava no prédio da antiga cervejaria. O local era conhecido como *Mint*, "casa da moeda" — ela traduziu com ironia. — Um local onde se cunhava dinheiro com sangue... Todos os dias, dezenas de pessoas eram levadas para interrogatórios. Os gendarmes queriam os nomes daqueles com quem tínhamos deixado o que não tínhamos levado. Imaginavam tesouros escondidos, barras de ouro, diamantes. Como se fosse possível segurar economias depois de cinco anos de guerra. No caso da nossa família, o pouco que tinha sobrado estava com Nicolai e Itzak. Meu avô foi levado para o *Mint*... Depois de três dias, estava de volta. Só sabemos que não denunciou os amigos. Eles próprios se apresentaram depois de uma anistia-relâmpago na cidade, incitando todos a entregar pertences guardados de judeus. Meu avô começou a definhar ali. Depois, viemos a saber dos métodos de tortura dos húngaros, que não diferem muito dos que existem até hoje. Meu avô transformou-se num corpo à espera que o levassem para junto de sua alma.

Adele entrou em detalhes que acenderam em Amália sua própria história.

Na dor — ou no amor, ou em qualquer sentimento, mas me fixo agora na dor —, o ser humano é a sua própria medida. Não há grau de comparação. Assim como duas pessoas não ocupam um mesmo lugar ao mesmo tempo, é impossível sentir como o outro sente. E a gente sempre acaba achando que nossa dor é mais dolorida que a do outro. Ser filha de pais torturados que seguiram para o exílio me fez pensar assim. Ninguém na minha escola, quando cheguei a Portugal, tinha ideia do que era sofrimento. Ainda pequena, em Moçambique, eu afundava o rosto no travesseiro e apertava as orelhas para não ouvir os gritos de minha mãe por conta dos pesadelos que, vez por outra, a assaltavam. Aos catorze anos, soube dos choques, das cacetadas na planta dos pés, dos dias e noites em total escuridão com música em alto volume, dos amigos que não voltaram, dos que voltaram apenas sombras do que foram. O que os meus pais tinham sofrido era o pior que o ser humano podia sofrer, eu pensava. Me orgulhava deles, de seu altruísmo, despojamento. Queriam um mundo melhor. Acreditavam numa causa e por ela arriscaram a própria vida.

"Primeiro foram os mais ricos. Depois, éramos apanhados ao acaso." Foi assim que levaram Samuel, ela conta. "Na fila do pão, na cozinha comunitária, os homens esperavam horas em pé, em pânico. Os gendarmes passavam e escolhiam, como quem escolhe um melão na feira." Fios nos genitais, correntes elétricas ininterruptas por meia hora, jatos de água no ânus, unhas arrancadas. Alguns dos métodos descritos por Adele. Quero contar-lhe que outros pais também foram torturados, como se, aproximando as dores de nossos entes queridos, nos aproximássemos, eu e ela. Um forte "não" ecoa como um grito em minha cabeça. É impossível sentir como o outro sente. A tortura, de certa forma, guiou o trajeto dos meus pais para o que eles são hoje. O discurso deles — profissional ou pessoal — é impregnado desta memória do corpo. E vive em mim como se carregasse uma espécie de carga genética heroica. Com Adele é diferente. Não há defesa de ideais, não há divagações sobre os porões da ditadura. Seu avô foi torturado porque estava no lugar errado na hora errada. "Três dias depois de meu avô ser solto, algo começou a mudar no gueto." Da boca de Adele, a tortura surge como algo que levou a energia de seu avô e pronto. "As ruas começaram a ficar desertas. Eva entrou em casa esbaforida." Eva, sempre ela. Portadora das más notícias, penso.

45

Gueto de Nagyvárad (Oradea), fim de maio de 1944

Eva subiu as escadas com o coração acelerado. Abriu a porta do quarto, num rompante. Assumira a chefia do cômodo na ausência de Samuel e assim permanecera mesmo depois de este voltar do *Mint*. Naquele momento, até ele, que passara os últimos dias jogado no colchão, calado, olhar fixo no teto, virou o rosto para a neta.

— Atenção! — exclamou, ainda ofegante. — Estamos sendo transferidos!

Depois de alguns segundos de completo silêncio, perguntas, exclamações indignadas e desesperos explodiram no ar. Todos falavam ao mesmo tempo, o que dava ao ambiente um cheiro de hálito velho. Adele levou as mãos à boca, nauseada. Um enjoo que ela atribuía à condição em que viviam, independente da gravidez. Dividia um quarto com quinze pessoas que mal se alimentavam, escovavam os dentes com cerdas desgastadas e secas, lavavam a roupa íntima com pingos de água e raspas de sabão. Desde que chegara ao gueto, havia quase três semanas, não tomara um banho decente. Evitava olhar-se ao espelho. Ainda não se acostumara com os cabelos mais curtos, pouco abaixo das orelhas. A ordem de cortá-los fora dada poucos dias antes e valia para todas as mulheres, jovens ou velhas. O que poderia ser pior do que aquilo?

As pernas estremeceram e ela se encostou na parede, escorregando até o chão.

— Adele! Você está bem?

Eva correu para acudir a irmã, que fez um sinal positivo ao mesmo tempo que pedia que ela continuasse.

— Muito bem, escutem todos! Eu preciso que prestem atenção! — O tom alto veio acompanhado de um assobio curto e preciso.

De novo, o silêncio. Adele viu-se criança, nas ruas do Mitte, com Eva a liderar meninos e meninas, qualquer que fosse a brincadeira.

— Algumas ruas já foram isoladas. Os gendarmes montaram postos de segurança para impedir nossa entrada. Eu e o pequeno Boris conseguimos furar o bloqueio e chegar à rua Kapucinus. — Apontou para o menino, que morava no quarto ao lado e conhecia atalhos pelos jardins e quintais sem cerca, bueiros camuflados, passagens entre os prédios.

— Fale logo, filha! — Tzipora exclamou, impaciente.

— Não há uma viva alma, ninguém! — Os braços caíram pesados ao lado do corpo. — Entramos nas casas, nos prédios! Colchões e lençóis espalhados pelo chão, móveis, utensílios de cozinha, brinquedos de crianças largados pelos cantos... e, nas calçadas, roupas esparramadas, pegadas ainda frescas na poeira da rua... como se tivessem fugido de uma peste, sem tempo para pegar o que caía pelo caminho.

— E quando será a nossa vez? — a voz de Samuel soou do fundo, enquanto se adiantava para perto da neta. — Melhor falar de uma vez, Eva.

— Para evitar desordem, o gueto foi dividido em áreas. A nossa é a quinta. — Eva encarou o avô. — Partiremos em quatro dias, contando com hoje. Até lá, estão todos proibidos de deixar a casa, com exceção dos líderes. — Tirou a braçadeira e passou-a a Samuel. — É sua, vovô. — Deu-lhe um beijo na bochecha.

Era a primeira vez que Samuel se manifestava desde que fora levado para o interrogatório no *Mint*.

— Estou velho para isso. — Devolveu o beijo e a faixa amarela, sussurrando no ouvido de Eva: — Você tem sido mais líder do que qualquer um aqui. — Depois, elevou o tom novamente. — E o que mais descobriram? Alguma ideia de para onde estão nos levando? — O cenho franzido demonstrava a preocupação.

— Não... — Eva respondeu em meio ao desânimo. — Só sei que o gueto será totalmente esvaziado. A cidade de Oradea vai ficar *livre* dos judeus. Nem as exceções serão poupadas. — Repôs a braçadeira e fez sinal para que todos se aproximassem. — Temos de nos preparar. Cada um tem direito a uma bagagem e um saco com alimentos. Sugiro que façamos mochilas, são mais fáceis de carregar, ficamos com as mãos livres. Podemos usar cortinas e tapetes. — Virando-se para Moishe, perguntou: — A máquina no sótão está funcionando?

— Sim — ele balançou a cabeça.

— Então, mãos à obra. Lembrem-se: separem apenas o necessário. Um bom par de sapatos, casaco, gorro. Espero que não tenhamos de enfrentar mais um inverno com guerra... mas, se tivermos, precisamos estar preparados. — Ela dava ordens ao mesmo tempo que acalmava as pessoas. — E vistam roupas umas por cima das outras, assim economizamos espaço.

Adele recostou-se no colchão enquanto observava a irmã ajudando um e outro. Com Eva por perto, tudo sempre corria bem. Ela era como o pai, tinha iniciativa e solução para tudo. Fechou os olhos e deixou-se embalar num sono sereno.

No começo da noite, a casa recebeu mais um homem e uma mulher. Vieram atrás de Samuel Dunai. O homem pulava com uma só perna, a muleta apoiada na axila. A mulher carregava duas malas. Samuel desceu apressado as escadas e abraçou o amigo. Itzak retribuiu, retraído. Em seguida, subiram para o cômodo.

— Eu não tinha mais ninguém para procurar — disse, num misto de vergonha e alívio. — Achei que você não olharia mais na minha cara... Me perdoe, Samuel. Eu tive de entregar tudo! Eles ameaçaram minha família, ameaçaram nos prender!

— Itzak, me escute. — Samuel o sacudiu pelos ombros. — Pare com isso, homem! Precisamos saber o que está acontecendo lá fora. Você tem ideia de para onde vamos? Os americanos continuam avançando? E os russos?

Emendava uma pergunta na outra. Estavam isolados desde o começo de maio, sem comunicação com o mundo externo.

Itzak não foi de muita ajuda. Contou que, de certa forma, ele e outros judeus haviam passado as últimas semanas em reclusão voluntária. Estavam isentos do uso da estrela amarela, mas do que valia? Os vizinhos sabiam que eles eram judeus, o chefe de polícia também. Pelo menos ele conseguira tirar o filho dali. O rapaz cruzara ilegalmente a fronteira com a Romênia e estava escondido num vilarejo no interior do país. Itzak preferiu não saber o nome. Até os médicos judeus que haviam permanecido na cidade para atender a população local — não havia doutores cristãos suficientes — acabaram sendo mandados para o gueto. Da mesma forma, cristãos casados com judeus que não quiseram abandonar esposas ou maridos e filhos.

— Lembra-se do Dr. Pinkus? — Itzak aproximou o rosto e baixou o tom da voz, quase num sussurro. — Envenenou a própria mulher e a filha e, em seguida, tomou ele o pó maldito! Encontraram os corpos secos, caídos no chão. E não foi o único caso...

Samuel já não prestava atenção ao relato, preocupado com o destino que os esperava. Todos se ocupavam do que levar e de como acomodar tudo na bagagem. Adele optou pela pequena maleta com o enxoval do bebê. Amarrou um urinol na alça. Com cinco meses, a barriga mal aparecia. Não tinha dores nas pernas nem no corpo. Até agora, a gravidez lhe fora leve.

Partiriam no dia seguinte. Eva, uma das poucas pessoas na casa com autorização para sair, voltou no final da tarde. O gueto tornava-se fantasma. Nas ruas desertas, o cheiro dos que lá tinham morado impregnava o ar. Mas não havia mais ninguém. Eva subiu até o quarto. As bagagens estavam arrumadas num canto, umas sobre as outras, mas sem desordem.

— Sugiro que façamos algo diferente nesta última noite aqui! — ela tentou ser otimista, mas não recebeu sorrisos de volta.

— Estamos todos no mesmo barco. — Samuel se adiantou para ajudar a neta. — Já levaram metade da população do gueto... não temos ideia para onde! Mas não vamos esmorecer... A guerra está no fim! Os alemães é que irão se render, não nós! O que você sugere, Eva?

— Que sentemos no jardim para ver o céu! — Era o que de mais próximo da liberdade ela podia imaginar naquele instante.

— Você está maluca, menina! — Moishe rebateu. — Estamos proibidos de sair do quarto! O que dizer da casa!

— O que importa isso agora? Amanhã iremos embora! — ela tentava animar a todos. — A polícia do gueto vai nos prender para quê? Não temos nada a temer!

O súbito vigor de Eva contagiou os corpos cansados. Foram levantando aos poucos e, numa fila indiana de corpos curvos e suados, seguiram-na pelo corredor até a parte externa. A eles se foram juntando, lentamente, os habitantes dos outros cômodos. Em alguns minutos, os setenta moradores que, durante semanas, dividiram a casa de Moishe Dunai se encontraram para uma confraternização silenciosa sob um céu sem lua e sem estrelas.

Entre eles, estava o jovem rabino Rosenthal, a esposa e os quatro filhos pequenos. Qual Moisés no deserto, o rabino pôs-se à frente do grupo e cobriu os olhos com a mão direita. Não foi preciso dizer nada. Todos, até as crianças, repetiram o gesto. Assim, apenas com os ruídos da noite daquela quarta-feira, último dia de maio, rezaram o *Shemá*. Poucos dias depois, a oração seria repetida, conduzida pelo mesmo rabino, mas, dessa vez, no fim do caminho.

46

Assim como na véspera da ida para o gueto, ninguém dormiu naquela noite. Era ainda madrugada quando a ordem para que se apresentassem à frente da casa foi dada. Os chefes dos quartos organizaram a saída de cada cômodo. Os grupos iam se alinhando, sob os olhares atentos dos gendarmes. Evitavam contato visual. Qualquer segundo a mais resultava em açoitadas, chutes e xingamentos.

— Você! — O gendarme apontou para uma jovem encolhida entre os pais. — *Prostituált!* — Mandou que desse um passo à frente.

Ela imediatamente cumpriu a ordem, a cabeça baixa. Apesar da altura, não teria mais de quinze anos. Tamanho era o silêncio em volta que se podia ouvir o ranger de seus dentes. O soldado — arrogância duplicada por causa da farda — também era bem jovem, talvez pouco mais velho que a menina. Parecia estar ali para se divertir. Pediu que ela se abaixasse e limpasse o seu coturno. Sem saber o que fazer, ela virou o rosto, desesperada, para o pai. O movimento foi seguido do baque de um porrete nas pernas dela. A moça curvou-se e caiu no chão.

O pai se apressou em socorrê-la. O gendarme partiu para cima dele desferindo golpes nas costas, na barriga, no crânio. Berrava "*Zsidó disznó, disznó, disznó!*". Judeu porco, porco, porco. A jovem permanecia no chão, paralisada, em estado de choque. A mãe, descontrolada, começara a berrar. Teve rapidamente os gritos abafados pelo açougueiro Eli e suas mãos de gigante.

— Quieta! — ele sussurrou. — Vai acabar matando todos nós!

O gendarme estava tão absorto em sua tarefa de espancar que nem percebeu que o homem não reagia mais. Estava morto. A filha levantou-se sem dizer uma palavra e seguiu para perto da mãe. O gendarme fez sinal a dois homens, na frente da fila, para que tirassem o corpo do caminho. Um segurou as pernas; o outro, os braços. Levaram-no rapidamente para o jardim lateral da casa e o depositaram perto de uma árvore. A esposa desvencilhou-se do açougueiro e, gritando enlouquecida, foi atrás do corpo do marido. A filha fez menção de segui-la, mas foi puxada por Samuel assim que o soldado sacou a arma e atirou, atingindo a mulher pelas costas. O corpo tombou a poucos metros do outro corpo. Menos de cinco minutos depois, o grupo recebeu ordem de marchar em fila indiana.

— Aperte a minha mão com toda a força. — Adele esticou o braço para a moça, que caminhava como um zumbi. — Nós estamos juntas, você compreende? — A jovem balançou a cabeça, lentamente. — Como é seu nome? O meu é Adele — completou.

— Haya, eu me chamo Haya — ela apenas murmurou, enquanto apertava a mão de Adele.

— Haya — Adele repetiu. — Haya significa *vida*. Nós vamos viver.

Meses depois, seria Adele a apertar as mãos de Haya, com mais força ainda, no nascimento de sua filha.

47

Caminharam até o Rhedey Park com os primeiros raios de sol despontando naquela pálida manhã de primavera. Homens fardados descansavam sob as árvores, enquanto passarinhos cantavam, alheios à massa humana que se aproximava. Sobre os trilhos que cortavam o parque, ladeados por arbustos, os vagões estavam abertos. Era uma composição enorme.

— Eles vão nos transportar em vagões de gado?! — Eva exclamou.

— Para onde irão nos levar? — Samuel repetia a pergunta que fizera incessantemente nos últimos dias.

A multidão ia se afunilando à medida que caminhava na plataforma. Adele esticou o pescoço e pôs-se na ponta dos pés, olhou para a frente e para trás. Deviam ser uns trinta, quarenta vagões. Contou por alto. Duas largas tábuas de madeira, em cada porta, funcionavam como rampas.

— *Gyorsan, gyorsan!* Depressa, depressa! Mais rápido! — berravam os soldados húngaros ao mesmo tempo que empurravam os mais lentos com porretes e pontas de armas para dentro dos vagões.

Um casal de civis acompanhava a estranha procissão com a empáfia de quem havia sido convidado para um evento exclusivo. Impossível não percebê-los. Ele, num terno escuro, bem cortado, verniz nos sapatos e chapéu primoroso. Ela, num vestido em tom pastel, sandálias com salto, uma *écharpe* envolta no pescoço e um sorriso cortês congelado no rosto. Vez por outra, o homem aproximava a boca do ouvido da mulher. Ela balançava a cabeça e ria baixinho. Adele, comprimida entre a irmã e a jovem Haya, protegia a barriga com a mão esquerda. Era no mundo destas pessoas que teria seu filho? Mais uma de tantas perguntas sem resposta.

Samuel ia na frente com Tzipora de um lado e Fruma do outro. Vez por outra, alguém tropeçava e quase era pisoteado. Crianças choravam. Alguns velhos eram carregados no colo.

— Meninas! — O avô gritou sem olhar para trás. Era impossível virar o corpo. — Fiquem juntas e não desgrudem de mim. O que quer que aconteça, agarrem em mim!

A voz de Samuel se misturou ao burburinho que crescia à medida que os vagões eram cerrados. Um jovem SS, num uniforme impecável, disputava com os húngaros a chefia da operação.

— *Schnell, schnell!* Depressa, depressa! — grunhia, irritado, enquanto corria a porta de um vagão e passava um cadeado. — E não banquem os engraçadinhos! Se alguém tentar fugir, um em cada dez de vocês será morto!

Samuel apressava e diminuía o passo à medida que se aproximavam da rampa. Algumas pessoas entraram em pânico, mas não havia para onde correr. Fruma respirou fundo e agarrou a mão do marido.

— Temos de ficar no fundo do vagão, ou nas laterais — disse, enquanto subiam em meio a cotoveladas, chutes e gritos.

Tzipora apertou o pulso do pai, sufocada pela parede humana, compacta, à sua frente. Não havia mais volta. Tinha de permanecer forte, nem que fosse pelas filhas. Adele e Eva, logo atrás, sentiam-se como a mãe. Como era mais alta, Eva enxergava, dali, o interior do vagão.

— Vamos para a direita, perto da janela! — Ela tomou a frente do avô assim que cruzaram a porta.

Acomodaram-se no chão encardido com as pernas dobradas, as costas grudadas na parede e a bagagem na frente. Numa das trouxas tinham trazido pão, água, geleia e algumas conservas. A pergunta de Samuel permanecia no ar: para onde vamos? Como estabelecer um racionamento se não se sabe quanto tempo a viagem vai durar? Havia apenas duas janelas, pequenas aberturas na parte superior do vagão, bloqueadas com arame farpado. O ar entrava por ali e pelas frestas da madeira. Assim como a pouca luz que clareava o interior.

Entre setenta e oitenta pessoas foram imprensadas ali como pepinos numa conserva. Cada uma havia recebido uma porção de pão preto antes do embarque. Segundos antes de cerrar a porta, os soldados passaram dois baldes, um com cerca de seis litros de água e outro vazio, para as fezes e urina. Seria o sinal de uma viagem curta? Seis litros para setenta pessoas? Significava um copo pequeno por cabeça.

Ouviu-se o barulho da madeira escorregar pelos trilhos da porta do vagão e a forte luz da manhã se distanciar. Logo depois, os cliques da trava de ferro e do cadeado. O vagão ficou na penumbra, o ar abafado. Aos poucos, parentes, amigos e simples conhecidos foram se realocando, ficando próximos dos seus. Dr. Manea, respeitado médico de Oradea, foi designado para gerir a água e determinar as regras de higiene. Rapidamente se improvisou uma cortina, com um lençol, para o local destinado ao balde-banheiro. Era próximo a uma das janelas. As fezes e a urina teriam de ser lançadas dali. Também era a área mais ventilada.

O apito da locomotiva soou. A composição começou a se mover, as pesadas rodas giravam lentamente. Eva levantou-se e, na ponta dos pés, alcançou a abertura na parte superior do vagão. O homem e a mulher — os civis de roupas elegantes — acenaram do mesmo lugar onde tinham permanecido durante todo o embarque. Sabiam que aquelas pessoas não iriam voltar.

— Preciso subir mais! — Esticou o pescoço o máximo que pôde.

— Apoie aqui. — O desconhecido que sentara ao lado, com outra família, apontou para o próprio joelho, fazendo uma escadinha.

Ela subiu rapidamente e fixou as mãos na borda da janela e, em seguida, esticou o arame. O que mais a preocupava, e a todos no trem, não era a frieza do casal. Eles precisavam saber quem escoltaria a composição.

48

— Os húngaros entraram! Os gendarmes húngaros entraram! Os alemães ficaram de fora! — Foi um grito aliviado em meio a respirações ofegantes.

Eva desceu e abraçou o avô. Parecia que, finalmente, algo estava a favor deles.

— Vamos permanecer na Hungria! — Samuel finalmente tinha a tão desejada resposta.

— Eu sabia que as forças húngaras não nos entregariam assim, de mão beijada, aos alemães! — alguém falou mais atrás.

Alguns permaneciam pendurados na pequena janela numa despedida melancólica da cidade onde haviam nascido e crescido. As construções tornavam-se menores no horizonte à medida que o trem ganhava velocidade sobre a ferrovia. Até então, rodara sobre a linha urbana.

Aos poucos, os grupos foram se acomodando. Estava claro que seria impossível mudar de lugar, tampouco deitar-se. Sentavam-se com as pernas dobradas e, quando alguém levantava para esticá-las, outro alguém fazia o mesmo na horizontal. O local improvisado como banheiro ficava no lado oposto ao de Adele e a família. Samuel olhou o mar de gente. "Nem Moisés abriria espaço aqui", pensou. Adele parecia estar em sintonia com o avô.

— Eva! — Voltou-se para a irmã, segurando o urinol. — Pelo menos não teremos de usar aquele balde! Eu não aguentaria... — Apontou para a massa compacta de gente.

Adele soltou a peça esmaltada, feita de ágata, da alça da maleta. Em seguida, Eva pediu à mãe a pequena faca de cortar pão. Virou-se para a parede do trem e talhou: "Dunai e Eisen, 31/05/1944, I". Até o destino final, a cada manhã riscaria um novo tracinho.

Também decidiram criar suas próprias regras de sobrevivência. Juntaram os pães que receberam e os entregaram todos a Tzipora, que ficou responsável pela distribuição da comida, assim como da água armazenada em três cantis. Formavam um grupo de seis pessoas. A jovem Haya não soltara a mão de Adele desde o frio assassinato dos pais.

O destino do trem permanecia incerto. No lado esquerdo, alguém dissera que seguiam para norte, rumo à fronteira com a República Eslovaca. O boato foi rapidamente abafado. Outro ouvira de fonte segura — uma datilógrafa do escritório central da gendarmaria — que algumas vilas no interior da Hungria estavam sendo preparadas para receber judeus. À medida que as horas passavam, não havia mudança de rota. Seguiam mesmo para o norte. As paredes e o teto absorviam o calor, transformando o vagão numa estufa.

Os homens tiraram ternos e camisas, ficando só com as camisetas. As mulheres despiram as camadas de roupa que se sobrepunham, as meias e desabotoaram as blusas e os vestidos, deixando as roupas íntimas à mostra. As peças de roupa, dobradas em montinhos, passaram a servir de almofadas. As crianças ficaram praticamente nuas.

O cheiro da urina misturado ao do suor impregnava o ambiente. Quando o balde chegava na metade — assim se evitava que a urina fosse derramada e tornasse mais imundo o vagão —, era passado de mão em mão até chegar à janela, de onde o conteúdo era lançado. Como Adele, outras pessoas haviam trazido urinóis. Alguns usavam panelas. O mesmo ritual se repetia para esvaziar os vários recipientes. Era a única opção para quem estava no fundo do vagão. Não havia como andar até o banheiro improvisado sem pisar nos outros.

Os bebês esperneavam, choravam de sede. Como explicar a um ser com menos de um ano de idade que ele tinha de ficar parado, que não era possível lhe dar mais do que dois goles d'água?

— Façam esta criança se calar! — gritou um senhor cuja esposa apertava a cabeça entre as mãos. — Calma, querida, já estamos chegando... — Ele tentava acalmar a mulher em surto.

— O que vocês querem? Que eu o jogue pela janela? — A jovem mãe vociferou, apertando o filho ao peito.

As discussões se alastravam. A sede era pior que a fome. Assim, Dr. Manea liberava mais um pouco do precioso líquido e, por alguns minutos, os ânimos se acalmavam. Os que haviam trazido suprimentos os guardavam como tesouros.

Tzipora cortou finas fatias de pão e as besuntou com um pouco de geleia do pote escondido na trouxa de roupas. Tentou, mas não conseguiu evitar os olhares observadores em volta.

— O que eles querem é nos transformar em bichos — sussurrou para si mesma. — Tome, coma! — esticou o braço para o menino com olhos fixos na fatia salpicada de vermelho.

— Obrigado — ele agradeceu, depois de ter devorado o pedaço.

A mãe do menino esboçou um sorriso. "Sim, ainda somos humanos", Tzipora retribuiu com outro sorriso.

O pai do menino e Samuel entabularam uma conversa. Sem apresentações, falavam somente do que era de interesse imediato.

— Não são boatos — o homem sussurrou. — Estamos indo na direção de Kassa. Já fiz este trajeto algumas vezes... Eram outros tempos, vendi muita mercadoria lá.

— Kassa? Por que nos deixariam na fronteira? Como viveremos nas montanhas? — Samuel rebateu, confuso.

O homem levantou os ombros. Carregava as mesmas perguntas que ele.

— Samuel — Fruma voltou-se para o marido —, ajude Adele a se levantar! Ela precisa esticar as pernas!

Samuel comprimiu os lábios e baixou levemente a cabeça antes de virar-se para ajudar a neta. Mal ela se ergueu, sentiram o tranco da composição. As pessoas começaram a se levantar, assustadas. As crianças se agitaram. Novamente com a ajuda do desconhecido, Eva chegou ao pequeno orifício na parede.

— Estamos em Kassa! — O grito se misturou aos pedidos de água que vinham da outra janela e de outros vagões.

Mulheres e crianças esticavam os braços e passavam canecas pequenas por entre o arame farpado. Um gendarme se aproximou com um garrafão. As canecas eram trocadas rapidamente por outras vazias. Eva esticou a mão, os olhos baixos para não encarar o jovem fardado que se divertia com o ir e vir desesperado de braços.

— Soldado! — a voz de comando fez com que ele se afastasse rapidamente.

O trem voltou a andar, lento, afastando-se da estação, e parou alguns quilômetros mais à frente. Houve um rápido burburinho, seguido de silêncio e respirações contidas. Ouviu-se o barulho da chave no cadeado, o destravar da barra de ferro e a porta escorregando sobre o trilho. Era fim de tarde — o sol havia baixado. Mesmo assim, a maioria tapou os olhos com a mão diante da súbita claridade.

— Um homem por vagão. Rápido. Vá pegar água! — O gendarme berrou, enquanto o filho do Dr. Manea saltou carregando o balde vazio e garrafas debaixo do braço.

A bomba ficava logo na frente. Uma fila formou-se rapidamente. Os homens enchiam baldes e garrafas, corriam até os vagões e voltavam com mais recipientes. Era um ato mecânico, até que recebessem ordem de parar. Samuel conseguiu que os cantis fossem reabastecidos.

Outros, concentrados próximos à porta, tentavam ouvir algo, qualquer pista que indicasse para onde iriam. Os mais otimistas estavam certos de que seguiriam para um *campo* nos arredores de Kassa. Sugeriram que fosse criada uma comissão — de imediato nomearam o Dr. Manea presidente — para responder pelo grupo.

— Meu marido é carpinteiro — adiantou-se uma senhora, os fios grisalhos escapando desgrenhados do coque. — Com certeza, irão precisar de mão de obra especializada, não é? Ele tem setenta anos, mas vale por dois! Era o melhor da nossa vila! — falou, suplicante, agarrando-se ao braço de um dos homens em torno do médico.

E não era somente ela. Outras mulheres se aproximaram, ávidas por informações sobre o suposto acampamento. Mulheres eram a maioria no vagão, depois vinham as crianças e, por último, homens acima de cinquenta anos. Com praticamente todos de pé, havia uma pequena mobilidade. Eva aproveitou para colocar uma mala sobre a outra e assim observar, da janela, o movimento. Até então, os únicos alemães que havia visto eram os SS na estação de Oradea. Sentiu um arrepio percorrer a espinha. Mais de cinco anos depois de terem deixado Berlim, ela estava ali, à sua frente: a farda preta, impecável. As botas, de tão lustradas, refletiam as luzes que se acendiam na plataforma. Jamais esqueceria o uniforme da Gestapo.

O oficial rugia com outro oficial de igual patente — húngaro —, que respondia no mesmo tom. O rosto vermelho de raiva, andava de um lado para o outro, com as mãos cruzadas nas costas. Depois de alguns segundos, esticou o braço direito e afastou-se. O tenente húngaro chamou dois soldados e passou uma ordem. Os dois assentiram com a cabeça e seguiram apressados para um galpão a poucos metros dali. Eva observava sem piscar os olhos. Saíram segundos depois, carregando sacos de juta, em direção aos vagões. Mais uma vez, um homem de cada um dos quarenta vagões foi recrutado e recebeu um saco. O tenente se posicionou de forma que sua fala fosse ouvida claramente e repassada para as extremidades do trem.

— Atenção! Todos os objetos de valor devem ser depositados nestes sacos! Se os alemães encontrarem algo, vocês serão executados, sem piedade. E não se enganem... eles encontrarão! — Vociferou mais três vezes.

Ainda agarrada à janela, Eva observou, de cima, a massa humana recuar dentro do vagão, por um segundo, até rapidamente começar a remexer bagagens, arrancar costuras dos casacos e vestidos, das roupas das crianças. Colares, anéis, broches, diamantes, notas, moedas de ouro. O saco era enchido rapidamente. Samuel e Fruma permaneciam imóveis, abraçados. Eva desceu do degrau improvisado com as malas e se uniu a Adele e à mãe. Tudo que tinham de valor material já fora levado, vendido, roubado. Faltavam as alianças. Soltaram-nas da barra dos vestidos. Entregaram. A jovem Haya arrancou parte da costura

231

interna do casaco. Duas pedrinhas brilhantes, bem pequenas, rolaram na palma de sua mão.

— Não entregue! Coloque-as na boca! Se for necessário, engula! Mas não as entregue a eles! — Eva segurou-lhe o braço.

Sem emitir um som, Haya colocou as pedras entre os dentes de trás e as bochechas. Com os sacos já abarrotados, as pessoas continuavam a lançar objetos de valor que o tenente e um soldado recolhiam nos chapéus dos próprios prisioneiros. Demorou alguns minutos até que Eva encarasse a mãe e a irmã e falasse o que, até aquele momento, ninguém ousara falar.

— Estamos sendo deportados — disse, sem raiva ou qualquer outra emoção.

Ela estava cansada. Evitara, como os outros, a palavra deportação durante todo o tempo. Em vez disso, preferira "deslocamento", "realocação", "reassentamento". No fundo, sempre fora isso: deportação. Os húngaros os entregavam aos alemães como se fossem pedaços de carne podre sem espaço para armazenamento. Antes que as portas fossem cerradas, um gendarme se aproximou do vagão e deu seu grito de despedida.

— Escutem bem. Se algum de vocês tentar fugir, o responsável pelo vagão morre. — E emendou, com um sorriso sarcástico: — Se o responsável pelo vagão tentar fugir, todos serão executados. Espero jamais revê-los! — exclamou enquanto puxava a porta maciça com toda a força.

Sentiram a noite chegar quando a pouca luz que entrava pelas frestas foi se apagando até o vagão ganhar uma coloração prata que vinha do céu estrelado. A composição permaneceu estacionada até a madrugada. Uma leve brisa amenizava o calor do dia. Mesmo assim, ninguém conseguiu dormir, não mais do que um cochilo com a cabeça tombada para a frente, que logo se endireitava com o despertar assustado, as pernas e braços dormentes. Não era um pesadelo. Estavam num vagão de gado, sob tutela da Gestapo.

O apito soou pouco antes de os raios dourados incidirem como faíscas esquentando a madeira das paredes. Eva arranhou mais um traço com a ponta da faca: o segundo. Havia pouca comida e quase nenhuma água. As mulheres deixavam o decoro de lado, com as roupas íntimas cada vez mais à mostra. Adele passava a maior parte do tempo dormindo, sem forças nem para falar. Eva, vez por outra, subia nas malas e espreitava a paisagem.

— Estamos indo para oeste — ela sinalizou com os lábios para o avô, sem emitir nenhum som.

O trem seguia para a Alemanha. De que adiantava fazer alarde? Ela pensou ao descer das malas. Já haviam feito tantas elucubrações. Estavam todos sujos e malcheirosos, as roupas amarfanhadas, o cheiro de urina e fezes impregnado na madeira. As horas passavam lentas, embaladas pelo andar moroso da composição.

No fim da tarde, um novo tranco. O trem parou por alguns segundos e retomou o movimento em seguida. Eva subiu rapidamente para o posto de observação.

— Estamos mudando de trilho! E de direção... Estamos voltando!

Todos falavam ao mesmo tempo. Estavam novamente rumando para o leste. Não era possível que voltassem para a Hungria.

— Polônia... — uma voz soou do fundo do vagão. — Estamos indo para a Polônia.

— Polônia? — várias vozes repetiram, ao mesmo tempo. — O que sobrou da Polônia?

— Vão nos levar para Lublin? — alguém berrou. — Os romenos foram mandados para lá!

— Calem-se! Todos! Parem com estes absurdos! — O Dr. Manea havia assumido o comando do vagão. — Não podem nos levar para Lublin! Não existe mais gueto em Lublin! Não existe mais gueto em Varsóvia! Não existem mais guetos em lugar algum! — Num misto de raiva e desespero, socou a parede.

A mulher e os filhos o cercaram. Aos poucos, a ordem foi voltando ao vagão, mais por cansaço que por vontade. Os que haviam levantado voltaram a se sentar, espremidos entre corpos recolhidos. Eva encostou a cabeça no ombro da mãe. Adele fez o mesmo no ombro da irmã.

233

Deram-se as mãos. A jovem Haya deitou no colo de Adele. Ficaram assim, de olhos fechados, até que mais uma noite caísse, desta vez sem luz de prata.

Samuel não conseguia dormir. Levou vinte minutos para andar os cinco metros que o separavam da outra extremidade do trem, cuidando para não pisar nos corpos espalhados pelo chão. Abria espaço com os pés e, vez por outra, caía em cima de alguém que o espantava com um tapa nas pernas. Foi juntar-se à roda de homens que se formara perto do banheiro improvisado. Dividiam os cigarros que restavam naquela jornada. Samuel ainda tinha dois. Os homens murmuravam para não acordar as mulheres. A conversa carregava um pessimismo mórbido que ele preferiu evitar. Samuel deu algumas tragadas e fez o percurso de volta pisoteando uma perna aqui, um braço ali. O dia amanhecia. Olhou a família dormindo, encostada à parede. Aqueles homens não podiam estar pensando seriamente no que propunham, pensou. Guardavam pequenas cápsulas de veneno em bolsos camuflados. Apoiou os braços na madeira e aproximou o rosto de uma fresta. O que viu foi um céu pálido e nebuloso. A névoa cinza, baixa, cobria a paisagem. Um calafrio percorreu sua espinha. A Polônia tinha a cor da morte. Talvez aqueles homens estivessem certos, ele é que era otimista demais.

Eva marcou o terceiro traço e voltou a recostar a cabeça no ombro da mãe. Apenas um e outro se levantava. O chão desaparecera sob o tapete humano. A sede era pior do que a fome. Até crianças maiores eram colocadas no peito das mães.

— Estamos em Cracóvia! — O berro ecoou no vagão assim que o trem parou.

As portas pemaneceram cerradas. Por entre o arame farpado, Eva observava. Não podia esquecer que a Polônia era parte do Governo Geral da Alemanha. Lá estavam os burocratas na plataforma, preenchendo papeladas e conferindo os lacres dos vagões. Um rapaz passava um esfregão no chão. Eva escutou baixinho um pedido por água. Não soube precisar de onde veio. A resposta do rapaz fez com que ela se afastasse da janela e descesse rapidamente das malas. Ele passara o dedo lenta-

234

mente no pescoço como se fosse uma faca afiada e continuou a limpar o piso como se aquelas pessoas não mais existissem. Eva engoliu a seco e passou a língua pelos lábios rachados. A composição partiu logo em seguida. Ela fechou os olhos e só os abriu quando o trem parou, mais de uma hora depois. Houve troca de guarda e os funcionários da ferrovia deixaram o trem. Soou o apito da locomotiva. Nova partida, desta vez para uma viagem mais curta. Em minutos, os selos colocados pela alfândega foram retirados e os cadeados destrancados. As portas deslizaram, abrindo caminho para a lufada de ar.

— *Wasser, wasser!* Água, água! — Os homens gritavam, com meio corpo para fora do vagão.

— *Innen!* Dentro! — Soldados da SS se aproximaram e, com a ponta das armas, os empurraram.

A porta ficou aberta por alguns minutos, mas ninguém teve permissão para sair e pegar água. Não conseguiam identificar o local onde estavam. Não havia mais estação, nem casas ao redor. A porta foi fechada novamente e, no início da madrugada, a composição foi posta em movimento. Rodou poucos metros e estacionou. Eva tomou seu posto na janela. Viu um conjunto de barracões ao fundo. A batida dos coturnos no chão ganhava volume à medida que os soldados se aproximavam da composição. O latido dos cães se misturava à marcha. Dentro do vagão, todos estavam imóveis, imprensados no fundo, o mais longe possível da porta. O silêncio era tanto que se escutou nitidamente a chave rodar no cadeado e, lentamente, o içar da pesada trava de segurança. Dois guardas fizeram correr a porta ao mesmo tempo que uma rampa era improvisada com duas tábuas maciças e largas.

— Última parada! — Um dos guardas vociferou.

49

Cães pastores, contidos firmemente com guias curtas e grossas, latiam mostrando os caninos pontudos.

— Deixem a bagagem no vagão e saiam! *Alle hunter!* Todos para fora! O receio de descer para o desconhecido se diluía na ânsia de sair do vagão fétido e abafado. Não havia resistência a oferecer nem lugar para fugir. As famílias desceram grudadas. Tzipora, ladeada por Adele e Haya, e Samuel, à frente, com Fruma e Eva, se enfiaram no meio dos corpos colados, comprimidos, fugindo das pancadas dos guardas.

Postes de cimento, espaçados com precisão e unidos por grossas linhas de arame farpado, de cima a baixo, cercavam o descampado. Placas indicavam que a cerca era carregada com eletricidade. A iluminação de um amarelo fraco dava um tom soturno à plataforma. Percebia-se o movimento dos soldados pelas sombras. Mais à frente, a claridade aumentava, alimentada por holofotes. O vagão em que estavam ficava mais ou menos no meio da composição. Os corpos formavam um bloco que se movia conforme as ordens.

— Homens à esquerda, mulheres à direita! — Os soldados gritavam.
— *Schnell, schnell!* Depressa! Cinco à frente e os outros atrás! *Schnell!*
— Empurravam as pessoas com as armas em meio a gritos e choro.

Maridos e esposas se abraçavam, assim como mães e filhos crescidos. As crianças menores permaneciam no colo. Os SS batiam nas costas e nas pernas dos que relutavam em se separar. Usavam bastões de cabo curvo que lembravam bengalas. Atiçavam os cães, afrouxando as guias, deixando que avançassem para puxá-los de volta, gargalhando. As crianças enfiavam o rosto no pescoço dos pais, aterrorizadas.

— Fruma! — Samuel mal teve tempo de se despedir da mulher. — Tzipora! — Voltou-se para a filha. — Fiquem juntas, nos veremos em breve! — gritou enquanto era empurrado para a fila.

Foi neste momento que Adele notou as estranhas *criaturas* — como passou a se referir aos detentos — com uniformes listrados, que cortavam a multidão e entravam nos vagões para descer, em seguida, com os corpos daqueles que não haviam resistido, ou que haviam preferido as cápsulas. Os mortos eram empilhados próximos à cerca. Viu quando arrastaram os corpos do Dr. Manea, da mulher e dos filhos. As *criaturas* de pele encardida, magras e curvas, se movimentavam rapidamente e, ao passarem por um oficial, subitamente paravam, tiravam a boina, também listrada, e voltavam a acelerar o passo.

"Como no gueto", a lembrança amarga lhe veio à mente. Só que, ali, eram prisioneiros em roupas largas e sujas, cabeças mal raspadas, tamancos de madeira que martelavam o chão. Um deles passou de cabeça baixa, próximo a dois meninos altos, que não deviam ter catorze anos, e cochichou, em alemão, *"alter, sechzehn"*.

— Ele disse: idade, dezesseis. — Eva voltou-se imediatamente para Haya. — Não esqueça: você tem dezesseis anos — encarou-a enquanto apertavam o passo.

À medida que caminhavam, começaram a notar os flocos que caíam do céu. A fumaça densa expelida por duas imensas chaminés se fundia numa nuvem negra. Que tipo de trabalho se fazia ali àquela hora da madrugada? O pensamento tomou por segundos a mente de Eva enquanto se posicionava na fila. As cinco tomaram lugares lado a lado.

— São cinzas! — Adele exclamou baixinho, com as mãos estendidas.

Em seguida, cobriu o nariz. Havia um cheiro doce e enjoativo no ar.

50

Três mil pessoas, mais ou menos, era o cálculo de Adele. A quantidade de vagões multiplicada pela quantidade de gente por vagão. Homens de um lado, mulheres do outro. Caminhavam sob a mira dos SS, que empurravam os mais lentos com o cano das armas, aos gritos. "Esses guardas não são nem um por cento de nós", Adele constatou rapidamente. Tanto fazia. Se houvesse apenas um homem armado daria no mesmo, concluiu. Estavam há dias com fome, sede e sem sono decente. As pernas inchadas e bambas os arrastavam.

Em meio à procissão, que seguia lenta, as *criaturas* jogavam malas e trouxas dos vagões com a mesma rapidez com que haviam retirado os corpos. As bagagens eram depositadas em pilhas, junto com os utensílios domésticos, ao longo da plataforma. "Com certeza hão de separá-las por ordem alfabética", Adele arriscou. A maioria trazia o nome em destaque riscado ou colado à bagagem. Acostumando o olhar à luz dos holofotes, fixou a atenção nas construções do outro lado da cerca de arame. Eram dezenas de galpões retangulares, dispostos simetricamente, em longas filas paralelas. Lembravam estábulos ou celeiros para armazenar grãos. Seriam alojamentos? Não se ouvia o mínimo ruído de lá. E as fábricas funcionando a pleno vapor àquela hora? A camada escura engolia o céu, assombrava o breu da noite. O mesmo questionamento de Eva, e talvez de todos que marchavam calados, invadiu Adele: que tipo de trabalho se fazia ali? Elucubrava respostas numa tentativa frustrada de desviar o foco da ânsia de vômito que aquele cheiro provocava.

— Cuspa aqui! — Eva passou um lenço no exato momento em que a golfada subiu, fazendo o corpo de Adele retorcer. — Agora respire de forma curta e rápida! Estamos chegando — disse, em seguida, diante do rosto pálido da irmã.

Não dava para ver direito o que acontecia lá na frente. Tudo muito rápido. Formavam-se dois novos grupos, que seguiam em direções opostas. O mesmo processo para homens e mulheres. Eva notou que os mais velhos, assim como as mães com crianças pequenas, iam para a esquerda e os outros, para a direita.

O cortejo parava em frente a um oficial, ladeado por guardas, que discretamente apontava o dedo para a esquerda ou para a direita. Os guardas direcionavam o escolhido. Estavam a poucas fileiras da seleção quando os gritos de uma mulher ecoaram na noite. Houve uma rápida movimentação dos SS, a mulher caiu e se levantou, em seguida, aos prantos.

— Que vá com os filhos — a voz de comando soou suave e polida.

A mulher correu para a esquerda e agarrou as crianças. O oficial retomou rapidamente a função. Pouco depois, se posicionaram, à sua frente, nesta ordem: Eva, Adele, Tzipora, Haya e Fruma. Em menos de dez segundos, o indicador voltou-se duas vezes para a direita, uma para a esquerda, novamente para a direita e a última, para a esquerda. Num impulso, Eva curvou-se para o oficial, juntando as palmas das mãos.

— *Herr Doktor, Bitte!* — ela deduzira, pela braçadeira, que era um médico. — Somos alemãs! *Meine Schwester ist schwanger!* — suplicou.

Um dos guardas levantou o cassetete pronto para baixá-lo nas costas de Eva. O oficial fez um gesto curto com o queixo, em negativa, que fez o SS recuar. Depois, abriu um sorriso que rapidamente acalmou Eva, incentivando-a a continuar.

— Minha irmã está grávida — ela repetiu, apontando para Adele. — Por favor, eu imploro, deixe-a ir com nossa mãe! — mostrou Tzipora e Fruma, no grupo da esquerda.

Antes de cruzar as mãos atrás das costas, o oficial passou um dedo, de leve, pela gola bem engomada e tirou um ponto de cinza que mal se via sobre o uniforme preto. Mantinha o sorriso no rosto, com os lábios cerrados, estendendo ao máximo o prazer que o olhar aterrorizado de Eva, de um lado, e de expectativa dos soldados, do outro, lhe proporcionava.

— Grávida? — Ele alargou o sorriso enquanto observava Adele. Em seguida, voltou-se para Eva. — Escute, sua irmã vai com você. Não se preocupe, eu prometo, vão encontrar sua mamãe logo, logo! — Fez novo gesto para o soldado, para que encaminhasse as duas para direita.

Adele voltou-se a tempo de trocar um longo olhar com Tzipora. Sussurrou um "até daqui a pouco". A mãe soprou um beijo da palma da mão. Ela retribuiu, do mesmo jeito, como costumava fazer quando era pequena. Rapidamente perdeu a mãe na multidão. Se encontrariam em seguida. O oficial prometera.

— Você viu, Adele! — Eva puxou a irmã pela mão. Pela primeira vez, em dias, as duas respiraram aliviadas. — Logo estaremos com mamãe. Ficaremos juntas. Aquele homem manda aqui. E nos deu sua palavra!

A sensação de enjoo passara. "Nós, alemães, não descumprimos jamais com a palavra." Ouviu a voz do pai ecoar na cabeça. Iriam primeiro para a desinfecção, tomariam um banho, receberiam roupas limpas — foi o que anunciou o guarda responsável pelo destacamento de mulheres — e, depois, reencontrariam a família. Aquele lugar não devia ser tão ruim quanto parecia.

51

Com o dia amanhecendo, o breu deu lugar ao cinza e finalmente conseguiram ver onde estavam. As barracas que Adele notara do lado esquerdo da plataforma também existiam do lado direito. Cobriam toda a extensão até o portão de tijolos com uma guarita de observação no alto, por onde o trem entrara na noite anterior. Não havia muro, mas cercas eletrificadas, por todos os lados, e torres de vigilância com soldados armados. O local era um grande descampado, exceto pelo bosque que se vislumbrava atrás das chaminés.

Aquele lugar era, literalmente, o fim da linha. A estrada de ferro terminava ali dentro. Não era uma estação de passagem, sequer uma estação, mas não dava para perceber o *que* era. Os doentes e velhos com dificuldade para andar eram colocados em caminhões com o símbolo da Cruz Vermelha. Foram os primeiros a partir. Logo depois, o grupo da esquerda. Só então, o grupo onde estavam Adele, Eva e Haya começou a marcha.

Atravessaram um portão de grade e seguiram por um caminho de terra batida entre duas alas de barracões de madeira. Ali, também os postes de cimento com cercas elétricas e uma espécie de fosso delimitavam a área. Do lado esquerdo, homens de cabeça raspada, vestindo trapos — alguns com os uniformes de riscas, outros com calças e camisas curtas ou compridas demais, cheias de remendos — e bem mais magros — subnutridos, esqueléticos — do que os que elas tinham visto na plataforma surgiam aos montes, de dentro dos barracões. Adele levou as mãos à boca, com nojo. Em que condições viviam aquelas pessoas? Nem bichos eram largados em tamanha sujeira. Alguns chegavam mais perto da cerca e gritavam em diversas línguas. Adele conseguiu identificar o polonês, o tcheco, o húngaro, o francês.

— *Schnell! Schnell!* — Os soldados berravam para que se apressassem. — Sigam reto, não olhem para os lados! — E chutavam as pernas das que estavam nas pontas.

Era impossível não olhar. No lado direito, as mesmas cabeças raspadas, corpos esquálidos, atravessavam as portas como zumbis e se concentravam em frente às construções em fila, como se fossem passar por uma revista militar. Adele teve outra ânsia de vômito. Por alguns segundos, paralisou. Eram mulheres. Tinham a mesma aparência dos homens e seriam facilmente confundidas não fossem os vestidos. Caíam como trapos desconjuntados sobre esqueletos maltratados.

— *Magyar? Mi Magyar!* Somos húngaras! — algumas berravam.

— Eva, para onde estão nos levando? — Adele sussurrou horrorizada, mais por asco do que por medo. A imagem daquelas mulheres maltrapilhas a perturbava. — O que essas pessoas fizeram? Que tipo de criminosos são para serem tratados desta maneira? — Segurou o braço da irmã.

Eva apenas encarou Adele, sem responder. Teve vontade de sacudi-la. Lembrou-se do sinal feito pelo rapaz na estação em Cracóvia.

Depois de quase um quilômetro caminhando nesse mórbido corredor de terra batida, outro portão, semelhante ao primeiro, foi aberto por uma sentinela. Caíram numa estrada que cortava o acampamento. Viraram à esquerda. Trezentos metros à frente, avistaram o cume de mais chaminés, duas de cada lado da estrada. Eram estreitas, de tijolos avermelhados. Chegavam a uns trinta metros de altura. Despontavam de construções escondidas por cercas feitas de troncos estreitos, com mais de dois metros de altura, bem grudados, sem frestas. Ao fundo, uma floresta vasta e cerrada.

Os guardas levantaram o braço num sinal para que parassem. Logo à frente, velhos, mulheres e crianças — que haviam sido separados à esquerda e seguido primeiro que elas — se arrastavam ainda lentamente. O grupo se afunilava na entrada para a área das chaminés, o que retardava a dispersão, fazendo com que o batalhão das mulheres, logo atrás, tivesse de esperar. Subitamente ouviram, num crescente, uma voz puxar o *Shemá*. Outras vozes se juntaram a ela. "É o rabino Rosenthal!", Adele e Eva lembraram-se imediatamente da última noite no gueto. Subiram na ponta dos pés numa tentativa frustrada de ver Tzipora, Fruma ou mesmo o avô. Naquele instante, a promessa de que encontrariam a mãe mais tarde era tudo a que se agarravam. Novamente foram colocadas em marcha. Enquanto o grupo à frente entrou no espaço fechado onde estavam as chaminés, elas foram encaminhadas em direção a outra estrutura, também de tijolos vermelhos e com chaminés, só que menos robustas e sem muros em volta.

— *Schnell! Schnell!* — os guardas gritavam enquanto despejavam golpes com cassetetes e bengalas nas costas e ombros da massa humana.

Do céu de chumbo pesado, mesmo com o dia já claro, nevavam cinzas. O cheiro repugnantemente adocicado impregnava de tal forma o ar que era preciso segurar a respiração para não nausear. Horas depois, saberiam que tipo de fábrica funcionava ali, mas, naquele instante, era como se o cérebro reconhecesse os cheiros, mas não os processasse.

52

Adele não sabia precisar quantas mulheres seguiam com elas. Imprensada entre Haya e Eva, os pés se moviam apressados, como que guiados por uma energia própria. A mente estava paralisada. Céu cinza de cinzas, céu cinza de Polônia. Terreno árido, fora as imensas árvores que se fundiam numa floresta delimitando fundos sem porta de saída. Barracões e barracões, dezenas deles, por todos os lados. *Criaturas* carecas e sujas correndo curvadas. *"Schnell! Schnell!"* — o rugir dos soldados. "Vamos aos banhos?" "Onde iremos dormir?" "Receberemos água e comida?" "E nossos filhos?" "E nossos pais?" Perguntas que só aumentavam o burburinho e não traziam nada além de incertezas e suposições como resposta. Ninguém ousava questionar o que acontecia dentro dos portões onde ficavam as chaminés que mais pareciam vulcões de barro em erupção constante.

— Meu Deus, o que vai acontecer conosco?! — Uma expressão de horror tomou o rosto de Adele. — O que é isto, Eva? Um manicômio? — apontou para a porta da construção, formada por dois blocos verticais unidos entre si por um terceiro, na horizontal, em que estavam prestes a entrar.

Criaturas carecas — Adele manteve a expressão mesmo quando ela própria se tornou uma delas —, com roupas mal-arranjadas, deixavam o local correndo e se posicionavam em fila.

Ao entrarem, a imagem era igualmente perturbadora. Os gritos dos guardas ecoavam pelo salão retangular, com chão e paredes de cimento desbotado, enquanto oficiais registravam nomes de forma rápida e autômata.

— *Schnell, schnell! Brause, brause!* — Soldados e prisioneiros com braçadeiras ordenavam que as mulheres se despissem para o banho.

Muitas resistiam, negavam-se a tirar as roupas. Os SS desciam os cassetetes nas costas, nas pernas. Puxavam as mais jovens que se agarravam às mais velhas. Ouviam-se gritos seguidos de choro. Algumas caíam no chão e, retorcidas, se defendiam dos pontapés.

— *Schlampe!* Putas! Mexam-se, judias putas! — os homens berravam, enquanto, com as mãos trêmulas, elas tiravam, rapidamente, às vezes três camadas de roupa, e ajudavam as que tinham botões nas costas.

— Engula as pedras, rápido! — Eva murmurou, com lábios quase cerrados, para Haya. — Rápido! Engula as pedras! — repetiu.

Haya virou lentamente a cabeça em meio à cena grotesca de mulheres nuas, tapando o púbis e os seios com mãos e braços, empurradas por um corredor enquanto prisioneiros recolhiam as roupas. Os olhos arregalados encaravam Eva.

— Então me dê, rápido! — Eva apertou o pulso da menina com tanta força que os dedos formaram tiras vermelhas na pele.

A reação de dor foi imediata e suficiente para tirar Haya do transe. Ela enfiou a mão no bolso interno do casaco e discretamente tirou as duas pedras que, dias antes, tinham sido escondidas na boca, à saída da Hungria. Passou-as rapidamente para as mãos de Eva, que, no segundo seguinte, cobriu os lábios, como se tossisse, e engoliu as pedrinhas.

Enquanto Eva avaliara o local rapidamente, logo percebendo que, em algum momento, seriam revistadas — como de fato foram, minutos depois —, Adele se transportara para o quarto onde, numa noite fria de inverno, se despira para um homem. Norman: primeiro e único até então. Os cabelos soltos sobre o ombro, o desabotoar do vestido, o beijo mais longo e intímo enquanto a peça caía no chão, os longos segundos que afastaram a timidez e a roupa íntima. O corpo nu, nunca tocado, admirado como uma obra de arte fora da redoma. Deixava de ser uma menina para ser mulher antes mesmo de ser tocada.

Manteve os olhos fechados, a imagem de Norman à sua frente. "Norman, fique comigo, por favor", Adele falava para si mesma enquanto arrancava cada peça do corpo. Uma lágrima escorreu, não sabia se de pesar, medo ou raiva. Os oficiais gargalhavam e insultavam as mais velhas, faziam gestos e soltavam palavras obscenas para as mais jovens. Adele cruzou os braços tapando os seios e a barriga. A mão sobre o púbis. A humilhação. Eram, ali, estupradas por olhos e xingamentos. Com o maxilar travado, Eva despiu-se rapidamente, evitando qualquer contato visual.

Nuas, foram escorraçadas por um corredor com janelas à esquerda, que garantiam a luz natural. À direita, mulheres com uniformes listrados e lenços na cabeça se movimentavam rapidamente entre os nichos na parede cobertos de roupas e largos fornos a vapor, onde as vestes eram lançadas, provavelmente para desinfecção. Os alemães tinham verdadeiro pânico de doenças. O tifo era um fantasma. Piolhos, a ameaça primária.

Seguiam lentamente com os corpos colados a desconhecidas, o cheiro azedo dos dias sem banho, o fedor da urina impregnada no corpo e das fezes ressecadas nas nádegas. Não havia como apressar o passo, pois o corredor se estreitava por uma porta para o cômodo seguinte. Em cima do vão da porta, pintado com letras grossas, estava escrito: *Haarschneideraum.*

— Corte de cabelo? — Adele levou as mãos à cabeça. — O que há mais para cortar? — Passou os dedos pelas pontas acima dos ombros. — Eu não vou aguentar, Eva! Eu quero sair daqui! Isto é enlouquecedor! — Debateu-se ofegante, não havia para onde ir.

— Chega! — Eva berrou em meio aos gritos que vinham de trás e da frente. — Chega! Isto não é um pesadelo, isto é real. — Eva estava fora de si. — Estas pessoas — apontou para as *criaturas* que recolhiam as roupas, mecanicamente — somos nós, Adele! Somos nós!

Adele percebeu o movimento de uma prisioneira com braçadeira na direção delas. Respirou fundo. Eva estava surtando. Segurou a mão da irmã, de um lado, e de Haya do outro e apressou o passo. A mulher deu meia-volta.

— Não, não somos! Não somos! — A imagem da mãe, nas ruas de Oradea a caminho do gueto, lhe veio à mente. — Você é Eva Eisen. Eu sou Adele Eisen Solber, nasci em Berlim, em 1924, casada com Norman Solber, filha de Kurt Eisen e Tzipora Eisen, de solteira Dunai. Eu sou Adele Eisen...

E assim continuou, murmurando para si mesma a história de sua vida. Eva e Haya fizeram o mesmo. Sentadas em três bancos sujos, foram tosquiadas com tesouras cegas e navalhas. Os pelos pubianos raspados com rapidez. Nem um minuto depois, foram jogadas em outra sala para exame médico. Ali, tiveram a boca e o ânus examinados em busca de objetos escondidos. Adele procurou Eva na mulher ao seu lado, meio corpo tombado à frente, enquanto mãos vasculhavam as partes íntimas. Eva também procurou Adele. Os pescoços virados, encaravam os lábios uma da outra que, sem som, repetiam, como um mantra, seus próprios nomes e de onde vinham. Os olhos estavam secos. As mãos nas nádegas não despertavam vergonha. Não existia mais o íntimo.

As letras pintadas no alto do portal seguinte anunciavam o local do banho.

— *Brausen! Desinfektion! Schnell! Schnell!*

Os gritos dos SS rebatiam nas paredes e ecoavam na massa que submergia compacta em uma espécie de banheira com um líquido desinfetante. Dali, saíam para se posicionar embaixo dos chuveiros. A claridade entrava por janelões — de cima a baixo — que iluminavam os corpos nus, sem cabelos nem pelos, unidos pelo horror. O humano não existia ali. Logo atrás dos janelões, no lado de fora, havia também barracões, mas ninguém parecia interessado nas pessoas se acotovelando naqueles chuveiros.

Eva, Adele e Haya se abraçaram em círculo, com os rostos colados. O líquido escorreu gélido, provocando uma onda de arrepios e gritos. Mesmo assim, trouxe alívio. Era o primeiro banho em dias. Ousavam tocar o próprio corpo, a cabeça. Em seguida, a água saiu fervendo de tal maneira que as mulheres ali, aglomeradas, começaram a se debater para fugir do jato. As peles marcadas de um vermelho vivo. O riso alto dos guardas foi acompanhado por um novo jato de água gelada, causando choque térmico.

A passagem pela *die zentrale Sauna* — como os SS nomeavam o local — parecia um rito de iniciação. Era. Uma iniciação na sobrevivência. "O que pode ser pior do que isto?", Adele se questionou. Rapidamente desviou o foco. Todas as vezes que se perguntara isso, o pior viera em seguida. E cada vez pior. O *pogrom* em Berlim, a fuga da Alemanha, o gueto, o trem, agora aquilo.

Havia uma sinalização de toalhas, mas ninguém as recebeu. Depois de um curtíssimo tempo à espera da secagem natural, seguiram por outro corredor semelhante ao primeiro, com janelões à esquerda e as enormes câmaras de desinfecção das roupas — peças de ferro que cuspiam vapor — do lado oposto.

Vestidos velhos, manchados, alguns remendados, eram distribuídos sem nenhum critério. Alguns largos demais, outros curtos demais. Quem ousasse reclamar era esbofeteado. As mulheres se ajeitavam como podiam, trocavam as peças entre si. Não havia roupa íntima. O mais degradante acontecia com os sapatos. Nem dez minutos haviam se passado desde que tinham entrado, com suas melhores roupas, naquele lugar onde, pensavam, nada poderia ser pior do que o desconforto dos três dias no trem. Agora, tosquiadas e maltrapilhas, nada era mais importante do que pegar um par que lhes coubesse no pé. Era desesperador pensar em um número menor. Duas mulheres rolaram no chão na disputa por um par de botas. Um guarda se aproximou e escolheu uma delas, aleatoriamente. Deu-lhe um chute com o coturno no meio do rosto. Imediatamente, uma poça de sangue escorreu do nariz.

— Agora limpe! — ordenou para a outra, que, imediatamente, se atirou no chão, ensopando de vermelho a barra do vestido.

A bota em disputa foi surrupiada em meio à confusão. As duas ficaram sem sapatos. Seguiram descalças. O guarda não precisou emitir mais nenhuma palavra.

Adele não conseguia encarar Eva. Não era uma mulher, não era um homem. Era uma *criatura*. Eva devia pensar o mesmo. Aquele lugar não precisava de espelhos. Por todos os lados, elas se refletiam nos semblantes aterrorizados de quem estava ao lado, atrás, à frente.

Quando chegou sua vez, Adele arriscou. Encarou a prisioneira que distribuía sapatos. A moça não baixou os olhos, observou-a por segundos e lhe entregou um par de botas com solado pouco gasto. Era um sinal de que dali não partiria um tapa ou chute.

— *Magyar? Deutsch?* — Adele sussurrou entre os dentes.

— *Pole. Deutsch* — ela respondeu no mesmo jeito.

— *Danke* — Adele agradeceu. Era o primeiro gesto humano que percebia naquele lugar. — Onde estamos? — Murmurou enquanto pegava as botas, já emendando outra pergunta. — E as chaminés?

— Chaminés? — A moça deixou escapar um riso torto e balançou a cabeça em negativa. — Crematório.

— Crematório? — Adele repetiu sem entender. — Como crematório? Minha mãe seguiu para lá! O médico disse que iríamos nos encontrar! — Ela não compreendia.

— Sua mãe? — A moça virou a cabeça, rapidamente, para um lado e para o outro, averiguando se não havia um guarda por perto. Cutucou Adele no ombro e, em seguida, apontou o dedo para a densa fumaça negra, visível através da janela. — Sua mãe está lá.

Adele levou a mão à boca no exato momento em que o jato de bile voou. A moça olhou, mais uma vez, para os lados e pegou um trapo velho e encardido, que passou a Adele para que se limpasse. Por alguns segundos, sentiu os dedos daquela desconhecida apertarem os seus. Era o máximo de solidariedade que ela podia oferecer.

— Auschwitz. Aqui, Auschwitz. Birkenau — ela repetiu para, em seguida, apontar novamente a fumaça, ela própria e Adele. — Todos. Única saída de Auschwitz.

Adele ouviu sem mover um músculo ou derramar uma lágrima. Os sentimentos haviam sido trancados em algum lugar que ela desconhecia. O único movimento que fez antes de se virar e seguir para a porta de saída foi tocar na barriga. A partir de agora, seu coração bateria ali.

53

Rio de Janeiro, julho de 1999

— O médico era Mengele. Só fui saber depois, já morando no Brasil. Nunca esquecerei aquele rosto... *To-des-engel.* — Adele falou pausadamente em alemão para depois traduzir: — Anjo da morte.

Haya estava ao lado da mãe. Amália permanecia diante das duas.

— Jamais esquecerei também o olhar de minha mãe, naquele momento da separação... — Adele parou por alguns instantes. Continuou em seguida. — Por que aquele homem nos deu esperança? Por quê?

Pela primeira vez, durante o relato, Adele se emocionou e secou uma lágrima com as costas da mão esquerda. Amália acompanhou o gesto. A imagem remeteu-lhe a ela própria criança. Costumava fazer o mesmo quando se sentia impotente perante uma situação de injustiça. Secava o choro com as costas da mão.

— Eu fiquei cerca de dez meses nos *campos*, quatro deles em Auschwitz... mas aquele primeiro dia...— Adele tornou a secar os olhos e rapidamente se recompôs. — Quando saímos do banho, fomos enviadas para o bloco C, aquele onde, horas antes, tínhamos visto as húngaras de cabeça raspada, ao atravessar o corredor de terra batida... Agora, nós éramos elas. Nosso barracão era o 11. Parecia uma estrebaria. Não tinha janelas laterais, apenas claraboias, por onde entrava a claridade. Ficamos isoladas das outras presas por mais de duas semanas, numa espécie de quarentena. Dormíamos em beliches estreitos, sobre estrados de madeira. Algumas noites, chegávamos a dez no nosso estrado. Tínhamos de nos mexer em bloco, sem altura sequer para sentar... O nosso era o do meio. Entrávamos, uma a uma, agachadas, nos esticávamos e a seguir subia a outra. Eu e Eva dormíamos sempre abraçadas.

Adele dormia até hoje assim, o corpo de Enoch colado no seu. Não era a paixão o que os unia nesse sono encaixado. Tinha um pesadelo recorrente. Olhava-se no espelho, mas o que via era um ser disforme, um animal que não conseguia identificar. Eva surgia por trás dela e aconchegava-se nas suas costas. Ainda no sonho, Adele fechava os olhos e, quando os abria, reconhecia o próprio rosto. Era humana novamente. Na vida real, acordava com as unhas cravadas nos braços de Enoch.

— Eu ficava sempre na ponta, junto com minha irmã. As mãos dela protegiam minha barriga. As outras alternavam cabeça para um lado, pés para o outro.

Adele não mencionou as vezes em que o desconforto do estrado, dos odores, dos piolhos era vencido pelo total esgotamento e ela desmaiava por minutos num sono profundo para acordar, em seguida, e, durante um ou dois segundos, em estado de confusão mental, acreditar que era tudo um pesadelo do qual iria despertar. Mas já havia despertado. O pesadelo era real.

— Cada setor era uma pequena cidade cercada de arame farpado. — Ela emendou outro assunto. — Homens e mulheres ficavam separados. A não ser os judeus que vieram de Terezín... Esses ficavam em família. O bloco deles era ao lado do nosso, do outro lado da cerca. Um mês depois da nossa chegada, o setor foi extinto. — Ela faz mais um silêncio. — Os ciganos também ficavam em família. Não trabalhavam. Havia muitas crianças no bloco deles. Uma noite, ouvimos gritos desesperados. Não podíamos deixar as barracas, mesmo assim algumas arriscaram. Havia movimentação dos guardas. As chaminés cuspiam a fumaça negra. Na manhã seguinte, soubemos... Foram dizimados.

Havia tanta coisa a contar, Adele pensou, mas que ordem escolher? As palavras bastariam? Contar exigia certa lógica. Não existia lógica em Auschwitz.

— O nosso bloco tinha umas trinta barracas... Éramos mais de quinhentas mulheres em cada uma, algumas dormiam no chão. À noite, urinávamos num balde. Não podíamos sair para o banheiro. — Calou-se mais uma vez ao lembrar-se das latrinas.

Dez meses e doze dias a urinar e defecar ao lado de dezenas de estranhos seres carecas, em buracos, sobre caixas que acumulavam fezes, sem papel ou água para se lavar. Dez meses e doze dias com pingos amarelados entranhados na pele, impregnada de cheiros azedos de roupas pouco trocadas. Dez meses e doze dias de nádegas ressecadas com crostas marrons e fétidas. Sob as unhas, dez meses e doze dias do gosto de sangue das cascas arrancadas na coceira insana de braços e pernas devorados por piolhos inchados. Dez meses e doze dias a desviar de corpos moribundos de onde a urina gotejava misturada à diarreia. Dez meses e doze dias sem uma torneira que fizesse jorrar abundante o líquido que lavaria o corpo e aliviaria a alma. Mas estas são coisas que se conseguem verbalizar? Em Auschwitz, só se ia ao banheiro em horas estabelecidas pelos guardas. E em grupo. Foi assim também na marcha e nos outros *campos*. Sempre em grupo. Eram memórias pintadas de vergonhas sobre as quais jamais falaria. Havia resolvido à sua maneira. Trabalhou árduo. Quando a situação financeira da família se estabilizou, e eles finalmente compraram o apartamento, a única exigência de Adele foi ter seu próprio banheiro.

— Havia uma chefe em cada barracão, a *Blockältester* — mais um termo que Adele proferiu em alemão. — Muitas eram cruéis, nós tivemos sorte com a nossa. Ela dormia num quartinho à entrada. Era a voz dos guardas. Os SS tinham horror a doenças, circulavam pouco entre nós... mas faziam valer sua linguagem. Quando estavam perto, ela nos chutava, cuspia, nos humilhava. — Adele deixou escapar um sorriso amargo. — Ela não tinha escolha... Mas, quando não estavam perto, nos deixava em paz. Uma vez, me atrasei para a chamada. Eva se colocou na

257

minha frente. Não precisou dizer nada... Alguém deveria ser punido. Vi minha irmã se curvar, cair, se levantar e me dar a mão. — Adele olhou na direção da janela, como se, assim, pudesse mandar embora a angústia que aquela lembrança lhe provocava. — Como eram torturantes as chamadas. Acordávamos ainda na madrugada, estivesse o tempo como estivesse, e nos posicionávamos em fila para a contagem. Podia durar duas horas. Ou mais, ou menos. Dependia do humor do comando. Um guarda ordenava que nos dispuséssemos por altura, da mais baixa para a mais alta. Vinha outro e mudava o critério: da mais alta para a mais baixa. Se não fosse a altura, era a idade ou qualquer coisa que viesse à mente do infeliz naquele momento. Isso acontecia todos os dias... duas vezes por dia. Eu ainda não tinha o número tatuado. — Adele passou a ponta dos dedos na mancha sobre o antebraço. — Os mortos também eram levados para a contagem. Quando Eva morreu...

— Mãe, não precisa... — Haya interrompeu Adele, tocando levemente nos ombros dela.

— Eu preciso, sim — ela continuou, com a voz firme. — Ainda na quarentena, soubemos que éramos força de reserva para trabalho — fez uma pausa curta — ou excedente para os crematórios. As chaminés não paravam, dia e noite. Os comboios chegavam com húngaros e mais húngaros. — Adele pontuava as palavras com silêncios curtos. — Precisávamos ser recrutadas, de qualquer maneira. Foi quando Haya usou uma das pedras que Eva havia engolido e defecado logo na chegada... Depois, foi ela a engolir e defecar as pedrinhas...

Absteve-se de dizer que Haya defecava as pedrinhas na mesma vasilha em que recebia a sopa. Era do ser humano virar o rosto e tapar os ouvidos para assuntos relacionados a dejetos humanos, maus cheiros e a tudo que remetesse à decadência do corpo. A filha atravessava a rua para não ter de enfrentar o mendigo que vivia na esquina. O fedor que exalava lhe tirava o apetite. Nunca pensara em lhe oferecer um banho. Adele, ela própria admitia, também se tornara essa pessoa que mudava de calçada.

— Duas coisas moviam Auschwitz — prosseguiu. — Violência e ganância. Isso se percebia logo, do chefe dos prisioneiros aos guardas. A primeira pedrinha nos valeu trabalho na cozinha e nos pôs no fim da fila das seleções para a morte. Também não era preciso andar quilômetros até um local para cavar trincheiras ou quebrar pedras. — E dirigindo-se à filha: — Era um trabalho que não te punha em risco. Nossa maior preocupação era com você! Juntávamos cascas de batatas, nabos velhos, o que quer que pudesse reforçar a sopa. Mas lá pelo décimo dia... Eva começou a ter náuseas... e febre. Logo depois, vieram as manchas vermelhas, os delírios... era o tifo.

O tique-taque do relógio de parede, uma buzina de bicicleta, uma música vazada por uma janela de carro. Sons que invadiram a sala em meio ao silêncio absoluto quando Adele se calou.

— Às vezes, Mengele, acompanhado de outro médico, visitava as barracas. — Adele seguiu o monólogo em desordem. — Chegava num carro sem capota. A agitação e o medo se espalhavam. Os escolhidos jamais voltavam. Um dia, Mengele foi checar como estava sendo controlado o surto de tifo. Era médico, mas tinha horror a doenças e epidemias. Minha irmã havia sido dispensada do trabalho. Eu e Haya trazíamos as sobras para alimentá-la... Fizemos de tudo para que não fosse mandada para a enfermaria, de tudo, de tudo! De novo, aquele homem brincava de Deus. Chegou durante o horário de trabalho e decidiu que todas as que estavam no barracão naquele momento seriam levadas para "desinfecção". Quando eu e Haya chegamos do trabalho na cozinha, no fim da tarde, Eva não estava mais lá. Sua colher e a vasilha também haviam sumido. O seu lugar no estrado já estava ocupado. — A última frase foi sussurrada, como se falasse para si mesma.

Naquela noite, Haya colocou a cabeça de Adele no peito e cantarolou baixinho *Yiddishe Mame*. Eva sempre fora a protetora da irmã. A ela se juntou outra voz e, como uma onda, a melodia foi varrendo cada beliche até tomar o barracão inteiro. A *Blockältester* tapou os ouvidos. Naquela noite, Haya e Adele dormiram abraçadas, assim como outras mulheres em volta. Ouviam-se os soluços. Órfãs de mãe, órfãs de filhos, órfãs de irmãs, órfãs de humanidade.

— Ficamos na cozinha até o começo de setembro, quando a chefe do serviço que nos dava proteção foi transferida. Eu estava entrando no oitavo mês de gravidez. Riscávamos os dias na parede. Eu evitava pensar no parto... Preferia acreditar que os Aliados chegariam antes. Bombardeiros americanos já haviam sobrevoado o *campo*. Havia informações de que os russos estavam perto de Varsóvia. Os transportes húngaros tinham cessado no começo de julho. Ainda chegavam trens, mas em menor quantidade. Era uma questão de semanas, pensávamos... — Adele segurou as mãos da filha. — Embora a barriga fosse imperceptível, eu temia que alguém me denunciasse. As grávidas eram levadas para o hospital e também para uma área do *campo*, ainda em construção, que ficava do outro lado da estrada que levava aos depósitos e aos crematórios. Era a ala III... ficou inacabada.

Um arrepio percorreu o corpo de Adele. Ela escapara das injeções para induzir abortos e das faixas nos seios para as mães judias que davam à luz com a cruel dúvida entre asfixiar os bebês ou ouvir, impotentes, os gritos da fome até que a morte os levasse. Passou as mãos pelo rosto da filha. Se era possível usar a palavra "sorte" para aquele lugar, essa era a única explicação para estarem ali — as duas — vivas.

— Foi quando Haya decidiu usar a segunda pedrinha. Conseguiu que fôssemos trabalhar nos depósitos para onde seguiam as bagagens dos trens. Era considerado o melhor emprego no *campo*. O fato de falarmos alemão nos trouxe vantagens. Eu me tornei uma espécie de professora para a encarregada, uma judia polonesa truculenta que, muitas vezes, era mais cruel do que os próprios guardas. Comigo e com Haya ela não mexia, e em troca eu lhe ensinava alemão. Justyna era o nome dela. — A imagem da *kapo* lhe veio à mente e Adele pensou, pela primeira vez, na ironia do nome. — Muitos desses encarregados foram entregues aos Aliados e até linchados quando a guerra acabou. Alguns eram tão sádicos quanto os nazistas — ela continuou. — Mudamos de alojamento, ganhamos outra roupa. Nos depósitos, não se raspava o cabelo e podíamos nos lavar em banhos improvisados ao ar livre... sob os olhares dos guardas que riam e faziam piadas obscenas. — Pigarreou como se o incômodo da lembrança se manifestasse na garganta. — Mas isso já era o de menos — completou. — Separávamos o que havia de valor. Candelabros, objetos de prata e ouro, moedas, joias escondidas nos forros e nas bainhas. As melhores roupas eram enviadas para a Alemanha. O povo alemão tinha asco dos judeus, mas vestia nossas roupas, morava em nossas casas, cozinhava em nossas panelas, dormia em nossas camas. Tudo que pudesse ser aproveitado, em bom estado, seguia para a Alemanha. Tudo que era de valor enchia os cofres do Reich. As roupas velhas, desgastadas, os sapatos furados ficavam no *campo*, para os prisioneiros. Também havia alimentos nas malas. Abasteciam os SS. Muitas vezes, os encarregados faziam vista grossa e enfiávamos o que desse na boca, engolíamos sem mastigar... pão, queijo, salame, conservas, geleias, batatas cruas. Havia de tudo. Só não podíamos sair com nada dali. A revista era rigorosa. Quem fosse apanhado com uma migalha levava vinte e cinco chibatadas. — Adele balançou a cabeça. — Nem o cabelo mal cortado ou as roupas largas e sujas foram capazes de afastar a beleza de Haya. — Esboçou um sorriso. — Havia um sargento que não tirava os olhos dela... Evitámos tomar banho quando era o turno dele! Em compensação, saíamos com cigarros... e um maço podia valer mais do que ouro nas trocas no *campo*. Eu nunca fumei... Nunca entendi por que as pessoas quase se matavam por um cigarro. — Calou-se, ligeiramente perturbada. — As barracas ficavam ao lado dos crematórios. Nos trens, chegavam judeus de várias nacionalidades... Sabíamos pelas fotografias, diplomas, passaportes, cartas. — Adele baixou os olhos. — Desculpem, eu não consigo.

Amália, em frente, permanecia imóvel, como se, dessa forma, parecesse invisível. Falar sobre os depósitos despertava em Adele, mais do que sensações, a memória do olfato. O ar impregnado de gordura e cabelos queimados manchava os sentidos. Tudo o que tocava, comia, via e ouvia carregava o cheiro da morte. Os três primeiros dias, ela vomitara sem parar. A vida das pessoas passava pelas suas mãos quando já estavam mortas. Os gritos eram perturbadores. Calavam-se com tiros. Depois, habituara-se. A verdade era essa. Habituara-se. Houve casos, mais de um, de mulheres destacadas para os depósitos que preferiram voltar para as pedreiras a sujar as mãos nos pertences dos mortos. Adele viveria para sempre com a dúvida: se não estivesse grávida, teria agido diferente? Lembrou-se da primeira vez que usou uma roupa íntima das malas. Era uma calcinha de seda, rendada na borda. Não pensou duas vezes. A sensação do sexo coberto e protegido, depois de dois meses sem nada além de um vestido velho e fedido, superava qualquer pudor. E assim, diariamente, ou de dois em dois dias, ela vestia uma roupa íntima limpa. Também foi naquele lugar que, por alguns segundos, viu-se *criatura* refletida num espelho partido. Falhas no cabelo que crescia sem força, olheiras profundas, pele de uma cor que ela não conseguia definir. Não era ela. As outras é que eram assim. Entreabriu os lábios rachados, de um vermelho desbotado. O sorriso de que ela tanto se orgulhava mostrava uma arcada com crostas amareladas e espessas que se esparramavam também pela língua. Eram imagens que morreriam em Adele junto com a despensa abarrotada de fios dentais e rolos de papel higiênico. A mão pousou sobre o antebraço esquerdo.

— Foram tatuados quando fui convocada para trabalhar na cozinha. — Adele passou os dedos, lentamente, sobre os números borrados. — Os húngaros tinham letras na frente. — Pousou o indicador sobre o "A". — Eva também teve um número. — Pegou na caixa uma fotografia da irmã bem jovem, de antes da guerra, ainda em Berlim. — Esta fotografia sobreviveu junto a outras da família graças ao tio Franz, que as trouxe quando imigrou... Eva era tão linda, tinha tantos sonhos. — Acariciou a foto.

Ali, de frente para a filha e para aquela jovem, até há pouco, desconhecida, a parte mais íntima de Adele se desnudava. Os fatos do Holocausto podiam ser pesquisados nos livros, as emoções não. Ela mesma só compreenderia a dimensão de Auschwitz quinze anos depois de ter estado lá.

— Durante o julgamento de Eichmann em Jerusalém, o Rufino, o tal vizinho jornalista sobre o qual já lhes falei, me procurou. — Mais uma vez, Adele retomava o relato com outro tópico. — Nós acompanhávamos pelos jornais. O Rufino tinha chegado dos Estados Unidos e visto algumas sessões transmitidas pela TV americana. Um nazista era julgado em Israel por crimes contra o povo judeu. Era a primeira vez que as testemunhas — gente que havia passado pelos *campos* — mostravam a cara na televisão para milhões de pessoas. Gente de todos os cantos, diferentes línguas. Pessoas que jamais haviam se visto, sequer se esbarrado, traziam as mesmas lembranças do horror. O mundo subitamente queria saber. Não adiantava fugir... Auschwitz encontrava a gente. — Ela falou mais para si mesma do que para Haya e Amália. — Muitos anos depois, tivemos a notícia de que Mengele havia vivido e morrido aqui no Brasil... Não é absurdo?

— Mãe — a filha tocou no ombro de Adele —, eu queria saber mais sobre Haya. O que aconteceu com ela?

Amália se encolhera no sofá. Começara aquela jornada para descobrir o passado de sua família. O que vinha à tona era o motivo de sua família esconder o passado. Observava aquela senhora de cabelos arrumados, unhas bem-feitas, as mãos sobre os joelhos, próximos e ligeiramente caídos à direita. Talvez por isso fosse tão difícil imaginar que aquele horror existiu. Mas existiu. Adele sacou outra fotografia da mesma caixa de onde tirara, pouco antes, o retrato de Eva.

— Depois de Auschwitz, fomos enviadas para outros *campos* até chegarmos a Bergen-Belsen... Aqui, somos eu e Haya, em Bergen-Belsen, logo após a libertação, em abril de 1945. Os ingleses registravam tudo... É a única foto que tenho desta época. Fora Enoch, nunca mostrei a ninguém. — Adele deslizou os dedos pelo papel desbotado. — Haya morreu menos de um mês depois. Não resistiu, estava muito fraca. Depois de tudo que passamos... — Mostrou o retrato para a filha.

Dois esqueletos com ossos pontiagudos atravessando a pele, cabelos um pouco crescidos e ralos, sem corte, rostos chupados, ressaltando as arcadas dentárias que sorriam para o fotógrafo. Haya prendeu, por longos segundos, a fotografia nas mãos. Era como se tomasse contato com a real circunstância do seu nascimento. Mais do que admiração, uma gratidão emocionada tomou-lhe o peito. A mãe realmente lhe *dera* a vida, a própria vida. Passou a fotografia amarelada a Amália e abraçou a mãe.

A pessoa à minha frente não pode ser a mesma da foto. Quero acreditar nisto como uma verdade inquestionável. Um saco de ossos, menos de quarenta quilos — trinta e seis, para ser exata, é o que Adele diz —, com a mesma cara de todos os sobreviventes em fotografias dos *campos*. É incrível a semelhança física que a pobreza, a degradação, a sujeira e a violência causam. Todos têm a mesma cara nos seus uniformes listrados encardidos, costelas à mostra, rostos encovados, cabeças mal raspadas, lábios sem cor e rachados. A mesma cara — até que se conhece um deles. Me encolho mais ainda no sofá. O olhar que se despede da mãe na fila da morte, que fita o médico algoz, que come restos, que dorme com piolhos é o mesmo que mora num dos bairros mais caros da cidade, tem unhas e cabelos impecáveis e faz as melhores tortas de damasco do mundo. Observo uma e outra. O olhar é o mesmo, na elegante senhora à minha frente e na *criatura* da fotografia.

Depois do encontro com Frida, já de volta a Portugal, me enfiei na biblioteca da faculdade e fui atrás de jornais de época e artigos relacionados ao Holocausto, no acervo do extinto *Diário de Lisboa*. Li sobre o Tribunal Internacional de Nuremberg e seus vinte e dois réus. Li sobre as cortes independentes na Alemanha, Hungria, Romênia, Polônia e outros países ocupados. A maior parte dos condenados — soldados de baixa patente e civis colaboracionistas — foi absolvida ou recebeu penas leves. Num exemplar de 11 de abril de 1961, encontrei a seguinte manchete: "Eichmann está a ser julgado sob acusação do assassínio de seis milhões de judeus." Eu nasci uma década depois desse tribunal. Se aquele mesmo jornal caísse em minhas mãos antes do encontro com

Frida, eu leria a manchete com curiosidade histórica, mas me fixaria em outra chamada na capa: "No norte de Angola, prosseguem as operações militares", bem ao lado da fotografia de Eichmann na prisão, em Israel. Penso em tudo que Adele conta. O ser humano não quer saber o que de fato acontece na guerra. Se quisesse mesmo, aprenderia e não repetiria. Cada guerra é enterrada quando começa outra para fazer esquecer a que a antecedeu. O passado vira História. Cada geração vive batalhas presentes ou guerras pessoais. A manchete de Eichmann tem a ver com a minha guerra. Meu bisavô apertou a mão de Eichmann. Meu avô, talvez. Adele jamais saberá disso.

Quero saber de Friedrich. Não posso apressá-la. Foi trabalhar na cozinha graças a Haya e a uma das duas pedrinhas que Eva engoliu e defecou, no dia seguinte à primeira noite. Em Auschwitz, a narrativa de Adele perde sequência de tempo e espaço. Vai e volta. Adele impregna de vida — ou apenas existência? — os fatos e números que pesquisei. Eles ganham carne e sangue. Pulsam. Como assim, engoliu e defecou? Engolia e defecava? É escatológico demais. Percebo a expressão de nojo no rosto de Haya. Deve ser a mesma do meu.

Adele esteve em Birkenau, mas se refere ao *campo* como Auschwitz. Birkenau é Auschwitz II, Auschwitz-Birkenau, a dois quilômetros do primeiro *campo*, apenas Auschwitz, onde funcionava a administração. Havia também Auschwitz III — Monowitz —, um campo de trabalho de uma indústria química. Fora os mais de quarenta *campos* satélites. Os moradores de mais de sete vilas foram desalojados para dar espaço aos três *campos* principais. Dá para imaginar o tamanho de tudo aquilo? Birkenau era uma fábrica da morte. Foi lá que construíram quatro câmaras de gás, cada uma com seu crematório. Era apenas isso que existia lá: barracões entulhados de gente e matadouros para executá-los. Adele se refere aos dois crematórios próximos à parte do *campo* onde ela ficou. Diz que ficou no bloco C. Bloco C fica no setor II. Era o bloco para mulheres judias húngaras "em trânsito". Me afundo no sofá. As húngaras foram jogadas lá, não há expressão que melhor se encaixe.

Nem todos que escapavam da seleção para a câmara de gás, à chegada, eram tatuados de imediato. Foi o que aconteceu com Adele. "Forças de reserva, para trabalho ou crematório." Reserva de trabalho escravo para Auschwitz ou para qualquer outro *campo*. Como foi feita a tatuagem? Em que condições e local? Era chamada pelo nome, enquanto não tinha um número? São informações que Adele não detalha e eu não ouso perguntar. O fato é que os números estão cravados na pele dela. As *criaturas* descartáveis, paradoxalmente, eram fundamentais para fazer girar a grande máquina chamada Alemanha. A verdade é simples, estúpida e irreversível. Vamos escondê-la nas cinzas.

Adele cita os judeus de Terezín, "ficavam em família". Theresienstadt, em alemão. Um gueto numa fortaleza — muitos chamam de *campo* —, nos arredores de Praga. Os nazistas maquiaram Terezín para a visita da Cruz Vermelha. Chegaram a fazer um filme de propaganda com a maravilhosa orquestra do gueto. Ao que parece, os representantes da ajuda humanitária compraram a fachada dos bons tratos. Os judeus de Terezín terminaram em Auschwitz. Tudo soa mais absurdo porque tenho à minha frente alguém que existiu neste período absurdo. Não é uma visita da faculdade aos arquivos da Torre do Tombo.

"As chamadas podiam durar duas horas. Ou mais, ou menos." Não há sobrevivente que não lembre da *Appell*. Talvez seja uma das maiores demonstrações do absurdo da condição humana — ou melhor, da falta de — em Auschwitz. É minha opinião. Contar e recontar. Contar e recontar. Segurar os mortos. Tirar os mortos. Ficar de cócoras ou de braços erguidos, horas a fio. Enfrentar uma jornada de onze horas de trabalho entre as chamadas da manhã e do fim do dia. Todos os dias. Ser mais um ou menos um. Sempre um número.

Também não ouso perguntar a Adele se tem vontade de pisar lá novamente. Me pergunto se eu teria. Os russos chegaram em Auschwitz no dia 27 de janeiro de 1945, sob um rigoroso inverno de quinze graus negativos. Depararam-se com pouco mais de sete mil *criaturas* — para usar o termo de Adele — moribundas junto a excrementos e corpos manchando a neve branca. Um milhão e cem mil pessoas morreram em Auschwitz. Novecentos e sessenta mil eram judeus. Um terço deles, de origem húngara, e chegaram entre maio e julho de 1944. Quatro ganham nome para mim: Eva, Tzipora, Fruma e Samuel. Cerca de sete mil homens e mulheres serviram em Auschwitz. Um deles também tem nome: Friedrich.

Adele cita os depósitos. Provavelmente, na época, chamava-os de *Canadá*. Era o jargão dos prisioneiros. Talvez não o diga para não ter de se estender em explicações. O setor ganhou o apelido porque o Canadá era considerado um país de muitas riquezas. Na guerra, sobrevive-se sem amor, mas não sem humor. Eram trinta barracões que funcionavam como depósitos de tudo o que vinha nos trens e seria enviado para a Alemanha. Os nazistas puseram fogo neles quando abandonaram o *campo*, dias antes da libertação soviética. Diz-se que arderam por cinco dias. Uns poucos resistiram. Num deles, os russos encontraram oito toneladas de cabelo humano que seriam enviadas a fabricantes de tecidos, cordas, colchões e o que mais se fabricasse com os fios. As alemãs usavam perucas feitas de cabelos das tranças de adolescentes judias. Tudo que li revira minha mente e meu estômago. Adele viveu ali. Os nazistas explodiram os crematórios, mas o cheiro dos mortos consumiu as entranhas de Adele. Os mortos vivem em seus silêncios.

Ela cantarola o trecho de uma música que a mãe lhe ensinou. Uma música em iídiche que a jovem Haya cantou no dia da morte de Eva. Uma música que fala da saudade da mãe. Coloco a fotografia na mesa. Há tantas coisas que quero saber. Quero ter filhos, mas a gestação me amedronta. O medo das mudanças no corpo, as dores no parto. Mas o lugar de que Adele fala é fora de qualquer normalidade. Não posso deixar de observar Haya. Sem pré-natal, sem vitaminas, sem repouso, sem exames. Não tenho detalhes do dia a dia da grávida Adele, tampouco dos sonhos de uma futura mãe de primeiro filho. O mundo que ela narra tem valores únicos e próprios. Ali se mata por um cigarro. Adele não compreende o vício. Também não fumo, mas, neste exato momento, anseio, quero muito, lutaria por um cigarro, ou por um uísque, ou qualquer coisa que me entorpeça. Estico os braços e alcanço as mãos de Adele. "Como Friedrich fez parte de tudo isto?" Mais do que uma pergunta, é um desabafo que deixo escapar. Ela responde que ele "foi um anjo com imensas asas que veio à Terra para dar vida a Haya e voar com ela para bem longe daquele inferno". Adele não acredita em homens, acredita em enviados de Deus. E eu? Eu ainda acredito nos homens?

54

Auschwitz-Birkenau, noite de 29 de setembro e madrugada de 30 de setembro de 1944

Pelo segundo dia consecutivo, um transporte com judeus de Terezín estacionava na *rampa* em Birkenau. Depois da seleção de julho, o bloco imediatamente vizinho ao das mulheres húngaras deixara de abrigar famílias do gueto tcheco. Adele lembrava-se perfeitamente das crianças e dos velhos deixando as barracas com a promessa de mudança para campos de trabalho. Parte do grupo foi mesmo. A maioria terminou nas câmaras de gás. Agora, neste final de setembro, os trens da Boêmia voltavam a chegar.

Os transportes da Hungria haviam cessado também em julho. Nunca se trabalhara tanto em Auschwitz como naquelas poucas e longas semanas. Aos húngaros, se seguiram os poloneses. Haya e Adele foram recrutadas para o *Canadá* quando os últimos judeus de Łódź começaram a desembarcar em Auschwitz. Uma única vez, Adele vira, de longe, a seleção na *rampa*. Porém, estava mais preocupada com a bagagem a ser descarregada dos caminhões do que com a angústia alheia. No *campo*, não havia tempo nem espaço para si próprio, muito menos para se colocar no lugar do outro. Os sentimentos que pulsavam nela estavam guardados no útero.

Graças à vista grossa do sargento Fritz — "*minha judiazinha*", assim ele sussurrava no ouvido de sua eleita, Haya — e às aulas de alemão que

Adele oferecia à *kapo* Justyna, conseguiram regalias. Não podiam sair com comida, mas o que importava? Comiam ali o suficiente para se manterem em pé. As pessoas que mais importavam para ambas eram elas próprias e o bebê. Todos os outros estavam mortos. Pelo menos de dois em dois dias, trocavam as roupas íntimas. O que Adele fazia era levar a gravidez. Não sabia para onde nem até quando. Muitas vezes, perdera a contagem dos dias em Auschwitz. Antes de seguirem para o *campo*, logo que se descobriu grávida, fizera as contas. O bebê nasceria perto do *Yom Kippur*, a data mais sagrada para o judaísmo. Dia do perdão, em que os judeus jejuam depois de refletirem e se arrependerem dos pecados para, expiados, serem inscritos no Livro da Vida. No lugar onde estavam, a palavra *jejum* soava irônica e de mau gosto, Adele pensou ao ouvir, distante, um som que lhe lembrou o toque do *Shofar*.

Dois dias depois do *Yom Kippur*, ela estava do lado de fora do barracão fazendo a triagem de bagagens estampadas com centenas de nomes inscritos, pelo homem, no livro da morte. Colocou a mão nas costas, na altura dos rins. Tinha uma semana que o incômodo na lombar havia se intensificado, assim como as cólicas. Mas o corpo habituara-se às dores e movia-se mecanicamente, adaptado a elas. Naquele momento, porém, elas vieram subitamente mais fortes. Era como se uma força interna sugasse seus orgãos. As pernas tremeram.

— Você está bem? — Haya aproximou-se, nervosa, já amparando Adele, que ameaçava desmaiar. — Você precisa se sentar — disse, enquanto a levava para uma parte menos iluminada, entre duas pilhas de malas.

— Haya, nós não podemos... Se alguém nos vir... Meu Deus, me ajude. — Adele mordeu os lábios para não gritar. Curvou-se sobre a barriga e caiu ajoelhada.

Em poucos dias, completaria quatro meses no *campo*. A gravidez fora um segredo compartilhado apenas com Haya e Eva. Havia outras mulheres na mesma situação, talvez mais do que ela imaginasse. A barriga não era um problema. Naquelas condições, era fácil escondê-la. Até para o banho desenvolvera uma técnica. Mantinha-se encolhida como um animal acuado. Não havia tempo nem espaço para se notar o outro. No entanto, mais do que temer uma denúncia e suas consequências, aterrorizava-a o momento em que não teria mais como esconder nem proteger seu filho. Esse momento era o do parto. Não haveria para onde fugir.

Adele apertou os olhos e os abriu em seguida. A expressão no rosto era de sofrimento. Apesar do frio, gotas brotaram-lhe na testa. Mordeu com força a gola do vestido. Aos poucos, a tensão na boca, no corpo todo, foi diminuindo e ela soltou o pano. Inspirou e expirou longamente, algumas vezes, enquanto estirava as pernas no chão. Haya secou o suor com o próprio lenço, que desamarrara da cabeça.

— Chegou a hora, não é? — Haya segurou carinhosamente o rosto de Adele entre as mãos. — Escute, você vai me prometer que vai fazer o que eu disser, sem perguntas... Você tem forças para andar? — Ela disse, enquanto ajudava Adele a se levantar.

Adele deixou-se guiar sem questionamentos. Estava cansada demais para pensar e, naquele momento, o que mais queria era ser cuidada. Agarrou a mão de Haya e a apertou com a mesma força daquele junho que parecia tão distante, em Oradea. A menina não estava mais ali. Haya se transformara numa mulher.

— Obrigada, obrigada... — foi só o que conseguiu dizer.

A dor dava sinal de que, em breve, voltaria. As outras mulheres espiavam com o rabo do olho, vez por outra resmungavam. "Voltem ao trabalho", "não vamos pagar pela leseira de vocês". "Calem a boca", "metam-se com suas vidas", Haya rebatia, de forma ríspida, enquanto guiava Adele — os braços em torno da cintura dela — para dentro do barracão.

Adele se arrastava com dificuldade. Sabia que uma nova contração viria em seguida. Mal atravessaram a porta, a *kapo* veio em direção às duas. O cassetete em punho. Haya se colocou na frente de Adele e levantou a mão. Alguns rostos se viraram para a cena. Apanhar era parte da rotina. Desacatar a chefe do barracão, não. À medida que a *kapo* se aproximava, o burburinho crescia. O que Haya fizera era assinar uma sentença de morte. Vinte e cinco chibatadas, no mínimo. Mas a jovem órfã aprendera, em poucos meses no *campo*, o que, em qualquer outra vida, passaria ao largo de sua existência: o poder da pequena autoridade. Naquela hierarquia, Justyna era a mais baixa.

— Sargento Fritz! — Haya mentiu. — Foi ele quem nos chamou!

O nome do guarda ecoou entre as prateleiras e mesas abarrotadas de objetos e roupas. As mãos das outras congelaram por segundos antes de retomarem as tarefas.

Adele fechou os olhos e suspirou fundo. A sensação das entranhas sendo sugadas recomeçara. Haya sentiu o corpo da amiga pesar e, depois de enfrentar o olhar de ódio da *kapo*, seguiu reto, com passos firmes. Justyna levantou os ombros e soltou um sorriso malicioso, ao mesmo tempo que cuspiu no chão quando elas passaram. Desta vez, a contração foi mais forte. Haya praticamente arrastava Adele, e ninguém ousava ajudar — continuavam o trabalho como se nada de anormal estivesse acontecendo. Agora quem suava, também, era Haya. A sala dos guardas estava a poucos metros.

Fritz observava os passos curtos das duas com as costas apoiadas no batente da porta e os braços cruzados. Adele se contorcia sobre o próprio ventre. Ele observava, impassível. À medida que se aproximavam, ele se afastou do batente, em direção a elas.

— *Was ist los?* O que se passa? — Perguntou, enquanto acendia, calmamente, um cigarro.

A tranquilidade do sargento contrastava com a tensão estampada no rosto de Haya. Adele mordia o próprio braço para não gritar.

— *Herr Kommandant!* — Era como ele gostava que o chamassem, embora não passasse de um terceiro-sargento que chefiava o turno da noite. — Ela vai ter um bebê, precisa de ajuda!

— *Baby?* — Ele deu uma longa baforada, indiferente à mulher curvada à sua frente. — E o que você quer que eu faça, *meine kleine jude?* Eu não sou médico! — Esboçou um sorriso enquanto dava mais uma tragada, antes de jogar o cigarro, pela metade, no chão. — Vai para o hospital. — Ele levantou a mão fazendo sinal para duas prisioneiras que separavam roupas, indiferentes à cena. — Ei, vocês duas!

— Eu faço o que for preciso — Haya se adiantou, sussurrando entre os lábios, para que só ele ouvisse. — Não mande Adele para o hospital — suplicou.

Haya sabia que aquele momento chegaria tarde ou cedo. Seu corpo era apenas mais um corpo de *criatura* — termo que ela também passara a usar para se referir a si própria e aos seres daquele lugar. Se um dia saísse dali, aí sim, o corpo seria seu novamente. E o trataria como um santuário. Ali, era apenas um pedaço maltratado de carne. Desde que tinham sido recrutadas para o *Canadá*, o sargento Fritz não tirava os olhos dela. Era comum chamá-la à sala dos guardas para que lhe limpasse o coturno ou lhe cortasse as unhas. Haya mentira a idade. "Dezessete, quase dezoito", respondeu assim que chegou aos depósitos. Tinha medo de que não a deixassem ficar se soubessem que tinha apenas quinze. "Eu podia ser seu pai", ele dissera na primeira vez que ela fora escalada para o turno da noite, "mas não sou", completara, arqueando as sobrancelhas.

Haya evitava como podia o turno de Fritz, embora ouvisse piadas e gracejos de outras mulheres sobre seu excesso de pudor. Ser a preferida do guarda no comando era um prêmio. E Fritz realmente fazia vista grossa para as roupas que ela trocava com mais frequência do que as outras, para a comida que engolia sem mastigar, para os cigarros e outras miudezas — como linhas, agulhas e botões — que surrupiava. Coisas que tinham peso de ouro no mercado clandestino do *campo*.

Depois, começaram as chamadas à sala dele para "tarefas especiais". Às vezes, pedia que ela esfregasse o chão com uma escova de cerdas duras. Ela, então, punha-se de quatro e limpava cada milímetro da sala. Ele observava em êxtase, largado na cadeira com as botas sobre a mesa. Passou a pedir que ela o olhasse nos olhos. E sempre respondesse "*jawohl, Herr Kommandant!*", "sim, senhor comandante!". Numa outra vez, ordenou que ela trabalhasse com um vestido bem cortado de seda e sapatos de salto. Haya ia satisfazendo as fantasias do sargento, mas sabia que, mais cedo ou mais tarde, ele pediria algo mais.

Ouvira casos de prisioneiras que "faziam coisas" — que ela não ousava repetir — com guardas e *kapos*. Outras eram estupradas. As leis raciais que proibiam cidadãos alemães de terem relações sexuais com judeus não eram suficientes para barrar o desejo animal daqueles bárbaros afogados em álcool nos dias de folga. Quando Haya percebeu que a hora do nascimento do bebê se aproximava, subornou a responsável pelo recrutamento do *Canadá*. Pediu que as colocasse, ela e Adele, no turno de Fritz. Era lá que estavam desde o início da semana.

— Eu lhe suplico, *Herr Kommandant*. Eu faço o que for preciso! — Haya repetiu.

O sargento fez um sinal com a cabeça para que entrassem na sala, que estava vazia, e berrou em seguida:

— Alguma parteira?

O grito se difundiu pelas mesas e por entre as pilhas de objetos e roupas. Uma mulher mais velha se apresentou, timidamente.

— Traga panos para não emporcalhar o chão! — Virou-se para Haya: — Você vem comigo.

55

Entre uma contração e outra, Adele respirava ofegante. Mantinha-se em pé graças a Haya. Estava a ponto de desmaiar. Cabeça baixa, sentia o chão girar sob as botas. Antes que Haya pudesse se mexer, Adele soltou um grunhido.

— A bolsa estourou! — Ela apertou o braço de Haya enquanto o líquido escorria pelas pernas. — Por favor, me ajude! Haya! — O suor lhe empapava o rosto.

Haya ignorou o chamado do sargento e, com a ajuda da parteira, deitou Adele no canto da sala. A mulher trouxera panos e uma bacia grande.

— Encha até a borda, por favor — disse, entregando o objeto esmaltado a Haya.

O sargento andava de um lado para o outro, a boca espumava entre a raiva e a impaciência. Olhou para Haya e teve vontade de socá-la. Não seria repreendido porque uma "puta judia" tentara seduzi-lo e uma "vaca judia" resolvera parir no turno dele, vociferou. Saiu da sala, chutando a porta.

No barracão, ninguém ousara levantar a cabeça. Havia dezenas de mulheres. Cada uma ensimesmada com sua tarefa. Separavam utensílios por tipo e roupas por gênero. Os objetos eram depositados em prateleiras de madeira. Havia os mais visados — metais, pedras preciosas, moedas e notas — e o mais desejado — a comida. Outros guardas estavam espalhados pelas alas fiscalizando com rigor a chegada das malas do transporte tcheco e a separação dos pertences. Estavam preocupados em mostrar serviço e salvar a própria pele. Um investigador de Berlim chegara a Auschwitz para apurar as denúncias de desvio de bens de valor. Não era a primeira vez que um oficial de confiança de Himmler aparecia sem avisar atrás dos SS corruptos que roubavam o Reich.

O sargento Fritz instruíra os guardas a não afanarem um grampo que fosse. Logo o oficial partiria. Por acaso eram mais ladrões que a cúpula berlinense que enchia os cofres às custas deles? Não. Eles eram a verdadeira Alemanha. O povo extorquido. Apenas pegavam de volta o que os judeus haviam tomado. O sargento estava se saindo bem na auditoria. Pelo menos, até agora, o oficial não dissera nada. Não seria um parto que mancharia sua ficha. "Aquela judiazinha vai receber o castigo merecido", chegou a gabar-se, para si mesmo, com certo triunfo. "E vai gostar." Depois, passou a língua pelos lábios, de forma obscena, mordendo o canto inferior em seguida. Esperava que fosse rápido. Nascesse viva ou morta, o destino da criança já estava traçado. Ele não seria punido. Não era responsável por fiscalizar as prisioneiras. Voltou para a sala e abriu a porta bruscamente.

— Andem com isso! — gritou.

Adele agonizava no chão. O rosto vermelho, exaurido. Haya ajoelhara-se por trás, a cabeça de Adele apoiada em seu colo. Secava a testa com um pedaço de pano. Ignoraram o sargento, que, novamente, saiu chutando a porta.

— Está vindo — a parteira sussurrou. — Vamos, força!

— Vamos, Adele, respire... Vamos, força! — Haya fixou os olhos nos dela. — Vai ter um lindo bebê! Segure! — Esticou-lhe a mão. — Vamos!

Adele arfava ofegante. Uma dor lancinante descia-lhe pelo ventre. Sentiu a vagina rasgar. Apertou com tanta força os dedos de Haya que a menina teve vontade de gritar. Mas quem gritou foi Adele. Um uivo que atravessou as paredes da sala e se espalhou pelo barracão.

Num rompante, a porta se abriu. O sargento Fritz entrou esbaforido. Logo atrás vinha um homem alto, loiro, com quepe e farda esmerados. Apesar de jovem, era um oficial de alta patente. Percebia-se pelas insígnias.

— Acabem logo com isso! — Fritz vociferou antes de empertigar-se para o capitão: — Senhor, a situação está controlada. — Tentava se explicar cuspindo uma frase atrás da outra. — A prisioneira ocultou a gravidez. Não houve tempo de seguir para o hospital. Será punida. É contra o regulamento.

As palavras simplesmente atravessavam o homem imóvel à sua frente. Hipnotizado pela cena, o olhar dele encontrou o da mulher que subitamente deixara de berrar e seguiu para o minúsculo bebê que escorregava nas mãos da parteira. A mulher virou a criança de costas e começou a dar-lhe pancadas leves. Primeiro, ouviu-se um grunhido tímido, que logo se transformou num choro potente.

— É uma menina! — A parteira levantou a criança para que Adele visse.

— Uma menina linda! — Haya falou, cortada por um sonoro "não" gritado por Adele.

O sargento se adiantara em direção à parteira. Antes que tocasse na criança, o oficial colocou-se na frente dele.

— Deixe que ela acabe o que tem de fazer. — Apontou para a parteira. — Sugiro que continue seu trabalho. — Indicou a porta para o sargento.

Fritz lançou um rápido olhar de ódio para Haya antes de levantar o braço direito, bater uma bota na outra e deixar a sala.

O oficial, de costas para as três mulheres ainda no chão, esperou que o sargento cruzasse a porta para tirar o quepe. Colocou-o sobre a mesa e, com as duas mãos, ajeitou o cabelo para trás. Antes de virar-se, fechou levemente as pálpebras. A pátria vinha acima de Deus e da família. O que o dever o mandava fazer, pela primeira vez, lhe provocava dúvida.

56

O capitão levantou levemente a manga esquerda do uniforme e conferiu as horas. Passava das duas da manhã do dia 30 de setembro.

— Entregue a criança à mãe. — Dirigiu-se com voz firme e precisa à parteira.

A mulher enrolou o bebê num pano e o passou rapidamente para Adele. Era mãe. Aquele ser minúsculo viera dela. Contou imediatamente os dedinhos das mãos e dos pés. Tzipora havia lhe dito que fora a primeira coisa que fizera quando ela, Adele, nasceu. Haya permanecia ajoelhada atrás dela. Adele se ajeitou, escorada em Haya, e aninhou a filha no colo. Passava os dedos com suavidade pelas pernas e braços finos como gravetos.

A parteira havia amarrado um barbante no cordão, centímetros à frente do umbigo. Adele segurou o braço dela e lhe agradeceu com um olhar, sem palavras. A mulher balançou levemente a cabeça e retribuiu com um sorriso murcho. Não era o primeiro parto que fazia no *campo*. Conhecia o destino que teria aquela criança. A menina, colada ao peito, sugava avidamente o líquido amarelado que saía dos mamilos.

O capitão percebeu que a parteira procurava algo para cortar o cordão. Não foi difícil encontrar uma tesoura no armário dos guardas. Havia também uma garrafa de vidro com um líquido transparente. Ele puxou a tampa e cheirou. Era vodca. Jogou o destilado sobre a tesoura e a secou com o lenço que trazia num bolso da farda. Estava prestes a passar o objeto para a parteira quando ouviu a voz de Adele.

— *Ich bin Deutsche.* — Adele o encarava, num misto de medo e ousadia.

Foi quando os olhos dele encontraram os seus que ela percebeu o quanto ele era jovem. Devia regular de idade com Eva. Visto de baixo, parecia ainda mais alto. Haya e a parteira não se mexiam. Um judeu jamais poderia dirigir á palavra a um alemão sem ser requisitado, sequer olhar nos olhos dele. Em qualquer situação, um judeu tinha a obrigação de manter a cabeça baixa.

— Berlim? — Ele perguntou.

— Berlim. Mitte — ela completou, para agradecer-lhe na sequência: — Obrigada.

— Uma linda menina... — O oficial disse, enquanto se abaixava, ele próprio, para cortar o cordão. — Posso?

Adele mergulhou mais fundo nos olhos dele por um instante e acenou positivamente com a cabeça. Quem era aquele homem? Como um oficial nazista se oferecia para cortar o cordão umbilical de sua filha? Naquele instante, Adele acreditou que havia algo maior, além daquele universo.

Haya, estática, mantinha os braços em arco, como uma cadeira onde o corpo de Adele se acomodara. O olhar revezava entre o capitão e a porta. Enquanto o oficial estivesse ali, estariam protegidas. Mas por quanto tempo? Cinco, dez minutos? O fato é que o bebê nascera com vida. Uma menina de choro forte e perfeita. Ela e Adele jamais tinham ousado falar sobre "depois do parto". Preferiam viver um dia de cada vez.

O capitão ajoelhou-se e, com as mãos um pouco trêmulas, por mais que tentasse disfarçar, aproximou a tesoura do cordão. A parteira, de olhos sempre baixos e muda, segurou firme o tecido acinzentado para que ele cortasse. Em seguida, juntou a massa avermelhada que fora expelida logo após o bebê nascer e jogou na vasilha.

Se fosse possível congelar um momento na vida, o de Adele seria aquele. O ser pequenino, aconchegado no peito. Ela aconchegada em Haya.

— O que vai acontecer com meu bebê? — Adele sussurrou baixinho, curvada sobre a criança.

Haya ajudou Adele a se levantar. Em seguida, ajudou a parteira a secar o chão. Nenhuma palavra traduziria o sentimento de gratidão. Haya apertou a mão da mulher. Ela tinha de voltar ao trabalho. Daqui a pouco, amanheceria e viria a troca de turno. Deixou a bacia com a placenta num canto e saiu. Haya juntou os panos espalhados e os colocou dentro da mesma bacia. Era de novo a sala dos guardas, não fosse a peça de alumínio com o monte de trapos sujos, as duas mulheres e o bebê.

Adele deu dois passos e manteve a cabeça erguida. Seus olhos continuavam fixos nos do capitão. Azuis, de céu limpo. Desta vez, a voz saiu alta.

— O que vai acontecer com meu bebê?

Adele agarrou a manga da farda. Mais do que encarar, ela tocara, de forma abrupta e agressiva, no oficial. Sabia das consequências, mas não pensou nelas. Os dois toques na porta fizeram Adele recuar. O sargento Fritz entrou sem esperar resposta.

— Capitão, o senhor deve estar cansado. Não devia ter estes aborrecimentos... Não é para isso que está aqui! — A voz escorregou falsa e bajuladora.

Fritz estava cansado daqueles "frangotes de merda", como se referia aos oficiais condecorados de Berlim enviados para supervisionar o trabalho que não tinham estômago para fazer. Não aguentariam um turno no crematório e virariam o rosto para os dentes arrancados ainda com sangue na raiz. No entanto, o ouro derretido das obturações não lhes fazia mal algum. A guerra estava perdida. E ele levaria o máximo que pudesse dali. Melhor baixar a cabeça e deixar que o outro pensasse que mandava nele. Se fosse preciso, lamberia suas botas.

— Espero que conste em seu relatório que não tive nada a ver com isto. A prisioneira omitiu seu estado. Pode deixar que, a partir de agora, eu assumo.

A última frase saiu pausada, bem lenta, e direcionada para Haya. Ela desviou o olhar enquanto Fritz caminhava em direção a Adele, que protegeu a filha com o próprio corpo. Antes que ela gritasse, o capitão se colocou, novamente, na frente do sargento. Fez sinal para que se aproximasse e murmurou no ouvido dele.

— *Unterscharführer*, vamos simplificar. Desapareça com aquela bacia. Não aconteceu nada esta noite. — Aproximou-se ainda mais do ouvido dele. — Aliás, não aconteceu nada nos últimos dias. Não vi nada de anormal, os livros conferem. O senhor merece uma condecoração. Estamos entendidos?

O sargento Fritz demorou alguns segundos para entender se aquilo era uma ironia ou não. Vira, mais de uma vez, oficiais de fala mansa estourarem miolos de prisioneiros em tardes de ócio.

O capitão apontou, com o queixo, o canto da sala. Em seguida, fez a saudação com o braço direito esticado. O sargento respondeu com um mecânico *"Heil Hitler!"* e se dirigiu, com passos lentos, até a bacia abarrotada de trapos úmidos que cobriam a placenta. Não escondeu o asco. Segurou o objeto esmaltado, com as duas mãos, e seguiu para a porta. Foi o próprio capitão que girou a maçaneta. Ao passar por ele, o sargento ouviu um novo sussurro, baixo, mas claro o suficiente.

— Tem mais uma coisa. São minhas prisioneiras.

Fritz virou a cabeça e olhou uma última vez para Haya, com escárnio. Foi como se dissesse "escapou de mim, judiazinha, mas não de Auschwitz".

282

57

Em qualquer outro espaço e tempo, Adele estaria deitada num colchão macio forrado com lençóis limpos e cheirosos, dormindo o sono da recompensa de, por nove meses, ter sido casa, comida e ar de um ser que se criara dentro dela. Mas ali? Ali não havia espaço nem tempo para cansaço, exaustão, abatimento. Era um vácuo no mundo.

— O que vai acontecer com meu bebê? — ela insistiu. — Eu posso ficar com meu bebê?

A segunda pergunta estava carregada de outra questão: até onde contava com aquele homem? Ela daria um jeito de esconder a bebê no barracão. Revezaria turnos de trabalho com Haya. Subornaria a *Blockältester*, as outras *kapos*. Escondera a gravidez até o parto, esconderia a filha. A estes pensamentos se seguiram outros terríveis. Os ratos, os piolhos, o inverno que chegaria em breve, o tifo e tantas doenças. A imunidade do útero ela não podia mais dar à filha. Adele baixou o rosto e beijou longamente a testa do bebê.

— Tire minha filha daqui. É a única chance de ela sobreviver. — Estendeu a criança em direção a ele, para logo a trazer de encontro ao peito. — Leve-a para Berlim, por favor! Um velho amigo de meu pai, médico, cuidará dela! — Adele se dirigia ao oficial sem temor ou reverência.

Foi só então que o capitão parou para olhar a menina. A cabeça recostada no ombro da mãe, aninhada no travesseiro duro dos ossos. Dar vida num lugar que cheirava a morte era tão improvável quanto o leite jorrar do peito murcho. Permaneceu em silêncio por segundos que, para Adele, se estenderam como horas.

— Escute, temos pouco tempo até a mudança de turno. — A resposta veio súbita, enquanto ele procurava uma folha, um pedaço de papel qualquer nas gavetas.

Arrancou uma página de um bloco e passou-a para Adele, junto com um lápis de ponta grossa. Ela rabiscou o nome de Christian Werner, do próprio pai e o endereço do apartamento, na Auguststrasse. Colocou também seu nome e o de Norman.

— Me chamo Adele Eisen Solber. Não sei onde está meu marido. — A mão tremia, há meses não segurava um lápis. — Por favor, salve minha filha — suplicou.

O capitão dobrou a folha e a pôs no bolso da farda para, em seguida, levar os dedos, timidamente, à cabeça do bebê, e fazer um carinho.

— Qual é o nome dela? — Murmurou, para não assustar a criança.

Desde que Eva morrera, Adele não pensara em outro nome se fosse menina. Quando seus lábios se abriram para pronunciar o nome da irmã, paralisaram. A imagem de Eva surgiu à sua frente, como em um sonho acordado. Eva movia os lábios que Adele se esforçava para ler. "Não... Dê-lhe vida... um nome... vida!" A voz sussurrada de Eva inundou os ouvidos de Adele. Ela fechou os olhos, em meio ao delírio, para abri-los rapidamente em seguida. No lugar de Eva, estava Haya, iluminada.

— Haya. O nome da minha filha é Haya. — Estendeu a mão para a jovem, que retribuiu com força, como no dia em que se conheceram. — Haya quer dizer *vida*. — Adele repetiu a frase daquele primeiro encontro.

Haya fungou o nariz. Não se importava com as lágrimas que escorriam pelas bochechas. Depois, beijou delicadamente os dedinhos das mãos e dos pés da pequena Haya.

— Está na hora.

Com a mesma delicadeza, mas firme, ela foi desvencilhando o bebê dos braços de Adele. A vida pela qual Adele tanto lutara nos últimos quatro meses vingara. Como ela queria que a mãe, a irmã e o pai estivessem junto! Ou como ela queria estar junto com eles, noutro lugar que não ali. E Norman? Podia imaginar o rosto dele, ao mesmo tempo abobalhado e orgulhoso daquele serzinho que levava sua semente. E os avós? "Mais uma Eisen para deixar o mundo alegre e florido", parecia escutar o velho Arnold.

— Você vai viver — Adele sussurrou, em meio às lágrimas, no ouvido da menina já acomodada nos braços do capitão. — Obrigada. Não tenho palavras para agradecer — disse, depois de dar um beijo longo na barriga do bebê.

— Precisamos ir. — O capitão ajustou o quepe e acomodou, no braço esquerdo, o bebê enrolado em panos. — Eu lhe prometo. Sua filha vai ficar bem. Eu prometo.

— O senhor pode me dizer seu nome? — Adele perguntou quando ele já alcançava a porta.

— Me chamo Friedrich. Capitão Friedrich Schmidt.

As paredes da sala seriam as únicas testemunhas do que acontecera naquela noite. Friedrich Schmidt era o nome de um anjo que aterrissara ali, no lugar onde ninguém tinha nome.

58

Rio de Janeiro, julho de 1999

Adele segue o relato, mas não presto mais atenção. Marcha da morte, campos satélites, Bergen-Belsen, libertação pelos ingleses, volta a Berlim, prédio em destroços, chegada a Potsdam, reencontro com a filha. Essa é a história dela. A minha estaciona naquela madrugada de 1944. Jamais saberei o que, de fato, aconteceu com Friedrich. Adele diz que, depois da guerra, tentou encontrá-lo, mas em vão. O tempo passou e a vida seguiu.

Só agora mostro a ela e a Haya a foto que tenho de meu avô. As duas se emocionam. "Como era bonito... Friedrich foi um milagre em nossas vidas." Adele me abraça. "Por ele aprendi a não guardar ódio no coração e pude seguir." Eu apenas escuto. O Friedrich de Adele tem um quê de super-homem. Não é à toa que ela o associa às ideias de "milagre" e "anjo". A descrição do parto de Haya enobrece Friedrich. Destoa do Friedrich atordoado que procurou Frida com uma recém-nascida numa cesta. Talvez o relato de Adele apaziguasse o coração de Frida. O relato dela, de certa forma, redime o passado nazista de minha família. Gosto de acreditar neste jovem corajoso que arriscou a própria vida pelo bebê de uma estranha. Um super-herói que veio ao mundo para salvar a pequena Haya. Depois da missão cumprida, perdeu a função e morreu numa emboscada estúpida. Nada falo das cartas de Frida ou da suspeita de minha bisavó de que o filho continuava vivo e era pai de Haya. Frida está morta e de nada valerá passar a Adele suas angústias. Resta a partitura. Essa eu tenho de mostrar. Pertence a Haya.

Enquanto ouvia a história, elucubrei centenas de teorias para tentar entender o silêncio de Johannes. Mas nenhuma me satisfaz. Por que ele não contou a Adele que era avô de Friedrich? Por que não contou a Frida a verdade depois que a guerra acabou? Ela teria se orgulhado do filho, meu pai teria se orgulhado do pai dele. Nossa história teria sido completamente diferente. Ter um passado nazista é um peso difícil de se carregar. O feito de Friedrich teria aliviado esse peso.

Adele me pergunta se me importo que ela tire uma fotografia minha com Haya. Vai colocar no aparador. Também gostaria de uma cópia da foto de Friedrich. Ficará ao lado do postal que lhe dei, dela com Haya ainda bebê. Curioso que o uniforme da Juventude Hitlerista que tanto me incomoda parece não perturbar Adele. Talvez porque ela reconheça o homem além da farda.

Faz perguntas sobre a minha família. Quer saber tudo sobre Friedrich. Eu dou respostas evasivas, sei apenas o que Frida me contou. Evito falar da minha própria família. Engraçado que eu tenha criticado esta atitude em Frida e em meu pai. Me comporto da mesma maneira. Afinal, de que adianta contar toda a história a ela? Johannes e Frida estão mortos. Meu pai apagou o passado. Nem o sobrenome de Friedrich carregamos. Convidam-me para lanchar. É como se eu fosse da família. Haya também está emocionada. Não há cobranças da parte dela, nem porquês.

"E meu pai? Ele sabe como foi meu nascimento?", Haya pergunta. Me dou conta de que ainda não conheci Enoch. "Sim, decidimos juntos enterrar o passado quando deixamos a Alemanha. Enoch foi, e é, minha força. Com ele descobri o amor, o que é ser de um outro ser. Não teria conseguido sem ele." Ela silencia subitamente e me pergunto se, um dia, compreenderei o que é esse *ser de outro ser*. "Johannes o acolheu como acolheu você, Haya." Vira-se para mim e pensa ler meus pensamentos. "Não julgue Johannes. Ele deve ter tido bons motivos para manter este segredo. O que importa é que ele, como Friedrich, salvaram vidas, nossas vidas. Eles mostraram que um povo é feito de indivíduos. Nem todos os alemães eram nazistas." Adele não traz rancor na voz. "Eu sou alemã. Antes de ser judia, sempre fui e serei uma alemã. Friedrich e Johannes me fizeram ter orgulho e esperança, me fizeram não odiar de onde venho." Escutar Adele me remete diretamente a meu pai. Adele é veemente. Apesar de tudo o que sofreu, tem fé no povo alemão, ao contrário de meu pai, que renega a própria origem. Ironicamente, o Friedrich que inspira Adele é o Friedrich que envergonha meu pai. Dois lados de um mesmo indivíduo.

"Amália, este é Enoch", Adele atravessa minhas divagações. Estranho pensar que, durante meses, acreditei que o homem, que agora ganha carne e osso, pudesse ser meu avô. Trocamos um longo olhar. Me cumprimenta com um leve curvar da cabeça e um sorriso cerrado que não identifico se é de receptividade ou de suspeita. Eu retribuo e estico a mão. Adele já lhe adiantou que sou neta de Friedrich e que Friedrich é neto de Johannes. "Eu telefonei para a loja quando fui pegar a caixa", aponta para o quadrado de madeira na mesa. "Tive de contar, senão ele não vinha. Enoch não deixa o escritório por nada!" Ela encosta a cabeça no peito dele.

Adele não para. Como um disco de mil faixas, emenda um assunto no outro, sem pausa. Volta a ser a senhora alegre que me recebeu há algumas horas. De um otimismo exagerado, daquele tipo "se a vida te der limões, faça uma limonada". Confesso que sempre achei limonada algo extremamente azedo, independente da quantidade de açúcar. "Enoch cuida de um programa assistencial para lutadores de boxe amadores." Explica o trabalho social de Enoch como se fosse o mais importante do mundo. Não para mim. Não absorvo uma única palavra.

Enoch é elegante. Viril para a idade. Deve beirar os oitenta. Tem olhos azuis, e o que sobrou dos cabelos é raspado rente, com máquina. Os vastos pelos dos braços, ainda bem musculosos, denunciam que foi loiro. Como Friedrich. Veste uma camisa polo num tom verde-escuro, com mangas curtas. Me chama a atenção, imediatamente, a tatuagem no braço esquerdo. Diferente de Adele, não carrega números. É um pássaro preto, com vastas asas abertas, que ocupa boa parte do lado interno e externo do antebraço. Nota o meu olhar nada discreto. "Fênix, a ave que renasce das cinzas. Me acompanha aonde quer que eu vá!" Enoch exibe a tatuagem. É linda, respondo um pouco constrangida. "Você acha uma heresia um velho judeu, como eu, ter uma tatuagem destas?"

Antes que eu responda, Adele me puxa pela mão. "Não ligue para ele! Enoch gosta de chocar! Amália não sabe destas coisas!" E me explica que a *Torah* proíbe que os judeus se tatuem, que façam marcas definitivas na pele. Ao que ele completa, apontando o número de Adele: "Essa é do tempo em que Deus não existia." "Pare com suas piadas sem graça!" — ela dá um soquinho, de leve, no braço dele. Dá para ver que Enoch se ressente mais do que ela com a perseguição e o antissemitismo. O humor sarcástico parece ser sua forma de lidar com esse período. "Você conta sua história nos ringues enquanto comemos! Vamos lá?!" Me deixo levar por aquela sensação de leveza que transmitem pessoas apaixonadas. Está no tom da voz, na troca de olhares, no jeito como se tocam. Sinceramente, não me pergunto por que um judeu, nos seus oitenta anos, traz uma fênix tatuada no braço. Me pergunto como um amor pode nascer em meio a perdas, destruição e dor. E se manter por tanto tempo.

59

A mesa da saleta, separada da sala principal por uma porta de correr, estava posta com muitas guloseimas e belas louças. Parecia montada para uma matéria de revista. A famosa torta de damascos, no centro, cortada numas vinte fatias. Amália logo percebeu que o cômodo era o antigo escritório da casa. Ao fundo, uma estante de madeira maciça com livros dispostos sem nenhuma ordem. Romances, biografias e cadernos de receitas se misturavam a fotos de Haya adolescente, e também dos netos, dois rapazes. O escritório certamente mantinha a mesma decoração de décadas atrás, acrescido da mesa redonda que acomodava facilmente oito pessoas. Na parede que fazia quina com a estante, um piano, de madeira escura, chamou a atenção de Amália. A banqueta antiga, encostada ao lado, servia de apoio para revistas. Não havia partituras sobre o tampo. Parecia mais um móvel largado do que um instrumento em uso. Antes que Amália pudesse perguntar quem o tocava ou um dia tocou, Adele a puxou para a mesa.

— Sente-se perto de mim! — Adele conduziu Amália à sua direita.

— Foi uma tarde de revelações... — Enoch, já sentado à esquerda de Adele, segurou a mão dela e voltou-se para Amália. — Pois bem! A tatuagem é resultado de uma aposta. Eu me interessei pelo boxe muito jovem, aos onze anos, quando vi lutar, pela primeira vez, Max Schmeling, o Ulano do Reno. Ele tinha acabado de se mudar para Berlim. Eu jurei que seria como ele.

Enoch contava a história da lenda do boxe alemão de quem Amália nunca ouvira falar. Não era um esporte que minimamente a atraísse. O tal Schmeling, além de ter conquistado o título mundial dos pesos-pesados, havia derrotado o famoso pugilista americano Joe Louis. A princípio, ela mantinha aquele meio-sorriso de quem ouve por mera educação, mas, aos poucos, foi se interessando.

— Quanto mais crescia nos ringues, mais os nazistas o idolatravam! — Enoch simulou um soco no ar. — Ulano virou um prato feito para Hitler e os figurões do partido. Era exibido como o ideal da raça ariana! Mas não era um porco fascista, nunca se filiou. Só que, em 1938, perdeu a luta de revanche contra Louis... Os nazis chegaram a interromper a transmissão! Foi uma vergonha para o Reich... — Enoch aponta a tatuagem. — Mas não para mim. Eu tinha vinte e um anos na época. Um judeu de origem polonesa criado em Berlim... Nunca pude participar de uma competição oficial... Eu sabia o que era ser execrado... Foi aí que tatuei a fênix... Eu tinha certeza de que Ulano, como eu, jamais se deixaria abater. Ele foi mandado para a frente de batalha e sobreviveu! — Em seguida, levantou-se e pegou, numa gaveta, um recorte de jornal com uma reportagem sobre o pugilista. — Mas sua grande vitória não foi essa! Muitos anos depois, ficamos sabendo que ele tinha desafiado o Reich ao ajudar os filhos de um amigo judeu a deixarem a Alemanha depois da Noite dos Cristais, e era preciso coragem para isso nessa época. Ingleses, americanos... O mundo baixava a cabeça para o *Führer*! O próprio Schmeling nunca relatou o feito. Nunca se gabou... e durante um longo tempo foi estigmatizado como um símbolo do nazismo.

— Neste momento, arqueou as sobrancelhas. — Talvez você se pergunte por quê... Por que Schmeling nunca contou sua própria história? — Levantou os ombros como resposta e espetou um pedaço de torta com o garfo. — O que importa é que sobrevivemos... e recomeçamos! — Enfiou o naco na boca e mastigou com prazer. — Os anos passam, mas a torta de damasco de Adele continua igual e a melhor do mundo!

Amália também partiu um pedaço e o colocou na boca. O que será que Enoch quis dizer com a história do boxeador? Frida, Adele e, agora, Enoch entravam em sua vida de forma repentina e, ao mesmo tempo, enigmática. Falavam por entrelinhas que Amália ia, aos poucos, desvendando. Talvez se referisse a Johannes. Por que nunca contara sua história? Adele, por sua vez, queria saber mais de Frida.

— Sinto tanto não ter conhecido sua bisavó e ter-lhe dito que seu filho foi um herói! Jamais vou entender por que Johannes nunca nos contou nada.

— Frida também adoraria conhecê-la — Amália disse com pesar e voltou-se para Enoch. — Eu gostaria de saber mais sobre Johannes... Como ele era?

— Johannes era um homem de muita coragem e honra. Me acolheu arriscando a própria vida. Eu passei a guerra fugindo, me escondendo, roubando para comer... Ele me deu teto e proteção, sem julgamentos ou cobranças. O que mais posso dizer? Jamais poderei descrever com palavras o que ele fez por nossa família. Johannes... e seu avô. — Era a primeira vez que Enoch se referia diretamente ao assunto que trouxera Amália àquela casa. — Adele contou que você chegou a nós por uma dedicatória numa fotografia, dela com Haya ainda bebê... que estava com sua bisavó... Como?

— Acho que Frida puxou o pai... Era cheia de mistérios... — Amália respondeu, reticente. — A foto estava numa caixa que lhe foi enviada depois da morte de Johannes, na década de sessenta... Foi o que me contou. — Enfiou mais um pedaço de torta na boca para ganhar tempo. — O importante é que nos conhecemos e eu pude saber do feito do meu avô.

Amália sentiu, naquele instante, uma profunda conexão com Frida. Não contaria das cartas enviadas para o Brasil, muito menos da esperança da bisavó de que Friedrich estivesse vivo. A suspeita fora por água abaixo. Frida também não teria do que se culpar, a recém-nascida sobrevivera. Amália descobrira a verdade, cumprira o prometido. Talvez fosse o momento de mostrar a partitura, pôr um ponto final naquela história e seguir a vida. Cada um parecia estar mergulhado em diferentes pensamentos. Por alguns segundos, ouviu-se apenas o barulho dos talheres, da mastigação, das interjeições elogiosas às delícias servidas, como se tudo de importante já tivesse sido dito.

Enoch olhou as horas e pediu licença. Tinha de dar um telefonema rápido a um fornecedor. "E você, não saia daí!", Adele falou de forma carinhosa quando Amália fez menção de se levantar, insinuando que era hora de ir. "Melhor deixar a sonata para outro momento", pensou, "já foi muito para uma tarde." Iria esperar a volta de Enoch e se despediria. O que ela precisava era de um bom banho, uma dose dupla de uísque e cama.

— E o piano? — Perguntou para matar o tempo. — Você toca, Adele?

— Não. Enoch é quem toca! Tocava todos os dias, quando Haya era criança. Mas ela cresceu, mudou de casa... — Segurou as mãos de Amália. — E você tem mãos de quem toca!

— Sim — Amália respondeu. — Desde pequena... Ele está afinado? — Apontou para o instrumento.

— Creio que sim... — Adele titubeou. — Vez por outra, a namorada do meu neto aparece por aqui e dá umas dedilhadas! Engraçado... — ela lembrou, saudosa — de repente me veio a imagem da casa de Johannes... Havia um piano na casa... — E, enquanto tirava as revistas e liberava a banqueta, sussurrou: — Vamos, Amália, toque algo para nós!

Amália engoliu em seco. Era um sinal de que não deixaria para depois. Tocaria, finalmente, a *Sonata para Haya*. O legado de Friedrich. Levantou-se e foi até o piano. Ergueu a tampa e, da mesma forma que fizera na casa de Frida, meses antes, abriu bem os dedos, esfregou uma mão na outra e, em seguida, nas coxas, num misto de ritual e aquecimento. Não precisava da partitura que estava na mochila. Sabia de cor. Veio a primeira nota, a segunda, a seguinte. Logo a melodia envolveu a sala. Haya levou as mãos ao rosto. Ela, que se mantivera praticamente calada o tempo inteiro, se manifestou.

— De onde você conhece esta música?! — Exclamou, surpresa. — É a minha música!

Paro subitamente de tocar. Sim, a música é dela, leva o seu nome! Como é que Haya sabe que é a sua música? Ela olha para a mãe, assim como eu. Mas a expressão de espanto no rosto de Adele também pede respostas.

"Quando peguei Haya no colo, pela primeira vez, logo que cheguei à casa do lago, ela se assustou e começou a chorar... e foi assim por noites e noites. Enoch sentava-se ao piano ou simplesmente cantarolava a melodia... e ela ia se acalmando, aos poucos, até cair num sono tranquilo, aninhada em meu peito." São mais de cinco décadas e a lembrança é viva. "Pequena Haya, ele dizia, esta é a sua música."

Sinto um aperto na garganta subindo até os olhos. "Desculpe, eu...", e deixo a saleta, corro para o banheiro. Jogo água no rosto, como nos filmes. De nada adianta. Me vejo no espelho. É um choro daqueles que vêm aos espasmos, junto com uma falta de ar e uma expressão de riso histérico. Patético. Me sinto, de certa forma, traída! Então, Enoch sempre soube da sonata? Haya a escutou a vida inteira?! Por favor, Amália, sussurro baixinho, deixe de ser ridícula. Isso devia me deixar feliz. Foi para ela que Friedrich a compôs. Com certeza foi Johannes que a ensinou a Enoch. Mais do que traição, sinto raiva. Não é só porque Friedrich abandonou meu pai, seu próprio filho — isso já seria muito. Mas porque ele compôs algo tão belo para uma desconhecida. Haya não era sua filha. Adele só o viu uma única vez! Para elas, Friedrich existia apenas como o "milagre que salvou Haya de Auschwitz". Tenho raiva também de Johannes. Foi ele quem apagou a existência de Friedrich. Estranhamente, essa sensação ajuda a me recompor. Jogo novamente água no rosto. Seco com a toalha. Respiro fundo algumas vezes. A calma volta. E eu retorno à saleta, já com a partitura na mão.

60

O rosto inchado era visível. Amália pouco se importava. A tarde se estendia por um labirinto que, a cada curva, apontava um novo caminho. Enoch voltara à saleta. A verdade é que desligara o telefone assim que os primeiros acordes soaram pela casa. E vira Amália passar apressada para o banheiro. Agora, estavam ali, frente a frente. Amália mostrou a partitura. Aproximou-se de Haya.

— Você tem razão. É a sua música. Foi composta especialmente para você pelo meu avô... Friedrich. — Apontou o título. — *Für Haya...* Para Haya — e calou-se.

Haya acariciou as páginas amareladas. Passou os dedos sobre as notas como se, assim, pudesse sentir o momento em que foram escritas. Olhou para Adele e, em seguida, para Enoch. Ele baixou a cabeça.

— Pai, você sempre soube, não é? Por que mentiu para nós? — Haya perguntou num misto de revolta e tristeza.

Adele atropelou a fala da filha. O que sentia era decepção.

— Eu sempre confiei em você... — A decepção dava um tom amargo às palavras. — Por que nunca me contou? O que mais você esconde, Enoch? — Ela sustentava o olhar fixo no dele, que permanecia calado. — Precisou que Amália aparecesse? Por que nunca se abriu?! — O silêncio dele só exacerbava a reação de Adele. — Por que não fala nada?! Ela elevou o tom da voz. — Foi Johannes que te ensinou a tocá-la! E é a música que você tocou a vida toda! — Ela arrancou a partitura das mãos

297

de Haya e foi até ele. — Por que escondeu isso de nós, de mim? — Ela suportaria tudo, menos perder a confiança em Enoch.

— Adele, Enoch, Haya... — Amália procurava as melhores palavras. — Eu não tive intenção de perturbá-los! Eu jamais poderia imaginar... Eu... Frida me mostrou a música antes de revelar que foi composta por Friedrich... Eu me emocionei demais... Minha intenção foi das melhores... Eu iria contar a vocês, mas queria que sentissem o que senti... — Ela tentava explicar-se em vão. — Eu peço desculpas.

Adele segurou os ombros de Amália de forma carinhosa e pediu que ela parasse de falar.

— Minha querida, desculpas por quê? Quem lhe deve explicações somos nós! — Voltou-se para o marido. — Enoch, você precisa falar alguma coisa!

Foi a vez de Enoch pegar a partitura e passar os dedos por ela. Johannes lhe ensinara a música nota a nota, nas próprias teclas, que ele decorou até incorporar. Amália chegara como uma arrombadora de cofres. Será que conseguiria abrir todos? O que ela tanto procurava? Cada camada arrancada daquela história desnudava as pessoas em torno de Friedrich, mas não ele. Enoch aproximou uma cadeira do piano e sentou-se ao lado de Amália. Em seguida, virou-se para Haya.

— Friedrich compôs a sonata logo após o seu nascimento. Ele salvou sua vida, mas você, de certa forma, também salvou a dele, pelo menos naquele momento.

IV

Johannes

61

Potsdam, novembro de 1944

A noite fria daquele começo de novembro prenunciava mais um rigoroso inverno. Johannes, ouvido encostado à caixa de madeira sobre o aparador num canto da sala, girava o botão vagarosamente à procura da faixa da rádio inglesa. Sintonizou a transmissão. Uma voz grave, misturada aos ruídos da estática, atualizava o avanço aliado. Há muito, ele deixara de temer a patrulha nazista. Tinham mais a fazer do que vigiar um velho que vivia isolado numa casa no lago. Sentou-se colado ao rádio, a mão em concha atrás da orelha direita, para captar melhor o que o locutor falava. "Tropas britânicas perseguiram as forças alemãs em retirada, no extremo norte da Grécia, e alcançaram Salônica, a cidade mais importante depois da capital Atenas."

— *Meine kleine Haya.* — Com a outra mão balançava delicadamente o berço. — Os ingleses estarão aqui antes que você comece a balbuciar! — A menina dormia profundamente, alheia ao chiado do rádio. — Escute! — Pôs o indicador na frente dos lábios. — Você ouviu? Caças britânicos atacaram Colônia e Hamburgo... e o general De Gaulle pediu que os filhos e filhas dos que morreram nos combates levem a cabo a tarefa de lutar pela grande França! — Falava para a pequena, embalada no sono.

Havia pouco mais de um mês que Friedrich — o neto que ele não via há mais de uma década, desde o rompimento com a filha, quando o rapaz ainda era uma criança — batera, já homem feito, à sua porta segurando a recém-nascida. Criara o hábito de conversar com a menina, mesmo que fosse um monólogo. Ficara viúvo cedo e não casara novamente. Preferia os bichos aos humanos. Nos últimos treze anos, Moby, um braco alemão de pelo duro, era a única companhia na imensa casa de frente para o lago. Substituíra Wurst, um dachshund marrom, que vivera por mais de quinze anos. A menina fora, de certa maneira, uma imposição. Embora não admitisse, Johannes já se afeiçoara a ela.

Aproximou-se da lareira, onde o velho cão se esparramava num cobertor surrado, e jogou um toco de lenha, atiçando as brasas avermelhadas. A chama rapidamente cresceu na madeira e clareou a sala.

"A campanha da frente ocidental deve se prolongar pelo inverno. Os exércitos aliados encaram com serenidade a perspectiva. A neve já cai em alguns locais. O abastecimento às tropas constitui problema mais grave que o mau tempo." A voz do locutor ecoava, arranhada pelo chiado do aparelho.

— Mais um inverno, meu velho... — Ele afagou a cabeça do cão antes de sentar-se na poltrona ao lado do berço. — E o seu primeiro inverno... — Conferiu a manta que envolvia o bebê. — Mas você está bem agasalhada!

Quando o noticiário acabou, Johannes desligou o rádio e seguiu para a cozinha. "Um chá quente cairia bem", pensou. Moby chacoalhou as orelhas, esticou as patas e seguiu atrás do dono. Antes de deixar a sala, o cão aproximou-se da porta lateral, que dava para o jardim, e, atento a algo lá fora, arranhou insistentemente o vidro com a pata. Johannes observou a cena, chamando-o em seguida.

— Moby, aqui! — Fez um sinal com os dedos para que o cachorro o acompanhasse.

Antes de abrir a porta da cozinha, pegou a espingarda que descansava no aparador do hall, o casaco e o cachecol. Era uma noite escura, mas ele estava acostumado ao breu. Circundou a casa, pisando com passos leves na grama. O cão o acompanhava no mesmo compasso. Sem fazer barulho, se aproximou da garagem dos barcos. A porta estava entreaberta. Moby arrancou na frente, farejando. Johannes empurrou a porta com o pé ao mesmo tempo que acendeu a luz para, em seguida, empunhar a arma.

— Quem está aí? Apareça!

Não havia onde alguém se esconder além do pequeno barco a remo encoberto pela lona. O resto do espaço estava ocupado por ferramentas de jardinagem e carpintaria.

— Vamos! Saia ou eu atiro! — Disse, enquanto destravava a espingarda.

Imediatamente a lona se mexeu. Dois braços se ergueram no ar. O cão latiu e mostrou os dentes.

— Não atire! Não estou armado!

— Um passo em falso e arrebento sua cabeça. O que você quer? — Johannes mirou a testa do homem e, em seguida, falou para o cão, sem se virar: — Moby, quieto!

— Por favor, eu só preciso de abrigo... Uma noite que seja. E de um prato de comida — respondeu, ainda com os braços para cima. — Me chamo Enoch, Enoch Solomon. Sou alemão, mas estou vindo da Polônia. Estou a caminho de Berlim.

Johannes baixou a arma. Enoch baixou as mãos para que o cão as cheirasse. Em seguida, afagou a cabeça dele. O cão abanou o rabo.

— Você até poderia me enganar... mas não ao Moby. Venha. — Indicou a porta para que Enoch saísse na frente.

Atravessaram o jardim. Ao girar a maçaneta da porta dos fundos da casa, Johannes ouviu o choro do bebê. Seguiu para a sala com a espingarda a tiracolo e pegou Haya no berço.

— Minha querida... Vovô está aqui...

Johannes encostou-a no ombro esquerdo, dando-lhe tapinhas leves nas costas enquanto cantarolava uma melodia desconhecida. A menina logo adormeceu e foi novamente colocada no berço.

Enoch acompanhou a cena em silêncio. Sentaram-se à mesa da cozinha. Johannes abriu uma lata de carne, que virou num prato fundo. Colocou, ao lado, pão e queijo. Tirou a rolha da garrafa de vinho e serviu dois copos. Enoch, primeiro, devorou a carne. Não comia há mais de vinte e quatro horas. Saciada a fome, virou um gole grande da bebida.

— Você é judeu, não é? — Johannes foi o primeiro a falar.

O outro assentiu com a cabeça.

— Fui deportado com meus pais para a Polônia, antes de a guerra começar. Fomos mandados para Łódź, cidade natal deles, e minha também. Só que fui criado em Berlim. Quando minha família imigrou, eu tinha três anos. Em fevereiro de 1940, fugi quando recebemos a ordem para seguir para o gueto. Me juntei aos *partisans* e, desde então, vivo nas florestas... — Fez uma pausa. — Há algumas semanas, meus companheiros foram apanhados por uma patrulha alemã... Fui o único que escapei... Desde então, me escondo nas matas como um lobo...

— ... e veio justamente para a cova dos leões? — Johannes questionou, sem ironia.

Enoch demorou para responder.

— Eu não tinha para onde ir. — Levantou a manga da camisa; o casaco ele já havia tirado. — Antes disto tudo começar, eu era boxeador, em Berlim. — Apontou a águia. — Homenagem a Schmeling. — Em breve, os russos tomarão Varsóvia... e logo estarão aqui. As tropas alemãs não aguentam outro inverno. — Tomou mais um gole de vinho. — E os russos... Os russos vêm com Stalin. — Os olhos encontraram os de Johannes. — Eu quero ir para a América.

Johannes tornou a encher os copos e beberam em silêncio.

— Você pode dormir na casa dos barcos esta noite. Tem um colchão lá. Vou lhe arranjar uma manta — disse, já se levantando. — Não acenda a luz, não faça barulho.

Voltou em seguida com dois cobertores, um travesseiro e um pequeno candeeiro. Enoch agradeceu e atravessou a porta para a noite escura. Johannes acompanhou a luz fraca que seguia pelo jardim até se perder na construção de madeira na beira do lago.

62

Quando Johannes se levantou, na manhã seguinte, e olhou pela janela do quarto, a grama estava cortada e as folhas haviam sido recolhidas do jardim. Os pés do banco de madeira próximo à margem do lago também haviam sido fixados. O local, nos fundos da propriedade, era isolado dos vizinhos. Não havia casas na outra margem, apenas bosque. Observou o rapaz que, naquele exato momento, consertava a janela emperrada da garagem dos barcos. Devia regular de idade com o neto, pensou. Não tinha notícias de Friedrich desde aquela sexta-feira de outubro em que ele partira disposto a buscar a mãe da menina. Frida aparecera, uma vez, no portão da mansão. Pouco antes de Enoch chegar. Foi a primeira e única vez que viu a filha em mais de dez anos. Ele permaneceu escondido atrás da cortina. Ela não tocou o sino que havia décadas anunciava a chegada de um visitante.

O rapaz ficou por mais uma noite. No dia seguinte, cortou lenha, arrumou as toras e reforçou as tábuas do assoalho da sala que estavam levantando. Havia muito a fazer na casa. Assim, foi ficando dia após dia, para ir terminando mais uma e outra tarefa. Passou a dormir no porão. Todas as noites jogavam cartas depois que Enoch dava a mamadeira ao bebê e Johannes tocava, ao piano, a mesma música, sempre. Quando deram por si, já era dezembro.

63

Potsdam, dezembro de 1944

Enquanto Johannes esquentava água para o chá, Enoch foi até a garagem dos barcos em busca de lenha estocada. As galochas afundavam na neve que cobria o jardim. O céu cinzento era o aviso de mais um dia curto de inverno. Ouviu o sino do portão da frente vibrar três vezes. Adiantou o passo e se escondeu na casinha.

Johannes espreitava pela janela da cozinha. Esperou que Enoch desaparecesse e seguiu para a frente da casa. Não abriu o portão, apenas pegou o envelope das mãos de um rapaz jovem que partiu apressado logo em seguida. Abriu-o ali mesmo. Leu o conteúdo e ficou imóvel, indiferente aos flocos finos que salpicavam de branco o boné e o casacão de lã. Voltou para casa caminhando lentamente, como se carregasse chumbo nos pés. Quando Enoch entrou, Johannes estava sentado, na cozinha. Os braços largados sobre a mesa e o olhar vazio fitando o nada. Sobre o tampo, uma folha de papel jogada ao lado de um envelope.

— Você está bem? — Enoch tocou o ombro dele.

Johannes virou-se e apontou a folha.

— Sente-se. Temos muito que conversar. É sobre Haya. — Fez uma pausa. — Percebo o enorme carinho que tem pela menina e lhe agradeço por isso. Agradeço também sua discrição. Nunca me perguntou nada sobre ela nem sobre mim. Pois bem, existem coisas que preciso lhe contar. Estou velho. Essa guerra vai acabar em breve e preciso que me prometa que, se algo acontecer comigo, vai cuidar desta criança até que a mãe dela apareça ou... — parou subitamente, retomando com ênfase — ... ou não.

Johannes pegou o bilhete jogado na mesa e leu, só para si, mais uma vez.

— Enoch, sou viúvo há muito tempo, já perdi a conta dos anos... Meu filho saiu pelo mundo bem antes de a guerra começar, fugindo do alistamento. Um aventureiro. Morreu num país da África. Nunca fomos próximos. Já minha filha Frida... era minha joia. Eu a entreguei para um porco desgraçado. Um homem medíocre, mas rico na época... Me envergonho. Este homem se tornou um nome do primeiro escalão do Reich: *Obergruppenführer* Hans Schmidt, um capacho de Hitler. Me afastei de Frida quando os filhos dela ainda eram pequenos. Era muito ligado a meu neto, Friedrich. Era um menino sensível, adorava música... — Calou-se por um instante. — Pois bem, esse menino se tornou capitão da Luftwaffe, piloto condecorado. Depois de ficar ferido em combate, não pôde mais voar. Meu genro, o verme nazista, o inseriu no restrito círculo da cúpula do governo. Foi mandado para uma missão em um campo de trabalho na Polônia... O inferno na terra, foi como ele definiu o lugar quando me procurou, há pouco mais de dois meses. Eu não o via desde que era um menino de calças curtas. Tornou-se um homem alto e forte. Trazia, num cesto, a pequena Haya, então com dois dias de vida. — Calou-se mais uma vez. — Uma menina judia que ele viu nascer, literalmente. O parto aconteceu na sua frente.

64

Auschwitz-Birkenau, madrugada de 30 de setembro de 1944

O capitão Schmidt estava na Polônia havia menos de uma semana. Instalara-se numa edícula, no fundo de um terreno murado, na divisa entre duas vilas, a cerca de quatro quilômetros do centro administrativo do *Lager* de Auschwitz. O *campo* crescera tanto que se tornara um complexo com três instalações principais e dezenas de subdivisões. Recebia prisioneiros de toda a Europa, que se transformavam em mão de obra escrava para o Reich. A bagagem desses homens e mulheres era confiscada logo à chegada, o que fazia de Auschwitz uma fonte permanente de riqueza e, ao mesmo tempo, de tentação.

A batalha que Friedrich viera travar ali era bem diferente daquela a que estava habituado. Era um homem do ar, da ação. Combatera o inimigo na linha de frente. Era um milagre ter sobrevivido ao caça abatido. Mas essa sobrevivência tivera um preço. Com apenas vinte e quatro anos de idade, por causa da sequela no olho, jamais voltaria a voar. Agora, prestava um serviço à tropa de elite. O próprio chefe da SS o convocara.

Um ano antes, uma missão fora deslocada para Auschwitz a fim de apurar suspeitas de roubo e fraude depois que um pacote, enviado por um oficial da SS à mulher, fora aberto por funcionários da alfândega. Dentro, havia um bloco grande e disforme de ouro fundido, provavelmente dos dentes de prisioneiros. Himmler designara a comissão, chefiada pelo juiz Morgen, para apurar o caso e deixar claro aos oficiais e funcionários do *Lager* que os bens dos reclusos eram propriedade exclusiva do Reich. Os desobedientes seriam tratados como traidores e levados a um tribunal. A investigação seguira por meses, mas, na prática, as detenções e penas acabaram sendo menores e mais leves do que as ameaças. Em junho, chegara-se a cogitar o alargamento da investigação, já que os trens húngaros haviam rendido menos do que o esperado.

Oficialmente, Friedrich fora enviado para investigar desvios nos transportes da Hungria e esmiuçar as constatações de Morgen. Sua missão era observar. Um olheiro solitário de Berlim. No fundo, suspeitava que Himmler o mandara mais para agradar ao pai, Hans Schmidt, do que propriamente para desmascarar corruptos. Isso ele percebeu no primeiro dia em que pisou no *campo*. Livros adulterados, oficiais bêbados, pilhagens à vista. Tudo ali estava à mostra. Desde que chegara, estivera duas vezes no segundo *campo*, Birkenau, onde os trens chegavam ao fim da linha abarrotados de gente. "Isto aqui é literalmente o *anus mundi*", ouvira de um oficial quando, instintivamente, levou um lenço ao nariz para conter a repulsa que aquele lugar inspirava.

Entre saber o que se passava naquele vasto terreno cercado e testemunhar o que, de fato, acontecia, havia um caminho dúbio que envolvia bloquear emoções e sensações e pensar com a razão. Judeus constituíam o maior número dos reclusos. O jovem capitão sabia o que os judeus haviam feito com a Alemanha. Ele crescera num país humilhado pela Grande Guerra e destruído pela ambição e traição semita. No entanto, depois da primeira visita a Birkenau, onde as bagagens eram armazenadas para a separação dos objetos, a visão dos corpos esqueléticos cobertos de feridas, a caminho das chaminés cuspindo uma fumaça espessa e escura, lhe provocara questionamentos e, à noite, pesadelos. Mas ele não estava ali para pensar ou sentir. Sua missão era desvendar ações corruptas de uma corja que manchava a dignidade do Reich.

Havia chegado um trem da Boêmia no dia anterior. Passava da meia-noite quando Friedrich girou a chave na ignição e seguiu pela ruela estreita e cercada de árvores até cair na estrada que o levaria a Birkenau. Optou pelo trajeto pela rua Legionów, onde ficava a casa do comandante. Diminuiu a marcha. A casa estava às escuras. Contornou o primeiro *campo* e seguiu para o segundo, a menos de três quilômetros dali. Entrou pelo portão secundário, que o levaria diretamente ao *Canadá*.

A visão lúgubre de Birkenau trouxe-lhe a sensação de que a guerra vivida no ar era menos assustadora que a da terra. À esquerda, dezenas de barracas, às escuras, guardavam um exército de corpos marcados para morrer. À direita, um descampado onde mais barracões eram erguidos para esconder o que o *Führer* considerava a escória do mundo. À frente, a fumaça densa que atormentava seu sono, fazendo com que se mantivesse alerta sem uma única pílula de Pervitin. Baixou o vidro e cumprimentou a sentinela. Percorreu pouco menos de um quilômetro até embicar o carro no pátio em frente aos depósitos. Dali, a visão do topo das chaminés era aterradora. Ficavam como que suspensas no ar, isoladas, a expirar a morte.

Sabia que, mais cedo ou mais tarde, teria de atravessar aquele portão. O próprio comandante — que já fora afastado de Auschwitz por suspeita de corrupção e voltara nem seis meses depois — designara um *Hauptsturmführer* para guiar Friedrich pelo *campo*, com uma ordem especial de visita à construção isolada. "É de lá que vem boa parte do ouro do Reich, capitão. O senhor tem de ver para entender como é extremamente difícil encontrar homens com coragem para esta tarefa. Às vezes, eles fraquejam." O cinismo do comandante se multiplicava nos seus subordinados. Como é que aqueles homens conseguiam dormir? Ele não conseguia. Era por isso que estava ali, àquela hora da madrugada: para perturbar o sono deles.

65

Friedrich sentiu os olhos caírem sobre ele assim que cruzou a entrada de um dos barracões do *Canadá*. As prisioneiras se agitaram e era possível notar o burburinho à medida que ele caminhava, com passos firmes e sincronizados, em direção à sala do comando.

Passava pelas mesas com malas abertas, onde os objetos pessoais dos recém-chegados eram vistoriados e separados em prateleiras. Tudo muito organizado. Havia pilhas de sapatos, roupas masculinas, femininas, brinquedos, pincéis de barba, escovas de cabelo e de dentes e também ferramentas de trabalho de dentistas, sapateiros, carpinteiros e outras profissões. Grande parte dos que vinham nos transportes acreditava que seriam reassentados e começariam vida nova.

A poucos metros da porta da sala, um homem corpulento, em torno dos quarenta anos, gesticulava e vociferava enquanto andava de um lado para o outro. Pela atitude, era o chefe do turno. À sua frente, a *kapo* — ele logo identificou pela braçadeira — ouvia de cabeça baixa e costas curvas, sem nada responder. O homem só notou a presença de Friedrich quando o capitão estava a menos de dois metros dele. Imediatamente dispensou a prisioneira, ajeitou a farda e o quepe e levantou o braço direito.

— *Heil Hitler!* Sargento Fritz, responsável pelo turno. — Apresentou-se em meio ao suor que escorria da testa mesmo com a noite fria.

— *Heil Hitler.* O que está havendo aqui? — Friedrich perguntou, enquanto esticava o braço.

— Nada que não esteja sob controle, senhor capitão. — As gotas desciam pelas bochechas flácidas e vermelhas.

Foi neste momento que um uivo, vindo das entranhas da noite, tomou o barracão. O sargento Fritz correu para a porta da sala dos guardas e a abriu num rompante. Friedrich entrou logo atrás.

No chão, uma mulher, as pernas abertas, coberta por trapos, dava à luz uma vida. Como era possível? Naquele lugar, naquelas condições? Friedrich era pai e jamais havia pensado naquele instante que era o surgimento da vida. Sentiu quão pequeno e grandioso era o ser humano perante o universo.

Ele tinha um filho para quem era um desconhecido. Passara mais tempo no ar do que em casa. Quem teria visto Hermann nascer? Não sabia sequer o nome do médico ou de quem recebera a criança nas mãos. Nunca lhe passara pela cabeça perguntar ou conhecer essa pessoa. Será que o estranho sentira o mesmo que ele sentia, ali, de frente para uma estranha?

Foi neste momento que, por instinto, barrou o sargento que avançava sobre a criança.

— Deixe que ela acabe o que tem de fazer! — Colocou-se entre Fritz e a parteira. — Saia e cuide do barracão. Aqui assumo eu.

A parteira amarrara um barbante no cordão e precisava de um objeto afiado para cortá-lo. Friedrich revirou o armário dos guardas e encontrou uma tesoura. Lembrou-se, mais uma vez, do filho e do tempo que não voltaria.

— Uma linda menina... — Friedrich disse enquanto se abaixava, ele próprio, para cortar o cordão. — Posso? — Conseguiu controlar a emoção na voz, mas não as mãos que seguravam a tesoura.

— O que vai acontecer com meu bebê? — A mulher sussurrou, exaurida.

Friedrich não escutava. A mente trabalhava a léguas dali. Não pensava em si. Pensava nelas. Não tinha dúvida do que precisava fazer. A questão era como. Não ouviu o sargento Fritz bater antes de a porta se abrir bruscamente.

— Capitão, o senhor deve estar cansado... — A voz do sargento soou como um gongo. — Espero que conste em seu relatório que não tive nada a ver com isto. A prisioneira omitiu seu estado! — Falou enquanto se dirigia para pegar o bebê.

O sargento Fritz era o que havia de mais repugnante para Friedrich. O capitão o tinha nas mãos, como a todos ali. O que vira nos últimos dias precisava ser encarado de frente. Aquele lugar era uma máquina de morte operada por sádicos. A corrupção era apenas uma das engrenagens da máquina. O sargento Fritz poderia roubar o que quisesse. A vida daquela criança ele não roubaria.

— Escute, sargento, vamos simplificar. Não aconteceu nada esta noite, nem nos últimos dias. — Murmurou, depois de se colocar entre o homem e a mulher que acabara de dar à luz. — Tem mais uma coisa. São minhas prisioneiras — sussurrou quando ele deixava a sala.

O sargento lançou um olhar de escárnio que Friedrich percebeu como de triunfo. Até o capitão cedera. Era impossível não se corromper naquele lugar. Friedrich pouco se importava com o que falariam dele. A voz da mulher invadiu seus pensamentos.

— Tire minha filha daqui. Leve-a para Berlim. Um amigo vai cuidar dela. — A mulher implorou com a criança apertada ao peito.

— Temos pouco tempo. — Passou-lhe uma folha para que anotasse o endereço na capital.

— Eu sou Adele Solber.

— Confie em mim. Sua filha vai viver. E o nome dela? — Perguntou, tentando desviar os olhos dos números tatuados no antebraço da mulher.

— Haya. Quer dizer *vida*.

— Pois eu lhe prometo — ele disse, já com o bebê nos braços. — Esta criança vai viver.

Foi só aí que Adele quis saber quem ele era.

— Friedrich. Capitão Friedrich Schmidt — respondeu, sem convicção.

Friedrich só voltaria a ter orgulho de si mesmo quando tirasse a criança daquele inferno. Saiu pisando firme, sem virar para trás. O sargento

Fritz estava à sua espera. Sentiu o suor na testa, mas manteve a frieza. Não acelerou o passo e encarou todos os guardas. Ninguém ousaria perguntar sobre a criança e o sargento se encarregaria do silêncio.

Entrou no carro, girou a ignição. Menos de uma hora depois de ter chegado a Birkenau, na madrugada do último dia de setembro, ele deixava o *campo* com um bebê recém-nascido, enrolado num trapo. Naquele sábado, não voltou ao *campo*. Ligou para o comandante.

— Preciso estar em Berlim na segunda-feira, o mais tardar. Um motivo de ordem pessoal.

O comandante não pediu detalhes, muito menos se alongou. O capitão já ia tarde. Partiu no dia seguinte. Durante todo o percurso até a capital, Friedrich agarrou-se à imagem da mulher a implorar que salvasse a filha. Ele deixaria a menina no endereço indicado e voltaria para resgatá-la. Foi só quando chegou ao último posto de fronteira e o bebê ameaçou chorar que Friedrich percebeu a dimensão de tudo aquilo. Notas musicais surgiram à sua frente e encheram de sons o carro e a noite. Acomodado num cesto improvisado no chão de trás, o bebê se acalmou. Passaram sem despertar suspeitas. Friedrich sentiu-se em paz e confiante. Foi esta confiança que o fez respirar fundo quando se deparou com o prédio em escombros na Auguststrasse. Não se abalou. Cantarolou mais uma vez as notas. De repente, sentia-se novamente com quinze anos, nas tardes em que o mundo era apenas ele e a mãe e as aulas de piano do professor Schulz. Ele sabia exatamente quem procurar. Só Frida o entenderia.

66

Potsdam, dezembro de 1944

— Meu neto atravessou barreiras e postos de checagem sem levantar suspeitas. Seguiu determinado com o objetivo de entregar Haya e voltar para salvar a mãe dela. — Johannes era fiel ao relato de Friedrich. — Quando chegou a Berlim, não havia mais o prédio no Mitte, não havia mais o tal amigo da moça... — A voz adquiriu um quê de amargura. — Ele não teve dúvidas... Procurou Frida. Jamais imaginaria que a mãe pudesse decepcioná-lo... e ela lhe virou as costas. Foi aí que se lembrou de mim. Ele sabia por que eu tinha me afastado de minha filha... ele me disse. Sabia que eu não iria desapontá-lo... — Johannes balançou a cabeça e mudou o tom. — Auschwitz... Você já ouviu falar desse lugar?

"Sim", Enoch murmurou timidamente. Ouvira falar do *Lager* na Polônia. Os combatentes tinham uma rede de informações vasta e precisa. Aquela era uma das informações que circulara entre eles. Um *campo*, perto de Cracóvia, de onde as pessoas não saíam vivas. Em seguida, levou a conversa por outro caminho.

— Por isso você toca a mesma música, todas as noites?

— A inspiração que Friedrich teve durante a viagem se estendeu pelos poucos dias que ficou aqui. Não dormia há mais de vinte e quatro horas quando chegou, perdido, com a pequena Haya. Convenci-o a não partir imediatamente. Ele ficou por mais três dias, debruçado sobre o piano.

Nada mais lhe interessava a não ser criar algo belo para esta criança. "Eu a salvei, vovô. Mas ela deu um sentido à minha vida." Me entregou a sonata... — Johannes passou a partitura para Enoch — ... pronta. *Sonata para Haya*. Em seguida, me fez prometer que eu cuidaria da menina até que ele voltasse com a mãe dela. Mesmo assim, deixou-me os nomes dos pais da criança, e também o endereço em Berlim do prédio em escombros, e o tal contato... Friedrich voltaria à Polônia para tirá-la do *campo*... nem que fosse a última coisa que fizesse na vida. Meu neto não teria paz enquanto não salvasse aquela mulher... e agora... — Johannes apoiou o cotovelo na mesa e segurou a cabeça entre as mãos.

— O que aconteceu, Johannes? — Enoch encostou a mão no braço dele. — Me diga. O que houve?

— Esta carta... — Apontou para a folha jogada na mesa. — Esta carta é de minha filha, Frida, comunicando que Friedrich está morto. Meu neto foi assassinado, provavelmente por rebeldes — fitou Enoch como se dissesse "um dos seus", mas sem raiva, apenas resignado —, logo após voltar à Polônia, nem sei se chegou ao tal *campo*... O corpo dele não foi encontrado, mas o carro sim... submerso num lago. — Ele engoliu a saliva, mas não conseguiu conter a emoção. — Meu neto era um bom rapaz. Estava transtornado com os horrores que testemunhou. Salvar a menina não diminuiu a culpa que ele sentia por tudo aquilo. "Somos todos cúmplices", ele dizia... — Johannes baixou a cabeça. — Não falo com minha filha há mais de dez anos. Nesta carta, curta e seca, ela nada menciona sobre a visita do filho. Apenas se sentiu na obrigação, suponho eu, de me comunicar a morte de um neto. — Johannes pegou a folha e leu, mais uma vez, para si. — Frida jamais poderia imaginar que Friedrich me procurou. — Desta vez encarou Enoch, com firmeza. — E ela jamais saberá. Estou te contando tudo isso porque estou velho, já te disse, e preciso da tua ajuda. Fique aqui até a guerra acabar. E me ajude a encontrar a mãe de Haya. Ela há de estar viva... Meu neto não morreu à toa. Eu devo isso a ele.

Johannes estendeu a mão direita, que Enoch apertou selando a promessa.

— Eu prometo. Se o senhor me prometer que me ensina a tocar a música — disse, soltando a mão para voltar a estendê-la, para um novo aperto, desta vez para selar o compromisso de Johannes para com ele.

O velho apertou a mão estendida, com força, e puxou Enoch para perto dele. Deu-lhe um forte abraço. Perdera um neto, mas ganhara um amigo.

67

Rio de Janeiro, julho de 1999

— E foi neste dia que comecei a aprender a sonata... — Enoch havia se levantado da cadeira, mas permanecia ao lado do piano.

Amália continuava sentada na banqueta. Adele ouvia o relato tentando reconhecer o homem à sua frente. Naquele momento, ainda era difícil entender os motivos que tinham levado Enoch a omitir uma história que era mais dela do que dele. Haya estava ao lado da mãe e podia sentir, pela forma como ela apertava os dedos uns nos outros, a decepção que a invadia.

Já Amália mantinha os olhos fixos nas teclas do piano. Não era o Friedrich heroico de Adele nem o Friedrich transtornado de Frida que tinham dado vida às teclas naqueles dias esquecidos de outubro de 1944. Havia angústia e desilusão e, ao mesmo tempo, esperança e paixão. Carne, osso e sentimento compuseram a sonata. Tocá-la, a partir de agora, lhe despertaria emoções que teria de engolir, emoções que só se permitiria extravasar quando estivesse sozinha e pudesse encher e esvaziar os pulmões várias vezes. Ela precisava respirar longamente para assentar tudo aquilo dentro de si.

— Mesmo que Friedrich tenha voltado a Auschwitz, dificilmente me encontraria — A voz de Adele atravessou os pensamentos de Amália.

— Dois dias depois do parto, o sargento Fritz arranjou uma maneira de nos punir, a mim e Haya. Nos mandou de volta para o bloco C. Quase uma semana depois, na sexta-feira seguinte, escapamos de uma seleção para a morte graças à *Blockältester*. Demos a ela roupas íntimas limpas que tínhamos trazido dos depósitos. Ela nos colocou no grupo que seguiu em marcha para outro *campo*... Fomos levadas para uma vila, também na Polônia, onde nos obrigaram a cavar trincheiras enormes para impedir a passagem dos tanques russos. Daí em diante, fomos jogadas de um *campo* para outro, até chegarmos a Belsen... e foi lá que fomos libertadas em abril de 1945, ainda antes da rendição da Alemanha. Foram meses intermináveis onde o que me movia era imaginar que meu bebê estava vivo e seguro. — Pegou a mão da filha. — Foi isso que me deu sentido para continuar. Quando a guerra terminou, meus pulmões estavam tomados. Ninguém achou que eu sobreviveria... Já minha amiga Haya... — Adele passou os dedos pela nuca — ... assim como Eva, não resistiu ao tifo. Eu demorei a aceitar. Como podia ser? Depois de tudo que enfrentamos... ela morrer assim, justo quando já estávamos livres? — Calou-se subitamente para retomar, já com outro tom. — Eu fiquei semanas no hospital, os médicos disseram que foi um milagre eu ter me recuperado. Depois, me mandaram para um abrigo... Lá, tive a ajuda de um soldado americano que me colocou num caminhão com suprimentos para Berlim... A cidade estava em destroços... O prédio da Ausguststrasse era um escombro. Foi quando vi uma mensagem riscada num resto de parede... Minha filha estava viva... — Era como se falasse mais para si mesma do que para os outros. — Parece que isto tudo aconteceu em outra vida... mas foi nesta... Foi nesta.

Desta vez, Amália ouviu atentamente o que aconteceu com Adele depois de Auschwitz. Já Adele recontava para daí, quem sabe, tirar forças para enfrentar Enoch. Sentia-se traída na cumplicidade sobre a qual construíra a vida com ele. Como se, de repente, visse que a *casa* que ele era para ela havia sido erguida sobre um alicerce de areia. Foi Haya quem fez a pergunta que pulsava, entalada, no peito de Adele.

— Pai, eu entendo que Johannes tenha omitido de Frida que Friedrich o procurou depois que ela lhe negou ajuda... mas mamãe... e eu... Por que nós nunca soubemos disso? — Olhou para o pai e, em seguida, para Adele. — Principalmente mamãe... — Era como se a amargura de Adele tivesse dominado a filha.

Enoch aproximou-se de Adele, mas ela manteve o rosto virado. Não conseguia encará-lo. Ele fez menção de tocá-la, mas recuou e continuou a falar.

— Em maio de 1945, logo que a Alemanha assinou a rendição, cinco meses depois de sabermos da morte de Friedrich, fui a Berlim, com o endereço que Johannes me passou. A cidade estava destruída. As pessoas procuravam seus entes queridos em locais que não existiam mais. Chegavam com a roupa do corpo, sem documentos, sem nada. Potsdam também tinha sido alvo de terríveis bombardeios, em abril, pouco antes de a guerra terminar... Felizmente, a casa do lago não foi atingida. — Ele fez uma pausa. — Mas, voltando a Berlim... No lugar do prédio da Auguststrasse só havia destroços. Também não havia sinal do médico, o tal doutor Werner... Me lembro como se fosse hoje.... A mensagem de que Adele falou... rabisquei-a no concreto que restava: "Adele Eisen Solber, Haya está em Potsdam." E deixei anotado o endereço da casa do lago. Algo me dizia que a mãe de Haya estava viva... — Enoch agachou-se, segurando as mãos de Adele, que permaneceu imóvel e não levantou o rosto. — Eu ia a Berlim quase diariamente para checar se o recado não havia sido apagado. Meu amor, você se lembra? — Ele segurou gentilmente no queixo dela, até que os olhos se encontrassem. — No dia em que você atravessou aquele portão, naquele começo de agosto, meu coração disparou. Eu estava com Haya nos braços... Jamais vou esquecer a sensação de felicidade e plenitude que invadiu o meu peito. Era como se aqueles dias de chumbo se tivessem pulverizado. Meu coração disparou. Eu te amei no primeiro momento em que te vi, Adele.

68

Potsdam, agosto de 1945

Havia três meses que a Alemanha assinara a rendição. O fim do conflito não trouxera a paz tão almejada. O que sobrara do país estava nas mãos de ingleses, americanos e soviéticos. Enoch e Johannes evitavam falar sobre o futuro, mesmo que ele estivesse sendo decidido, literalmente, ali ao lado. A conferência que juntara os "Três Grandes" em Potsdam terminara há pouco mais de uma semana. Se a conta após a Grande Guerra fora alta, agora ela vinha acompanhada de um mundo que mostrava uma divisão clara entre leste e oeste.

Enoch e Johannes optaram por viver um dia de cada vez, como nos tempos da guerra, porém com a agravante de sentirem um pessimismo que evitavam dividir um com o outro. O que fariam com a menina? Enoch não precisava dizer — Johannes sabia pela expressão estampada no rosto dele — que ia a Berlim quase que diariamente mais atrás de alguma notícia da mãe da criança do que para resolver qualquer outro assunto.

Aprendera a tocar a sonata com Johannes. Nunca havia visto uma partitura. Aprendeu-a de cor, decorando as teclas, os tempos, a melodia. Dedilhava a música todas as noites para Haya dormir, como um aluno aplicado, até não errar mais. E assim levavam os dias, esperando que a paz finalmente assentasse. Não eram armistícios que a garantiriam.

— Agora os japoneses se rendem... mas a que preço. Duas bombas... O que aconteceu no Japão poderia ter acontecido aqui. — Johannes não se conformava com as notícias do Pacífico.

Enoch balançava a cabeça enquanto consertava rombos na cerca viva que os separava do vizinho. Johannes podava a roseira ao fundo do jardim.

— Fala-se em mais de duzentos mil mortos... Aniquilados... A que ponto chegamos, Enoch? Isto não acaba nunca! — Ele falou alto para que o outro escutasse.

Haya engatinhava pela grama. Já ensaiava os primeiros passos. Os dois observavam atentos, mas sem ajudar, as tentativas da menina de se levantar apoiando as mãozinhas nas costas do velho Moby. O cão fazia-se de morto enquanto ela lhe puxava o rabo.

— Escute, Enoch, fique de olho na pequena enquanto preparo um chá. — Largou a tesoura e seguiu para a porta dos fundos. — Do jeito que estou sem paciência acabo destroçando a roseira... e ela não tem nada a ver com isto!

A saída de Johannes trouxe o silêncio por que Enoch tanto ansiava. Estava farto de discussões sobre bomba atômica, retomada de territórios anexados, indenizações, desmilitarização, desnazificação e tantas outras medidas. Eram homens em gabinetes que decidiam a vida de homens como ele antes de seguirem para o conforto das casas que sempre tiveram e teriam.

Enoch não sabia o que era *ter*. Perdera tudo. Sua única referência era a menina para a qual tocava todas as noites e o velho que dera teto e comida aos dois. Do resto ele não queria — e não iria — lembrar.

Colocou de lado o alicate e foi andando até Haya com passos lentos e largos, os braços envolvendo uma bola imaginária e as bochechas infladas, numa tentativa de fazê-la rir com seu urso desajeitado. Dava uma e outra cambalhota, até que caiu esparramado no chão. A menina batia uma palma na outra e abria um riso desdentado. Depois, ele a colocou no colo e, juntos, rodopiaram.

Foi só quando deu a segunda volta que Enoch notou a mulher, no meio do jardim, a poucos metros de onde brincava com Haya. Ela e ele permaneceram imóveis enquanto Haya, alheia ao que se passava, puxava o nariz e as orelhas dele.

Enoch nunca soube precisar quanto tempo se passou até que se movessem ou quem deu o primeiro passo. Era Adele. Bastou encontrar os olhos dela para o saber. Fizera a ponte que o ligaria a uma nova vida dali para a frente, mesmo que ela tivesse desviado o olhar. Não via o tom acinzentado das olheiras, nem os cabelos, ainda fracos, crescendo desajeitados, muito menos a falta de tônus dos músculos que tornava flácida a áspera pele sobre o corpo magro. À sua frente, estava a mais bela mulher do mundo.

— Posso? — Ela esticou os braços para pegar a menina.

Haya relutou em ir com a estranha. Agarrou-se ao pescoço dele e fez uma careta de choro. As mãos de Adele tremiam. Ela continuou parada, muda, com os braços esticados.

— Haya — ele falou delicadamente, acariciando o rosto da menina —, está tudo bem... — Abraçou-a e começou a assobiar baixinho a melodia da sonata, próximo ao ouvido dela. — Esta é a sua mãe, minha pequena, a sua mãe — disse, depois que ela se acalmou.

Adele permanecia com os braços esticados, mas, ao mesmo tempo que queria aconchegar Haya no peito, temia pegar a criança, com medo de que ela chorasse. Ela queria apenas estar com a filha. Só estar.

Com a menina agarrada em seu pescoço, Enoch chegou tão próximo de Adele que pôde sentir a respiração ofegante e entrecortada dela. Expirava um ar quente e tossia levemente. Os lábios ainda pálidos se entreabriram e deixaram escapar um sussurro enquanto ela tocou de leve a testa da menina.

— Minha filha... minha filha... Haya... Haya — ela repetia baixinho.

— Sou eu, mamãe... Sua mamãe.

Adele continuou a fazer carinhos no rosto de Haya até aproximar os lábios das bochechas da filha e lhe dar um beijo e depois outro e mais outro. Enoch assobiava a melodia enquanto a menina, aos poucos, esticava os bracinhos para a mãe.

Quando Haya finalmente se acomodou em seu colo, Adele a apertou com força. Chorou profundamente, um choro abundante que estava guardado nela desde bem antes de Haya nascer.

— Eu jamais vou me separar de você novamente. Isso não vai acontecer nunca mais — ela murmurava no ouvido da menina, enquanto passava as mãos pelo cabelo de fios finos, castanhos. — Obrigada, quem quer que você seja. Obrigada. — Desta vez, os olhos encontraram os de Enoch e ali permaneceram.

Dentro de casa, Johannes espreitou a cena. A promessa que fizera ao neto estava cumprida. Mãe e filha se encontravam. Dois sentimentos o invadiram. Amor e esperança. "Talvez a guerra tenha finalmente terminado, pelo menos para mim", pensou. Ali, tomou uma decisão. O primeiro passo foi guardar a partitura num lugar só conhecido por ele. Enoch tocava a música de cor, não sabia ler notas, não precisava dela. O segundo passo seria falar com o rapaz que, nos últimos meses, tornara-se seu único amigo. Dependeria dele.

Johannes foi ao encontro dos dois no jardim. Quando Adele mencionou o nome de Friedrich, o capitão que tinha salvo sua filha, Johannes omitiu que o conhecia e desconversou. Apresentou-se como um velho que não se metia em política, mas odiava os nazistas.

— Nunca apoiei esta guerra. Minha pequena contribuição foi acolher, sem perguntas, quem veio bater à minha porta — apontou Enoch. — Foi assim também que sua filha chegou aqui. O que importa é que vocês se encontraram. Desfrute deste momento. Haya foi... — ele fez uma pausa — uma bênção para mim. E fico feliz que você esteja aqui. Temos muito tempo para conversar — disse, encaminhando-a para dentro de casa. — Agora, você vai descansar e dar muito carinho à nossa menininha!

Adele não encontrava palavras que pudessem expressar a gratidão que invadia seu corpo. Segurou a mão de Johannes e apertou-a com força. Com a filha aninhada no colo, a cabeça descansando em seu ombro, deixou-se levar pelo velho senhor que acabara de conhecer. Não se virou, mas pôde sentir a presença de Enoch, logo atrás, e o conforto e a paz que isso lhe dava.

Subiu as escadas, entrou no quarto indicado por Johannes e fechou a porta atrás de si. Havia uma cama encostada na parede. Uma cama com lençóis e uma colcha florida. Apenas uma cama, só para ela e a filha. A sensação de recostar a cabeça num travesseiro ela também não conseguiu descrever. Esticou as pernas, fechou os olhos e os abriu rapidamente. Não era sonho. Haya estava ali. Sua filha estava viva. Ela podia, finalmente, dormir.

No andar de baixo, Johannes enchia dois copos com vinho.

— *L'haim*. É como vocês dizem, não é?

Enoch concordou com a cabeça e ergueu o copo.

— Por que você não falou que Friedrich era seu neto? — perguntou a Johannes antes de levar o copo à boca.

— É sobre isso que quero lhe falar. Você acredita em destino?

Enoch não respondeu, apenas sacudiu os ombros.

— Eu falo sério. Não tem a ver com Deus ou a divina providência... Eu me refiro a situações com as quais nos deparamos, ao acaso, e que nos fazem refletir e decidir que, às vezes, é melhor pôr uma pedra num caminho para seguirmos por outro. — Johannes mantinha o tom hermético.

— Você poderia ser mais claro? — Enoch pressionou o velho, sem rudeza.

— Você tem razão... serei direto. — Apontou para a escada. — Eu vi Adele no jardim antes de você notar a presença dela. E vi também quando você se virou e se aproximou dela, com Haya no colo. Você está apaixonado, Enoch. E é correspondido... Ela pode não saber disso agora, mas logo saberá.

— Você não passa de um romântico... — Enoch esboçou um sorriso constrangido. — Adele encontrou a filha, é o que importa. Haya tem um pai, quem diz que ele não sobreviveu? E eu? Eu vou embora para a América. — Virou o resto do vinho.

Johannes cruzou os braços e arqueou as sobrancelhas. Aguardou pacientemente Enoch encerrar.

— Escute bem. Só vou falar uma única vez. Você vai me prometer que Adele jamais saberá sobre Friedrich. Meu neto está morto. O que importava para ele era que a menina e a mãe se salvassem. Contar a verdade será como alargar uma ferida aberta. Adele vai querer procurar Frida, e ficará sabendo que Friedrich tinha mulher e filho... Irá atrás deles, tenho certeza. Você sabe como isso vai acabar! Elas a culparão pela morte do meu neto! E jamais perdoarão Friedrich por não ter colocado a própria família em primeiro lugar. Mais do que isso... Ele os traiu e ao Reich para salvar a vida de uma criança judia. Minha filha jamais se separou daquele porco nazista. Hans se suicidou por Hitler! Deus sabe o que passa pela cabeça de Frida... no que se tornou! — Johannes apoiou as duas mãos sobre a mesa e encarou Enoch. — Isso não vai trazer Friedrich de volta, mas irá atormentar essa moça para o resto da vida! E aí, sim, a morte do meu neto terá sido em vão.

Enoch fez menção de falar, mas Johannes não deixou.

— Deixe-me continuar. Você surgiu aqui do nada, mas não foi à toa. É por isso que citei o destino. Cuidou de Haya muito melhor do que eu poderia cuidar. Aprendeu a tocar a música que meu neto compôs para ela. Não sei se o pai biológico está vivo ou não. O que sei é que você tem sido o pai dela... e isso já faz Adele te amar! Então me prometa, por meu neto. Construam uma família.

Johannes contaria a Adele que Haya chegara a ele pelas mãos de combatentes da Resistência que jamais tornou a ver. Trazia presa à roupa uma nota contendo um endereço e um contato em Berlim, seu nome e o dos pais. Não havia informação de onde vinha. Com o prédio do endereço em destroços e sem pistas do tal contato, sem saber o que fazer, foi cuidando da menina, até que Enoch surgiu, um mês depois, e ele o escondeu também.

— Você me ajudou a cuidar de Haya — Johannes continuou — e, daí em diante, é o que de fato aconteceu. Quando a guerra acabou, você foi a Berlim e deixou a mensagem nos escombros. Voltou lá várias vezes. Nunca perdeu a esperança de que a mãe do bebê estivesse viva. Até que, finalmente, Adele apareceu e veio até nós. Ponto final. — Estendeu a mão para Enoch.

— E a sonata? — Enoch indicou o piano na sala. — Haya nunca vai saber que foi composta por Friedrich para ela?

— Prometa que vai tocá-la sempre. — Johannes mantinna o braço estendido. — Diga apenas que é a música de Haya... de um autor desconhecido.

— E se o pai de Haya estiver vivo? — Enoch insistiu, mas o velho permaneceu irredutível.

— Acho difícil... E, mesmo que isso aconteça, quero que mantenha a promessa. Para nós, Friedrich nunca existiu.

Enoch ficou em silêncio por alguns segundos até, finalmente, estender também o braço e selar o pacto com um aperto de mão.

69

Rio de Janeiro, julho de 1999

— Primeiro, descobrimos que o Dr. Christian Werner tinha sido torturado e morto nos quartéis da Gestapo. Logo depois, soubemos que Norman não havia sobrevivido. Foi quando Johannes retomou a conversa. Eu te amava e amava Haya mais do que tudo, e, no fundo, sentia que era correspondido. — Enoch havia se sentado ao lado de Adele, com as mãos dela entre as dele. — Johannes me encorajou e, finalmente, me declarei para você. Era hora de começarmos uma nova vida, de deixarmos a Alemanha e o passado para trás. — Ele beijou as mãos dela. — Te amei desde o primeiro instante em que te vi... Meu amor, meu maior amor. Tudo o que fiz foi por você... Por você e por nossa filha. — Olhou para Haya. — Tentei cumprir a promessa selada com Johannes... Tento todos os dias...

Adele desvencilhou as mãos e as levou até o rosto de Enoch, segurando-o com delicadeza. Encostou os lábios nos dele, num beijo suave. Depois, o abraçou para, em seguida, aconchegar-se em seu peito. Ela esticou a mão para Haya, que também se sentou junto ao pai. Não havia palavras.

Amália observou os três. Voltou-lhe à mente a pergunta que se fizera, horas antes, quando vira Enoch e Adele juntos, pela primeira vez. *Como um amor pode nascer em meio a perdas, destruição e dor e se manter por tanto tempo?*

Assim como Enoch fora fiel ao desejo de Johannes, Amália também cumprira o prometido a Frida. Encontrara a mulher e o bebê da fotografia. Talvez Frida soubesse, no fundo, que a hipótese alimentada por tantas décadas — de que Friedrich vivia nos trópicos com uma falsa identidade — era fantasiosa e improvável. Talvez por isso mesmo não tenha ido atrás de Adele e Haya. Não a julgava. Era melhor viver com a ideia da rejeição de um vivo do que com a culpa por um morto. Levantou-se da banqueta do piano, com a partitura nas mãos.

— Isto lhe pertence — disse, ao mesmo tempo que entregava as páginas para Haya. — Acho que está na hora de ir.

— Espere! — Adele segurou o braço dela. — Toque, por favor. Toque a sonata que seu avô compôs para Haya! Essa música é parte de nós... Agora mais ainda!

Amália voltou ao piano. Ela devia aquilo a Friedrich. Por alguns instantes, conseguiu desligar completamente a mente e apenas sentir. Nas suas mãos, via as mãos do jovem Friedrich, seu avô. Sentia-o com ela. A música invadiu a sala de tamanha emoção que, quando terminou, os três estavam atrás dela, em absoluto silêncio. Adele pegou as mãos de Amália e levou-as ao próprio rosto. Em seguida, beijou-as e abraçou a moça.

— Obrigada — disse-lhe ao ouvido. — Obrigada. Seu avô foi um homem digno. Quem salva uma vida, salva o mundo inteiro. Ele salvou a minha também. Johannes estava certo. Eu teria procurado sua bisavó e, muito provavelmente, carregaria culpa, sim. Minha vida teria sido completamente diferente... Eu agradeço a você por tudo que Friedrich e Johannes fizeram por mim e por Haya.

— Adele, escute, era uma guerra... — Amália sabia que não adiantava remoer o passado. — O que posso dizer é que Frida, hoje, se estivesse viva, certamente teria orgulho de saber o que o filho fez. Eu tenho muito orgulho do meu avô. Agora, está na minha hora... — Apontou o relógio. — Tenho mesmo de ir!

Ela ainda não sabia o que fazer com o que descobrira do passado. Só pensava num banho quente e na dose dupla de uísque. Definitivamente, não falaria sobre as cartas de Frida. Não mudaria em nada a história.

— Promete que nos veremos mais vezes? Eu gostaria de saber mais sobre sua família! Sou eternamente grata a vocês! — Adele passou o braço pela cintura de Amália. — Só não entendo por que Frida não nos procurou quando soube da nossa existência. Foram tantos anos até você chegar aqui...

Amália esboçou um sorriso, espantada com a sintonia entre as duas. Mal decidira que não tocaria nas cartas. No mesmo instante, Enoch atravessou a frase de Adele.

— Meu amor, Amália deve estar cansada. Estamos todos. Foi uma tarde de muitas revelações para todos nós.

— Enoch tem razão. Foi uma tarde de muitas revelações. Sabe, Adele, Frida era cheia de mistérios... — Voltou-se para Enoch. — Afinal, era filha de Johannes! Deixou com o destino... — disse, ao mesmo tempo que pegava a bolsa.

— Eu vou levá-la em casa — Enoch falou no momento em que Amália se despedia de Adele e Haya no hall de entrada do apartamento. — Eu insisto — reforçou, já abrindo a porta do elevador e sem esperar resposta.

A insistência de Enoch ia além da boa educação.

V

Enoch

70

Descemos no elevador imersos naquele silêncio indigesto dos recém-
-conhecidos. Eu pigarreio. Amália tosse. Já é noite e a temperatura caiu.
Trocamos duas ou três frases sobre o tempo. A garagem fica no subsolo.
Saltamos no térreo. Digo que vou levá-la de táxi. Ela diz que não há
necessidade. "Foi um dia pesado para todos nós", reforça. Nenhum
dos dois se mexe. Ela me olha nos olhos como se dissesse "existe algo
mais?". Eu respondo apenas com o olhar, nada falo. Ela estica a mão
para a despedida. Me aproximo e pergunto se posso dar-lhe um abraço.
Acha graça e diz que sim, timidamente. Não sou um sujeito que inspire
manifestações de carinho. Um tipo bronco. Permanecemos unidos
por alguns segundos. Quando nossos corpos se separam, pergunta, de
supetão: "Enoch, foi você quem devolveu as cartas de Frida, não foi?
Entendo que não quisesse contar na frente de Adele. Foi por isso que
quis ficar a sós comigo?", ela emenda uma pergunta na outra. Permaneço calado. Talvez por mais tempo do que devesse. Como fiz por toda
a vida, depois daqueles dias. Confesso que devolvi as cartas de Frida,
mas adianto que não é isso o que preciso contar. Ela acabou de tocar
a sonata com tanto sentimento que pude ver Friedrich compondo... O
destino a colocou à minha frente para que eu finalmente me liberte, e
ao fantasma que carrego. Faço um sinal para que me dê a mão e passo
o indicador dela sobre a asa da fênix que se estende pela parte interna
do meu antebraço. "Você consegue sentir? Eu estive em Auschwitz. Lá
conheci Friedrich."

71

Tudo que contei à minha mulher, à minha filha e a Amália é verdade. Não menti, apenas omiti o período entre 30 de agosto e 7 de outubro de 1944. Trinta e nove dias em Auschwitz. Tenho oitenta e dois anos. Vivi quase trinta mil dias. Morri em trinta e nove deles. Nem Adele nem Haya jamais souberam. Tampouco Johannes. A única testemunha foi Friedrich. Eu conheci Friedrich, eu o vi morrer.

Para que vale a verdade? O que é a verdade? Qual Caronte, o capitão Friedrich Schmidt conduziu a barca que trouxe Haya do inferno ao mundo dos vivos. Voltou ao inferno para resgatar a mãe. Adele não estava lá. Eu estava.

Depois de viver nas florestas da Polônia por quase cinco anos amarrando explosivos a trilhos, atacando patrulhas inimigas, arriscando meu único bem, minha própria vida, para combater os malditos nazistas, fui traído por meus companheiros. Os poloneses odiavam os alemães, mas isso não significava que adorassem os judeus. Numa emboscada, não tive cobertura. Era o único semita do grupo. Nem uma bala foi gasta por mim. Me deixaram para trás. Jamais saberei se foi acaso ou de propósito. Fui capturado por quatro soldados. Quase atingi um deles com um cruzado de direita. Ele podia ter metido uma bala na minha testa. Preferiu me levar ao comandante. "*Pole? Russe?*" "*Pole.*" Revelar que era alemão me atestaria como judeu ou traidor. "*Boxer?*", o comandante grunhiu, entre outras observações sarcásticas, dando socos no ar. Entendi cada palavra. Eu seria a diversão da noite. Havia outros homens detidos. Nenhum que eu conhecesse. Éramos como lobos escondidos nas florestas. Nossas matilhas não se cruzavam. Alguns estavam feridos. Um ringue foi improvisado. Naquela noite, nocauteei cinco. O primeiro foi o mais difícil. Cada soco doía mais em mim do que nele. Do segundo ao último, já nada senti. O comandante pediu que eu abaixasse as calças. "Jude", sentenciou. Depois, gargalhou e mandou que os cinco homens ajoelhassem de costas. Todos judeus também. O que ele fez em seguida levou parte da minha alma. Aproximou-se deles e apontou para mim. Furou meus olhos com palavras: "Jude, traidor, Judas. Você vai viver." Em seguida, abateu os cinco. Cada um com um tiro na nuca. Fui levado na manhã seguinte para uma estação e embarcado num vagão apinhado de gente. O trem acostumado ao gado levava animais com fome velha, que, um dia, tinham sido humanos. Eram os últimos judeus de Łódź. O gueto para onde fui com meus pais depois que fomos deportados da Alemanha. De onde eu havia fugido anos antes. Meus pais certamente morreram lá, ou seguiram num trem como aquele, igualmente apinhado, para a morte. O destino me catava do mesmo jeito. Naquele mesmo dia, cheguei ao fim da linha. O trilho interrompido, as filas, os cães, as cercas, o banho. Dos chuveiros, saí com números impressos na pele. Descansam sob a fênix, como um subsolo maldito. A ave que renasceu das cinzas sou eu. Eu mesmo a tatuei. O resto da história que contei é verdadeira: meu passado de boxer e a admiração por Schmeling. Tatuar foi a parte fácil. Com agulhas de costura e tinta preta, os números se perderam no movimento rebelde das asas. Mas eu ainda os vejo. Olhar a tatuagem é a parte difícil.

Do meio daqueles homens nus, com rostos chupados e nádegas murchas, os guardas me arrancaram. Para onde me mandaram ficou o resto da minha alma, onde viver era perder-se de si próprio. Quando abríamos as portas das câmaras de gás, havia merda por todo o lado. O medo faz o ser humano defecar. Havia também vômito e paredes arranhadas com sangue dos dedos esfolados no cimento. Crianças e velhos formavam massas disformes, coladas, na base da pilha de corpos — *pedaços*, como os guardas costumavam nominá-los. Eles povoam minha memória impregnados de odores.

Em Auschwitz, a única coisa a fazer era pôr-se em movimento. Ficar atento às oportunidades, ter utilidade. Quando o capitão surgiu, desesperado, gritando um nome de mulher, imediatamente me aproximei dele. Menti. Foi assim que eu saí de lá. Não acredito em Deus. Por isso, não havia em mim temor divino ou peso na consciência. Procurei a casa do lago porque não tinha para onde ir depois de um mês vagando solitário pelas florestas. Me juntar aos *partisans* depois do que me fizeram? Esbarrar com os russos? Não. Eu iria para a América, o mais longe que pudesse ir para oeste. O velho do lago me acolheria, não era simpatizante dos nazis, guardava um bebê judeu. A única pessoa que sabia de onde eu vinha estava morta. Eu não tinha intenção de ficar. Mas, de repente, o bebê estava em meu colo. Vida que cabia inteira em minhas mãos. Sorriu para mim e tocou em meu rosto. Eu era gente de novo. Não consegui partir. O velho foi se tornando um amigo. Nada perguntava, nada cobrava. Confiou em mim. Ensinou-me a música composta pelo neto. Sofreu ao meu lado a perda dele. Quase um ano depois, a mulher que o capitão procurava cruzou o portão. Adele. Entrou na casa, entrou em mim. À esperança juntou-se vida. Adele me fez sentir vivo, eu tinha um coração que batia por ela. Ia contar toda a verdade. Para ela e para Johannes. Depois, eu partiria. Foi Johannes quem convocou o destino. Mas fui eu que aceitei. Não existe escrever certo por linhas tortas. Existe escrever torto por linhas certas. Johannes pediu que jamais revelasse o que havia me confidenciado. Devia ao neto a felicidade daquela mãe e daquela filha. Linhas certas. A promessa feita a Friedrich estava cumprida. O passado desaparecera com o neto. Fez-me jurar que Adele jamais saberia de nada, não queria que ela procurasse os Schmidt — era assim que Johannes se referia, com desprezo, à família da filha. Virei, então, um guardião de segredos. Mas não foi só por causa do pedido de Johannes. Meu coração apaixonado também me pedia baixinho que mantivesse em Adele o olhar de admiração por mim. Guardião do tormento de um velho, guardião do meu próprio tormento. O que faço desde então é viver para Adele e por Adele.

Eu estive nos crematórios de Auschwitz. Sou um *Sonderkommando*. Não importa o que eu faça, as pilhas de corpos dormem e acordam comigo. Todas as noites, humanos sem rosto caminham em meus sonhos depois de amarrarem sapatos em pares e pendurarem roupas em ganchos com números que eu indico. Todos os dias, Adele me resgata dos sonhos para me indicar o caminho que me leva na direção oposta daqueles homens e mulheres.

Por mais que ponha dias na balança, nada removerá o peso daqueles trinta e nove. Basta um mau dia para arruinar a vida de um homem bom, e um bom feito para içar qualquer homem ao pedestal de semideus.

Levarei sempre uma dúvida: foi a Haya, a Adele e a mim que Friedrich salvou ou foi a si próprio? Dizem que os bons pereceram em Auschwitz. Eu acredito que Auschwitz pereceu nos bons. Bons como Adele. Que vivem *apesar de*. São viventes. O resto de nós é sobrevivente.

Minhas reflexões pertencem aos meus silêncios. Contarei a Amália apenas o que lhe interessa. Repito: "Eu estive em Auschwitz. Lá conheci Friedrich." Estamos estáticos, um de frente para o outro, há não sei quantos minutos — ou terão sido apenas segundos? —, numa rua movimentada do Leblon. Graças a Friedrich, eu escapei de lá. Continuo. "Eu estive em Auschwitz por pouco mais de um mês. Desde o primeiro dia, fui recrutado para o *Sonderkommando*, como era conhecida a força especial que trabalhava nos crematórios. Foi lá que Friedrich apareceu, numa noite de outubro, à procura de Adele."

72

Auschwitz-Birkenau, 6 de outubro de 1944

Era o quinto transporte, em menos de dez dias, vindo de Terezín, na Boêmia. Nenhum dos trens chegou com menos de mil e quinhentas pessoas. Dois terços seguiam diretamente para as câmaras da morte. "Estão liquidando mais um gueto." O comentário foi sussurrado, entre duas baforadas de um cigarro sem filtro, por um prisioneiro no topo da escada que dava acesso ao vestiário. "Em breve, seremos nós." A resposta veio do homem ao lado, que observava a primeira leva cruzar o portão de entrada da área restrita do crematório. Os dois pertenciam ao 12º *Sonderkommando*. Enoch escutou calado, logo atrás. Indiferente, apagou, com o pé, a guimba jogada no chão. Ele não pertencia àquele *Sonderkommando*. Também não tinha conhecidos em Terezín.

Desde que chegara a Birkenau, há pouco mais de um mês, Enoch fora recrutado para o crematório II. Imediatamente depois da desinfecção, recebeu uma tatuagem no antebraço e roupas que lhe davam uma aparência mais de palhaço do que de mendigo. A camiseta, sem gola, era justa e curta. As calças tinham pernas de diferentes tamanhos. Jogaram-lhe um retalho listrado, com uma estrela amarela e o mesmo número da tatuagem, além de agulha e linha para costurá-lo no casacão cinza surrado que completava o traje. Para os pés ganhou um par de sapatos castanhos, com solado gasto e sem cadarços. Felizmente, pensou, eram do seu número.

— *Zugang*, o novato. — O SS responsável pela distribuição de trabalho apontou para Enoch enquanto falava com o chefe dos *kapos*. — Esse
é forte. *Antreten*, um passo à frente!

Enoch foi tirado do grupo e levado imediatamente para a área cercada
por toras de madeira, sem brecha para curiosos, de onde subia a fumaça
que pintava o céu, fosse dia ou noite, de cor de chumbo. Foi marcado
com um enorme "X" vermelho nas costas do paletó e isolado da vida
do *campo* como todos os que ali estavam. Naquele lugar, as pessoas
morriam intoxicadas por pastilhas que exalavam um gás mortal, o
mesmo usado para matar os piolhos causadores do tifo. Os corpos eram
retirados da câmara, no subsolo, colocados num elevador e, no andar
de cima, incinerados. Era das chaminés destes fornos que saía a nuvem
densa que assombrava Auschwitz. Dela, choviam cinzas humanas.

Havia outros três crematórios no *campo*. O número III ficava do outro
lado do fim da linha férrea. Ladeava, como o número II, a *rampa*, onde
os trens chegavam e era feita a seleção. As unidades IV e V estavam
no lado oposto do complexo, próximas ao *Canadá*, para onde iam os
pertences das vítimas. O crematório I, no *campo* principal, a dois quilômetros dali, havia sido desativado há mais de um ano e funcionava,
agora, como abrigo antiaéreo para os SS.

Enoch encaixara-se à rotina do trabalho sem perguntas. Dormia
no sótão, numa cama só para ele, comia muito além da ração podre do
campo e, para cair num sono sem sonhos, virava um copo de aguar-
dente polonesa. Cada dia, ao avistar a ambulância com a cruz vermelha
pintada na carroceria, respirava fundo e despia-se de sua alma. O carro
transportava as latas com os cristais assassinos e os carrascos que as
lançariam sobre indefesos que ansiavam por água morna.

Assim que chegou, fora deslocado para a unidade de transporte
dos *pedaços*, como os guardas se referiam aos cadáveres. Percebeu, na
primeira viagem, ao arrastar o corpo de um homem, que podia ser
seu pai, que a pele grudava no cimento e partes se desintegravam em
suas mãos. Não demorou muito para descobrir, na sala anterior à dos
chuveiros, onde as pessoas se despiam, peças de roupa ainda quentes de

seus donos. Com camisas e cintos improvisou uma corda que amarrava na altura do peito. Assim passara a arrastar criaturas que, já sem vida, sofriam mais desfigurações: dentes de ouro arrancados, cabelos cortados e orifícios vasculhados. Depois das câmaras abertas, exaustores potentes ventilavam o local eliminando o resto de gás. Um par de vezes estivera no piso superior, a colocar dois a três corpos nas esteiras que se perdiam nas labaredas. As cinzas eram recolhidas e transportadas em caminhões que as despejavam no Vístula.

Já havia duas semanas que Enoch cobria o turno da noite. Quando o *Oberkapo* — a patente mais alta entre os detentos — descobrira a facilidade de Enoch com os idiomas — falava alemão e polonês fluentes e arranhava bem o russo, o tcheco, o francês e o italiano —, designou-o para receber os recém-chegados nos trens e encaminhá-los para a sala de despir. Era sua função acalmar os desesperados afirmando que tomariam um banho quente e, em seguida, uma sopa suculenta e grossa. As pessoas desciam as escadas, penduravam as roupas em cabides, amarravam os pares de sapato. Homens e mulheres, cansados que estavam, não sentiam vergonha da nudez. Queriam descansar. E descansavam para sempre.

A facilidade com idiomas também o ajudou a manter-se informado do que acontecia nas entrelinhas daquela torre de babel do inferno. À época, viviam entre trinta e quarenta mil detentos em Birkenau, quase novecentos isolados e divididos entre os quatro crematórios. Enoch não tardou a perceber o vaivém entre os crematórios e as conversas veladas dos russos. Havia uma rebelião em curso e eram eles que a lideravam.

Enoch, porém, não confiava nos russos, tampouco nos poloneses. Não importava que fossem judeus como ele. Aliás, não confiava em ninguém. Mal abria a boca. Em geral, falava-se pouco ali, como se todos soubessem instintivamente o que era preciso fazer: encaminhar os recém-chegados escada abaixo, cuidar para que as roupas fossem penduradas ou colocadas sobre os bancos de madeira, ajudar velhos e doentes a se despirem, guiar até os "chuveiros" e, principalmente, mentir olhando nos olhos.

— Calma! É apenas uma desinfecção! Depois receberão comida! — Enoch perdera a conta de quantas vezes ludibriou aquelas pessoas que chegavam exauridas e sedentas de qualquer esperança.

Três a quatro guardas da SS supervisionavam a operação. Vez por outra, desprendiam pauladas com bastões de pontas curvas naqueles que relutavam em ficar nus, num e outro que caía em choro histérico e nos que faziam perguntas demais.

Naquela sexta-feira, pairava um clima de tensão no ar. A vida útil de cada *Kommando* era de quatro meses. O prazo de validade do 12º expirara recentemente. Havia o boato de uma lista em poder de um *Oberscharführer* com os nomes de mais de setenta homens marcados para morrer. Enoch provavelmente não estava na lista. Ele se preocupava era com a conspiração que sentia no ar.

"Ou escapo ou morro lutando." Era no que pensava enquanto, mecanicamente, recolhia as roupas de mais uma leva que, em minutos, tombaria inerte entre as paredes grossas mas não o suficiente para conter a vibração dos gritos e dos murros no cimento. Um ruído abafado que ia cessando e, lentamente, dava lugar a um silêncio pesado, cortado pelos passos apressados de Enoch e dos outros, no vestiário, revirando bolsos e arrancando forros atrás de pedras preciosas e moedas escondidas.

— Ei, *boxer!* — Era como o *Oberkapo* o chamava. — Pra cima, rápido! — Apontou o dedo para as escadas por onde mais uma massa de gente descia movida a empurrões e berros.

Enoch assentiu com a cabeça e subiu apressado. O trabalho mal começara. Corpos arderiam madrugada adentro. Só o crematório II funcionaria no dia seguinte.

— *Schnell!* Depressa! — Os guardas berravam.

Embrenhou-se entre os humanos pegajosos que lhe puxavam a manga do casaco em desespero. Enoch se desvencilhava sem fazer contato visual. Os olhos vazios e as bocas escancaradas carregavam expressões que alternavam entre o terror e a total apatia. Eram arrastados pelos cassetetes que caíam sobre as costas curvadas. Enoch empurrava os velhos com suas mãos largas para, assim, tirá-los da mira dos SS. Fazia o mesmo com as mulheres que traziam filhos aterrorizados pendurados ao pescoço. Os que o agarravam, em súplica, ofereciam brilhantes que jaziam sob a língua. Outros retardavam a entrada, estacionando nos degraus. O choro das crianças se misturava ao dos adultos. Berrava para que agilizassem o passo ao mesmo tempo que movia a cabeça em todas as direções, atento aos outros homens do *Kommando*.

— Adele Solber! Adele Eisen Solber! — Um grito ecoou, a alguns metros, do meio da multidão empoeirada. — Adele Solber!

Em segundos, Enoch identificou um jovem oficial, cortando as filas. O jeito como se aproximava das mulheres mostrava claramente que estava atrás de uma delas, e com urgência.

— Adele Solber! Adele Eisen Solber! — O oficial repetia, virando uma e outra.

Enoch pensou rápido. Não era uma situação comum ver aquele desespero num oficial. Aproximou-se. Notou, então, certo ar desleixado, a barba por fazer, os olhos vermelhos e carentes de sono. Olhou em volta, não havia guardas por perto. Atento ao *kapo* atarefado em fazer a multidão avançar, chegou perto do homem, discretamente.

— Adele Solber? — Enoch sussurrou, retirando o boné e baixando a cabeça. — *Herr Kommandant* está procurando Adele... Solber? — Disse, de forma servil, se certificando do nome da mulher.

— Você conhece Adele Solber? — O oficial segurou nos ombros de Enoch. — Você conhece Adele? — Repetiu. — Eu preciso tirá-la daqui.

Enoch não tinha ideia de quem fosse a mulher, mas as palavras "tirá--la daqui" fizeram com que erguesse rapidamente a cabeça encontrando os olhos do oficial, enquanto um arrepio congelava sua espinha.

— Adele Solber — respondeu, hesitante. — Sim... Adele Solber.

O oficial passou as mãos pelo rosto contendo a expressão de espanto.

— Você é Norman!

Enoch, imóvel, baixou os olhos.

— Não tenha medo, estou aqui para ajudar! — O homem continuou, enquanto o puxava para um lugar fora da massa humana. — Precisamos encontrar Adele. Eu vou tirá-los daqui. — Fez uma pausa e observou em volta. — Ela teve o bebê, você é pai de uma menina. — Deixou escapar um sorriso aliviado. — Sua filha está em segurança... É difícil de acreditar, mas é verdade.

A pouca cor que Enoch tinha no rosto desapareceu. O oficial tomava as reações dele como confirmações, e agora ele não daria um passo atrás. "Eu vou sair deste lugar", o arrepio chegou-lhe ao estômago. O que ele precisava naquele instante era de muito sangue-frio.

— *Herr Kommandant* — falou, colocando prontamente o boné —, vou achar Adele! Me espere aqui. — E saiu correndo em direção ao vestiário, desaparecendo escada abaixo.

Pela primeira vez, desde que fora capturado na floresta, Enoch sentia o coração pulsar forte. Os guardas empurravam os últimos homens daquela leva. De dentro da câmara — a porta ainda aberta —, reverberavam os gritos desesperados da massa imprensada contra a parede ao fundo. Comprimiu os ouvidos e voltou atordoado para a escada. Se a tal Adele tinha vindo de Terezín, ardia no forno naquele momento ou arderia em breve. Um novo grupo aguardava, do lado de fora, para entrar no vestiário. O oficial estava no mesmo lugar em que Enoch o deixara. Havia duas opções: ou misturava-se à massa de gente e continuava seu trabalho ou arriscava-se definitivamente junto ao desconhecido. Optou pela segunda.

— *Herr Kommandant...* — Enoch aproximou-se, ofegante, tirando mais uma vez o boné e abaixando a cabeça. — Eu não a encontrei... Não a encontrei!

— Venha comigo.

O oficial segurou-o pela manga e o puxou na direção das árvores, ao fundo, onde outra fila se formava. Ele precisava agir depressa, antes que levantasse suspeitas dos guardas.

— Meu nome é Friedrich Schmidt. Sou capitão. Preste atenção. Não temos tempo. O barracão onde Adele estava foi esvaziado. Bloco C. — Fez uma pausa. — Norman, não é?

Enoch levantou o queixo. Fixou os olhos no oficial. Não teve tempo de responder.

— Capitão! — Um sargento aproximou-se, fazendo a saudação com a mão direita. — Veio acompanhar a operação?

No momento em que Friedrich se virou, o sargento notou Enoch. Deu um passo para trás, confuso.

— O que está acontecendo? — Disse, enquanto sacava a arma do coldre, apontando para Enoch. — O que ele faz aqui?

— Sargento...? — Friedrich pôs-se entre o sargento e Enoch. Precisava ganhar tempo.

— Wolf. Sargento Wolf. — Ele bateu uma bota na outra. — O que este *häftling* faz aqui?

Friedrich esticou a mão para que o sargento permanecesse onde estava. Em seguida, fez sinal para que Enoch se aproximasse e ajoelhasse. Ele seguiu a ordem, o suor escorregava-lhe pela testa.

— Eu voltarei amanhã. Procure Adele. Vou tirá-los daqui. — Sussurrou, de costas para o sargento. — Me perdoe pelo que farei agora.

Deu-lhe um chute no estômago que fez Enoch curvar-se no chão. Em seguida, o empurrou e pisou no rosto dele, pressionando o maxilar.

— Para deixar de ser preguiçoso. — Deu-lhe outro chute. — Agora volte ao trabalho.

Enoch levantou-se, trôpego, e rapidamente desapareceu no meio de um grupo de homens que começava a se despir, ao relento. O sargento soltou uma gargalhada, tocou a testa numa leve continência e se afastou. Friedrich tirou um maço de cigarros do bolso. Sacou um e o acendeu. Auschwitz era o *anus mundi*. E ele? Era o quê?

73

Auschwitz-Birkenau, 7 de outubro de 1944

O sábado amanheceu com um céu limpo e azul, manchado apenas pela nuvem preta sobre o crematório. Eram quase onze da manhã e Enoch ainda não desligara a mente desde a troca de turno. Cheirou a própria roupa, impregnada da fumaça adocicada, esfregou os dedos encardidos de cinza e mirou o companheiro largado num ronco alto na cama ao lado.

Os raios de sol atravessavam as esquadrias esquentando a manhã de outono. Enoch levantou-se e foi até o canto onde havia uma bacia com água escurecida de outras mãos. Sem se importar, jogou o líquido morno no rosto. A exaustão que amolecia o corpo dera lugar à excitação do estranho acontecimento da noite anterior. Foi só então que notou que não era o único do turno que permanecia acordado. Os russos estavam reunidos na ponta da mesa próxima à escada de acesso ao sótão. Um deles parecia vigiar os degraus.

Silenciaram quando Enoch se aproximou, mas não por causa dele. No mesmo instante, a porta do quartinho do *kapo* se abriu. De lá, saíram dois homens. Um deles era o responsável pelos fornos. Trocaram olhares com os russos e desceram, sem uma palavra. O grupo da mesa dispersou-se em seguida.

— O que está havendo? — Enoch perguntou para Dimitri, um judeu ucraniano que também fora apanhado na floresta, como ele. — Você pode confiar em mim. Quando será? — Enoch segurou o braço dele. — Eu quero participar.

Dimitri soltou o braço e encarou Enoch. Demorou alguns segundos para falar.

— Eles têm a lista. Mais de setenta nomes — disse, com o tom grave. — O movimento de resistência do *campo* está fora. Mas nós iremos em frente. Hoje só nós estamos funcionando. O III, o IV e o V estão parados. O que significa que os guardas vão passar o dia bebendo e dormindo, em seus quartos.

— Qual o plano? — Enoch interrompeu. — Como iremos resistir?

— Nós daremos o sinal, com uma lâmpada, para os companheiros do III, ao final do turno de hoje, lá pelas seis da tarde. E eles avisarão o IV, e o IV fará o mesmo com o V. — Dimitri escolhia as palavras. — Somos mais de oitocentos homens. Vamos pegá-los desprevenidos e fugimos para o bosque. De lá, é cada um por si. Eu me juntarei aos *partisans*. — Puxou Enoch pela gola e aproximou o rosto do dele. — De volta à luta, amigo! Não abra o bico. — Soltou a gola e se dirigiu, apressado, para as escadas.

Enoch desceu logo atrás. Mais do que nunca, precisava acreditar no que acontecera na noite anterior. Não era um homem de fé, mas pediu a Deus que o oficial voltasse antes do fim do dia. Agora é que ele não tinha realmente nada a perder. Uma rebelião isolada, nos crematórios, era suicídio.

Enoch se misturou aos homens que trabalhavam no pátio depositando cinzas nos caminhões. As câmaras tinham funcionado madrugada adentro. Os fornos continuavam pela manhã. Mais de mil mortos em menos de vinte quatro horas. Parte deles se ia nas pás que enchiam as caçambas. Talvez a tal Adele estivesse ali. Era no que pensava enquanto lançava os montes de pó. O oficial falara em "bloco C". Adele devia ser húngara, então. Naquela noite, tinham chegado judeus da Boêmia. Talvez tivessem juntado a eles algumas mulheres dos barracões. Enoch não sabia. O mais provável é que estivesse morta. Ou, quem sabe, tivesse partido numa das marchas. Com a aproximação dos soviéticos, os alemães vinham transferindo cada vez mais prisioneiros para outros *campos*. Era por isso também que o movimento de resistência desistira da rebelião. Antes, acreditava-se que todos terminariam nos fornos. Agora, sair dali com vida podia ser uma questão de tempo. O Exército Vermelho estava às portas de Varsóvia. De qualquer forma, eram grandes as chances de Adele estar morta, mesmo na hipótese de ter deixado o *campo*. Os prisioneiros mal se aguentavam em pé parados, quanto mais atravessando quilômetros no frio.

Enoch foi se dividindo em várias funções com o objetivo de se manter no pátio, de olho no portão que dava acesso à área do crematório. Passava de uma da tarde. Era hora de almoço dos SS. Estavam recolhidos em seus quartos. O capitão não voltara até agora e provavelmente não voltaria. Era mais um homem perturbado, perdido em delírios e remorsos. Enoch observava também a movimentação dos russos. O entra e sai do prédio. Vestiam pulôveres e botas, apesar do sol que agora aquecia o começo da tarde. Precisava de uma arma. Tinha de falar novamente com Dimitri. Sairia dali lutando. Vivo ou morto.

De repente, o coração de Enoch acelerou e os braços paralisaram. Ele estava fixando a porta de um cômodo que funcionava como oficina de reparos quando ouviu um forte estrondo. O chão chegou a tremer. O barulho viera do lado oposto do *campo*. A explosão provocara uma abertura no teto do crematório IV. Viam-se as chamas altas e a fumaça. Foi seguida pelo som das rajadas das metralhadoras e das sirenes.

Enoch entrou no depósito. Outros prisioneiros se lançaram no chão ou correram para dentro do prédio. Em menos de um minuto, começaram a soar tiros de lá também. Os guardas nas torres de vigilância revidavam atirando também contra os prisioneiros que corriam pelo pátio. Enoch só então notou o oficial agachado numa das laterais da fachada, fora do alcance das granadas lançadas do sótão. Era o capitão.

Tinha de ser rápido. Os companheiros armados estavam dentro do prédio. Em minutos, o reforço chegaria e os SS invadiriam o edifício. Não tinha ideia da quantidade de armamentos, nem de quanto tempo resistiriam. Ao mesmo tempo, não podia deixar que eles rendessem o capitão. Precisava escondê-lo. Deixou o depósito e, arrastando-se pelo chão arenoso, chegou até o oficial que mantinha a arma em punho, pronta para disparar.

— *Herr Kommandant!* — Enoch gritou. — Não atire! Sou eu... Norman! Venha comigo! — Fez sinal para que Friedrich o seguisse até a parte de trás da estrutura ao mesmo tempo que tirava o casacão largo.

Enoch passou a peça surrada para Friedrich no momento em que viu prisioneiros escapando por um rombo na parede do crematório.

— Vista rápido e esconda o quepe! Ali! — Enoch apontou para uma pilha de corpos, ao ar livre, à espera da incineração. — Vamos nos esconder ali atrás. — Enoch disparou na frente puxando o capitão pelo braço.

As sirenes continuavam histéricas junto aos latidos dos cães e aos berros dos SS aglomerados próximos à cerca, onde se protegiam das granadas e das garrafas com explosivos lançadas no pátio. Os presos de dentro davam cobertura para os que fugiam por trás. Tinham sido apanhados de surpresa pela antecipação do motim pelo crematório IV. A falta de preparo e o improviso eram evidentes.

Friedrich, porém, não escutava mais nada. A imagem dos corpos esquálidos empilhados, com olhos arregalados, bocas escancaradas e pele azulada o paralisaram. Velhos, mulheres e crianças naquele estado eram os *pedaços* sobre os quais ouvira o comandante do *campo* falar. O cheiro invadiu suas entranhas. Sentiu o jato subir e jorrar pela boca.

— Adele! Adele!

O capitão caiu ajoelhado, com a cabeça entre as mãos.

— Você está louco?! — Enoch tapou a boca dele. — Assim nos matam aos dois!

— Adele está morta, não é? — Friedrich segurou os ombros de Enoch. — Ela está morta por minha causa! Eu deveria tê-la tirado daqui junto com a criança!

— Estão todos mortos! Isto é Auschwitz! Ninguém sai deste inferno! E eu vou morrer também! Acabou! — Enoch, ali, desistira. — Acabe logo com isso! — Sinalizou o próprio peito, com os olhos ardendo.

A reação de Enoch trouxe Friedrich à realidade. Ele sabia exatamente o que tinha de fazer. Jogou o casacão no chão e começou a desabotoar a farda.

— Você vai viver! Você vai cuidar da sua filha. Tire a roupa, depressa, e vista isso. — Atirou-lhe a farda. — Depressa, temos pouco tempo. Logo os guardas chegarão aqui.

A troca de tiros e a explosão das granadas continuava, mas o barulho vinha mais de fora do que de dentro do prédio. Enoch não questionou. Começou a se despir. Rapidamente estavam novamente vestidos. Enoch com a farda do capitão, botas e quepe na cabeça. Friedrich com os trapos surrados e o casacão marcado com o "X". Enoch olhou o homem à sua frente e se viu. Sua alma estava naquelas peças, eram parte dele, como o número que carregava no braço. Esperara tanto pelo momento de se livrar de tudo aquilo e, agora, parecia não saber como seguir. Quando ameaçou falar, o capitão o interrompeu.

— Escute, sua filha está em Potsdam. Procure Johannes Beck, na casa do sino, no lago. É meu avô. Eu não consegui salvar Adele. Mas você é o pai... e vai sair vivo daqui — disse, entregando-lhe a arma. — Meu carro está na porta, o Mercedes azul. Vá, agora!

Não havia mais tempo. Os SS surgiram em bando logo atrás dos cães que ladravam com os caninos expostos.

— Tem certeza? — Enoch ainda sussurrou antes que os guardas se aproximassem, berrando e atirando.

— Me deixe fazer algo de que me orgulhe nesta vida.

Foram as últimas palavras de Friedrich antes de se virar e correr em direção ao bosque, junto com outros fugitivos. Caiu, segundos depois, abatido com um tiro na nuca.

74

Rio de Janeiro, julho de 1999

Enoch e Amália estavam sentados na *deli*, para onde tinham ido logo que ele começara a contar sua história.

— Agora você sabe a verdade. Nunca a contei a ninguém. Eu vi Friedrich cair morto, dei meia-volta e segui em frente, sem olhar para trás. Minhas pernas tremiam. Passei por cima de corpos de companheiros estirados no chão, desviei de guardas feridos, encarei oficiais irados. Entrei no Mercedes azul-marinho de Friedrich e saí de Auschwitz pelo portão principal fazendo a saudação nazi. Dirigi até ficar sem combustível. Roubei roupas de um varal, queimei a farda e o quepe, deixei os documentos no porta-luvas e empurrei o carro num lago. Depois, me embrenhei nas florestas e cobri, eu mesmo, os números... — Pousou a mão na tatuagem. — Segui para a Alemanha. Um mês depois, cheguei à casa de Johannes. O resto da história você já ouviu.

Enoch, perdido em suas memórias, só então voltou o rosto para Amália. Fez uma pausa, olhando-a diretamente nos olhos.

— Eu ia morrer com isto. Não por mim, por Adele. Adele me vê como um herói e isso a fez viver. Se nunca desmenti, foi por ela. Ela ficaria horrorizada comigo... Não pude... Não pude lhe dar essa desilusão. Friedrich salvou a filha dela. Friedrich me salvou achando que salvava o marido dela. Deu a vida por ele. Eu fui apenas um ladrão. Roubei a vida que não era minha. Adele costuma dizer que Auschwitz nunca abandona quem esteve lá. Eu discordo. Pessoas como Adele conseguiram viver, *apesar de* Auschwitz. É gente como eu que Auschwitz jamais abandona... Gente que apenas sobrevive...

Havia uma resignação na voz dele, como se a sensação de alívio fosse mais forte do que o temor do que pudesse vir em seguida.

— Eu pediria perdão se isso pudesse mudar alguma coisa. Mas não vai mudar. Eu sabia o que estava fazendo quando assumi ser alguém que não era... — Fez mais uma pausa. — Você não vai dizer nada? — Ele perguntou, já continuando sem esperar resposta: — Seu avô morreu acreditando que salvou o pai de Haya...

— Isso tudo é tão... — Amália levantou-se subitamente. — Eu acho que preciso de uma bebida forte.

As garrafas estavam dispostas dentro de um armário de vidro na parte interna do balcão. Enoch pegou um uísque doze anos e dois copos. Serviu as doses puras, sem gelo. Beberam em silêncio.

— Eu menti para Friedrich, menti para Johannes, menti para Adele. Eles tinham o direito de saber. Eu fui covarde. Um oportunista, um covarde. — Enoch estava totalmente vulnerável e entregue. — E fui covarde novamente quando comecei a receber as cartas de Frida... Até o dia em que ela endereçou uma a Friedrich. Achei que ela tivesse descoberto a verdade e aquilo fosse uma espécie de tortura mental... como se não bastasse a culpa que eu carregava. — Enoch levou o copo à boca e tomou um gole do uísque antes de continuar. — Lembrei de Johannes: o destino se encarregaria. Vivi meses de tensão, esperando que, a qualquer momento, a mãe de Friedrich pudesse cruzar a porta de nossa casa... Eu deveria tê-la procurado quando ela mandou a primeira carta... mas não fiz nada. Frida jamais apareceu. Os meses de espera viraram semanas, anos, décadas... até você surgir, Amália.

— Enoch — Amália pousou o copo na mesa —, você *é* o pai de Haya. Johannes estava certo. Frida e Gretl certamente teriam culpado Adele pela morte de meu avô. Friedrich queria que Adele e Haya vivessem e fossem felizes... Isso aconteceu.

Uma lembrança congelada da infância se desbloqueou naquele instante. Amália se viu pequena, ao lado do irmão, na primeira e única vez que via os avós Gretl e Helmut. A cena veio em *flashes*. Uma discussão, um punho socando a mesa, ela e o irmão construindo uma estrada com um baralho velho sobre o tapete da sala. Em seguida, a mãe sussurrando que era hora de ir. Levantaram-se apressados, beijaram os estranhos que haviam acabado de conhecer e partiram. A voz do pai, sempre distorcida, agora soava clara e intensa na sua memória. "Tenho vergonha de vocês. O nazismo é uma doença que não passarei a meus filhos." Agora, aquelas palavras lhe reverberavam na mente. Como Friedrich, Hermann também seguira por um caminho de negação e rompimento com a própria família.

— Enoch — Amália esticou as mãos e segurou as dele —, eu não estou aqui para julgá-lo, muito menos culpá-lo ou perdoá-lo... mas tem uma coisa que eu preciso saber. — Ela o encarou. — Você não precisava ter me contado a verdade. Mesmo que eu tivesse citado as cartas de Frida, você poderia ter alegado que manteve a promessa a Johannes... A promessa de jamais deixar que Adele procurasse minha bisavó... Por que contar tudo isso para mim... e agora?

— Espere um momento. Eu já volto.

Enoch se desvencilhou das mãos de Amália e desapareceu pela porta que dava no escritório da loja. Ela permaneceu só, por silenciosos instantes. Serviu-se de mais uma dose de uísque, para disfarçar o nervosismo. Virou o copo um pouco antes de ele retornar ao salão, com algumas folhas de papel na mão.

— Foi por causa disto. Estavam no bolso da farda de Friedrich. — Enoch entregou as folhas a Amália. — Isto pertence a seu pai... e a você.

VI

O fim da linha

Auschwitz-Birkenau, 7 de outubro de 1944

Os trilhos à sua frente eram longos como a noite que o separava do momento em que terminaria sua missão. Não conseguira salvar a mãe de Haya, a menina dada à luz nas trevas de Auschwitz, levando vida no nome em meio a tanta morte. Salvaria o pai.

Sentiu a aragem fria penetrar pela fresta do vidro e bater-lhe na pele. A adrenalina que o percorria, porém, era como uma anestesia para qualquer sensação do corpo, fosse frio, sono ou fome. Mal vira o pai da menina se perder na massa humana, surgira o comandante, chamado pelo sargento. "Capitão, Berlim precisa valorizar nossa eficiência!" Viu-se levado por um *tour* macabro, seguido de uma comilança que ele engoliu com a pressa de se livrar daqueles homens. Voltaria com o dia claro — fora das vistas do comandante, que, certamente, estaria chafurdado no álcool, como tantos outros que se vangloriavam de seus feitos, mas bebiam para esquecê-los. Forjaria a assinatura necessária. Ninguém questionaria. Ninguém questionava nada que viesse de cima.

Saiu, dirigindo, pelo portão principal, mas, em vez de seguir na direção de Oświęcim, cortou à esquerda, margeando o *campo*. Havia uma mistura de sensações que o prendia, como um ímã, àquele lugar. Havia a *missão* com que já se confundia enquanto *homem*. Havia um não querer perder o controle da ampulheta do tempo. Diminuiu a velocidade, mirando, através da cerca de arame farpado, os barracões dispostos lado a lado como caixões à espera da cova. A escuridão caía sobre a floresta que formava uma barreira na parte de trás dos blocos condenados. O mundo terminava ali.

Estacionou o Mercedes azul-marinho sob a copa das árvores. O breu contornava soberano a fumaça parda das chaminés que, firme e densa, continuava subindo aos céus. Haya. Hermann. A menina nascida no chão de Auschwitz, que tivera dele o amor presente. E seu menino nascido na redoma ariana, que tivera dele apenas um amor ausente. Dois filhos da guerra, da insanidade, do absurdo. Haya. Hermann. Viveriam sem nunca se cruzar pelos caminhos, mas, ali, no seu coração, estavam juntos para sempre. Do compartimento em frente ao banco do carona retirou algumas folhas em branco e uma caneta. Baixou o vidro e deixou a brisa gelada invadir o carro e a alma. Ao fundo, a fumaça invicta. Mergulhou freneticamente na melodia que o silêncio da floresta de Birkenau lhe entregava.

O sol já brilhava alto no céu quando acordou. Não se lembrava da última vez que o sono lhe viera sem aviso, sem remédio, sem pesadelos. Pegou as folhas caídas no colo. Escreveu no topo da primeira:

Für Hermann
Para meu filho Hermann,
Este é apenas o começo.
Com amor,
Do seu pai, Friedrich.
Auschwitz, outubro de 1944

Dobrou as folhas e as colocou no bolso interno da farda. Terminaria de compor a nova sonata assim que chegasse a Berlim. Suas sonatas, únicas e complementares. Como Haya e Hermann eram para ele. Pôs as mãos no volante, ligou o motor, afundou o pé no acelerador. Contornou o *campo* até chegar de novo ao portão principal. À sua frente, os trilhos foram sendo comidos pelo carro até estacionar diante das chaminés. No retrovisor, o fim da linha ficara para trás. Encostou os dedos na farda e sentiu as folhas dobradas. Seu peito encheu-se de esperança. Saiu do carro. O azul límpido do céu se confundiu com o dos seus olhos. Sorriu. Era um belo dia para voar.

Árvore genealógica — Amália

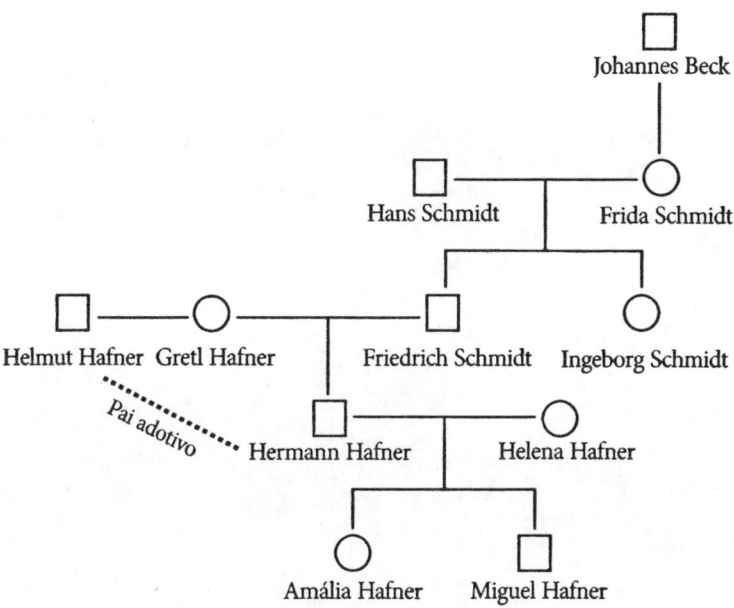

Árvore genealógica — Haya

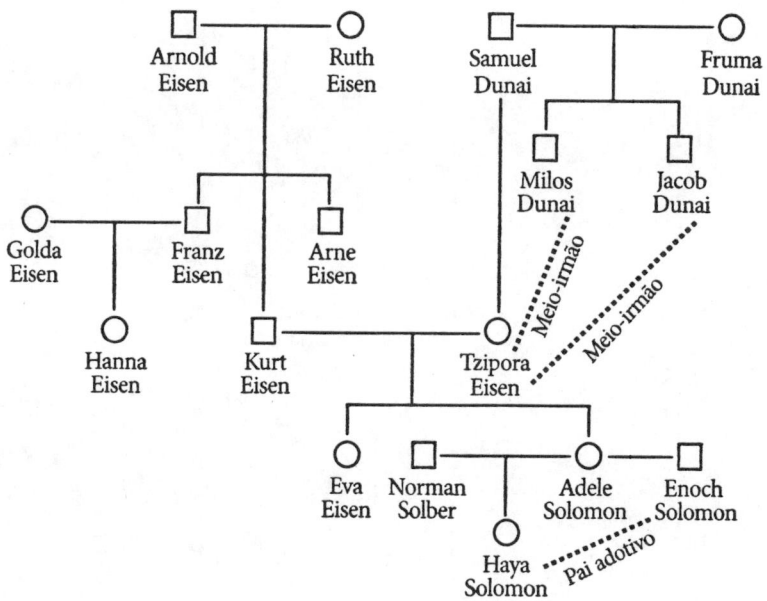

Considerações finais

Este livro não existiria, do jeito que é, se não fossem as incontáveis conversas e brainstormings com Carolina Floare, a parceria nas viagens de pesquisa a Portugal, Alemanha e Polônia, as dicas sobre a Romênia, as leituras críticas a cada capítulo e, depois de pronto, a revisão apurada.

Nos bastidores, sempre, os agentes literários Luciana Villas-Boas e Raymond Moss, com entusiasmo e contribuições cruciais durante a escrita deste romance, bem como Anna Luiza Cardoso e a equipe da agência VB&M.

Entusiasmo que se estende a todos da Editora Record, em especial aos editores Carlos Andreazza — que apostou neste livro quando era apenas uma ideia — e Duda Costa — que acompanhou, com esmero e empenho, todas as etapas de sua realização.

Minha gratidão à psicóloga e professora Sofia Débora Levy, que, com muita generosidade, me cedeu seu tempo, seus estudos e profundo conhecimento na temática do Holocausto, que é base deste livro.

Meu bem-haja — como se diz na terra dele — a Manuel Silva Dias, guardião das estórias da História de Portugal e do mundo, que transmite com tão singular verve e que se tornaram, para mim, fonte inesgotável de conhecimento.

Minha admiração pelo maestro Antonio Simão, meu sobrinho, que, emprestando sua juventude e paixão pela música ao personagem

Friedrich, compôs a sonata que dá nome ao livro e que pode ser escutada no meu site, na página escutarsonata.luizevalente.com.

Meu profundo carinho por Maria Yefremov — judia nascida na antiga Iugoslávia, sobrevivente de Auschwitz —, que conheci com mais de um século de vida, muito lúcida, no Rio de Janeiro. Dona Maria me contou sua história... e me inspirou a contar esta.

Termino com uma frase do filósofo espanhol George Santayana: "Aqueles que não conseguem lembrar o passado estão condenados a repeti-lo."

Este livro foi composto na tipografia Minion
Pro, em corpo 11,5/15,5, e impresso em
papel off-white no Sistema Cameron da
Divisão Gráfica da Distribuidora Record.